물러섬의 비평

푸른사상
평론선
20

A criticism that stands back

물러섬의 비평

오양진

푸른사상
PRUNSASANG

 시와 소설에 대한 글, 영화에 대한 글, 그리고 평론집을 포함한 몇 권의 책에 대한 서평들을 묶은 이 세 번째 평론집은 개인적으로 두 가지 의미를 갖는다. 한 가지는 문화 연구의 유행 속에서 방치되고 있는 문학적 세목과 뉘앙스에 대한 관심이 다시금 필요하다는 인식과 연결된다. 과거의 것이든 현재의 것이든 사회문화적 역사라 부를 만한 내용이 문학 연구의 장을 장악해가고 있는 오늘날의 상황은 예술적 텍스트를 시대적 맥락에 결부지음으로써 텍스트 이해를 신비평적인 폐쇄성 너머로 이끄는 개방성을 가진다는 데 이의를 달 사람은 많지 않다. 그러나 현대성과 자본주의, 혹은 식민주의 등에 대한 광범위하고 역사적이며 추상적인 논의들은 텍스트의 세목에 대한 열정적인 독서를 통해 작가가 창조한 세계에 흠뻑 젖어들고 싶다는 욕망을 거세하고 문학과 현실에 대한 유용한 통찰을 희생하는 경우가 빈번하다. 실제로 학자와 평론가를 포함한 문학 연구자들은 독서를 위한 시간에 문학 텍스트를 포함한 모든 예술적 창조물들을 단지 정보를 얻기 위한 참고자료로만 이용하는 세태를 보여주는 경우가 다반사이다. 이처럼 어떤 작가의 작품을 읽고 감상을 말하면서 삶의 의미와 가치를 음미하는 일이 더욱 중요한 일이 된 지점에 이 평론집이 위치한다.

다른 한 가지는 비평적 글쓰기에 대한 내 생각의 전환에 이어져 있다. 한동안 나에게 비평은 직장에 나아가 자신의 책무를 다하면서 자기실현을 이루어내는 이기적 사무에 가까웠다. 하지만 그러한 나아감은 많은 다툼과 갈등을 일으키는 경쟁의 현실, 또는 앙심과 오만 사이에서 서성거리는 고뇌의 삶에 동조하였을 뿐이라는 것이 지금 내가 도달해 있는 결론이다. 비평은 무엇보다 물러섬의 자세를 견지해야 하지 않을까? 말하자면 글쓰기는 직장이라는 무대의 중심에 나아가는 일의 반대편으로 물러나 집안에서 세상 한가운데로 나아갔다 돌아오는 작가들을 환대하고 또 조신하게 자신을 낮춘 채 그들이 다시 세상을 향해 나아갈 수 있도록 돕는 내조와 휴식의 이타적 장소가 되어야 한다는 것인데, 비평의 윤리에 대한 이런 새삼스러운 상기는 한동안 내 내면 속에 방치된 채 잊혀져버린 글들을 꺼내어 닦고 다시금 그 얼굴을 들여다보고자 한 궁극적 이유라고 할 수 있다. 오래 묵은 것들이지만, 사실 그 글들은 내가 나아감이 중요하다고 생각하고 바깥을 헤매고 다닐 때 조용히 집안에 머물러준 조강지처와 다를 바가 없다. 그리고 이 생각이 바로 이 평론집이 내 자신에게 갖는 두 번째 의미가 생겨난 지점이다. 물러서 있는 자들을 위하여 이 책을 바친다.

2014년 9월
오양진

제2부 영화에 대하여

제3부 책들에 대하여

제1부
문학에 대하여

희망의 소설과 대결의 소설—권지예, 표명희의 소설에 관하여　좌파의 소설과 우파의 소설—강영숙, 윤

그대 추억을 기억하는가!　검은 고양이가 들어 있는 거울?　풍자나 해학이냐 우화성의 정치학, 그 현재적 의미—복거일의 「목성잔연집」에

성장의 윤리와 어떻게 만나는가!

트레블 가이드의 수업 시대　시적 모호성, 그 난해성과 평이

성장의 소설과 대결의 소설
— 권지예, 표명희의 소설에 관하여

1. 성장의 소설과 대결의 소설

여기 설탕과 소금과 실리카겔이 있다. 식탁 위에서 이 세 가지 물질은 사실 공통점이 많다. 우선 육안으로 보기에 유사한 입자의 흰 가루 형태로 나타난다. 그리고 결정적으로는 음식의 부패를 일시적으로 중단시키는 속성이 있다. 잼과 절임의 형태로 지속적인 저장에 소용되는 설탕과 소금이나 제습제의 형태로 음식물에 첨부되는 실리카겔이나 정도의 차이가 있기는 하지만 모두 부패의 중지와 관련된다. (더욱 재미있는 것은 소금과 실리카겔의 경우 어떤 대상으로부터 물기를 제거한다는 동일한 속성을 통해 부패를 차단한다는 사실이다.) 그러나 소설적 상상력 속에서 그 세 가지 물질은 각기 일정한 의미의 권역을 가지면서 개별적인 상징들로 구분된다. 설탕은 먼저 사탕이나 아이스크림의 형태가 의미하듯 천진난만한 유년기적 속성을 내포하고 아울러 그 중독성과 내성으로 인해 끊임없는 욕구불만의 청년기적 속성을 상징한다. 이에 반해 소금은 열량이 없어 진정한 음식이 되지는 못하지만 유기체의 필수적이고 주된 성분이 된다는 점에서 일반적으로 분별력 있는 어르신들의 지혜의 상징으로 이해된다. 소금은 한마디로 노년기의 대표적인 상징인 셈이다. 그런가 하면 실리카겔은 먹지 말라는 금지의 표기와 결부된 유독성의 이미지로 인해 저항과 반항 혹은 충돌과 살의 등의 대결의 의미를 상징적으로 띤다. 다소 좀 엉뚱한 짐작이 되겠지만, 여기서 실리카겔은 어쩌면 위험한 중년기의 표상이 되는지도 모른다. 한편 이 세 가지 물질은 그 조합에 따라 소설의 어떤 범주를 잘 정의해주기도 하는데, 설탕의 중독과 욕구불만을 소금의 지혜로 순치시키는 소위 '성장의 소설'이 그 하나이고 소금의 지혜를 실리카겔의 저항과 반항을 통해 거절하는 이른바 '대결의 소설'이 다른 하나이다.

2. 성장의 소설─권지예의 「설탕」

권지예의 「설탕」(『문학동네』, 2002년 가을호)은 그 제목과는 달리 유년기나 청년기에 관한 소설이 아니라 노년기에 관한 소설이다. 이 소설의 주인공 '나(현우)'는 후미진 해안도시 삼류 지방대학 국문과에 다니는 젊은이다. 남녀를 불문하고 이 대학에 적을 두고 있는 학생들은 대개 본분인 공부보다는 다른 일에 관심이 더 많다. 예를 들면 라면에 소주를 마시거나 시내 나이트를 가거나 바닷가로 몰려가 싸움박질을 해대는 것이 일반적인 그들의 일과다. 그런데 사실 그런 아이들과 잘 어울릴 수 없었던 나는 그들로부터 벗어나기 위해 중독의 삶을 원한다. 나는 같은 대학 외식산업학과에 다니는 동아리 선배의 애인 미나와 섹스를 나누며 설탕에 중독되듯 그녀의 존재에 빠져든다. 그러기는 미나라는 여학생도 마찬가지다. 세상에서 가장 부드럽게 녹는 아이스크림을 만들어 자신의 브랜드로 키우는 것이 꿈인 미나는 소위 후진 학교와 시시한 남자애들에 넌 덜머리를 내고, 간혹 그런 욕구불만을 나에 대한 변덕이나 히스테리로 해소하거나 아이스크림을 퍼먹는 것으로 푼다. 그러던 어느 날 미나는 나에게 연락도 없이 사라지고, 그녀와 연락이 두절된 나는 일종의 금단 증세에 시달리며 바닷가를 배회하게 된다. 나는 거기서 우연히 소설창작론 수업을 하는 김민정 교수를 만나는데, 얼마전 나는 그녀의 수업과 제로 과거 첫사랑이 기차에 몸을 던져 자살한 사건을 기록한 '스물두 살의 자서전'이란 제목의 리포트를 낸 적이 있었다. 김민정 교수는 나에게 자신에게도 첫사랑 남자의 뼈마디를 목걸이로 걸고 다니게 된 아픈 상처가 있음을 암시하며, 바다의 비유를 통해 인생은 단 설탕 맛이기도 하지만 보다 근본적으로는 쓰고 짠 소금 맛이다 라는 말로 나를 위로한다. 한편 사라진 지 한 달쯤 후에 돌아온 미나는 나에게 아이를 임신한 사실을 알려오고 소금 한 되 정도는 나왔을 울음을 터뜨린다. 그러나 곧 수술을 결심한 미나는 소금이 절여진 바다처럼 깊은 침묵에 빠져버린다. 이때 나는 김민정 교수의 말이 맞는 것 같다고 느낀다. 얼마 후 미나는 요리공부를 위해 프랑스로 떠난다.

「설탕」은 일단 그 제목이 암시하듯 청년기에 관한 소설이라고 할 수 있다. 이 소설은 실제로 삼류 지방대학을 다니는 남녀 대학생들에 관한 이야기를 들려준다. 그런데 이들의 이야기는 대개 젊은이들의 이야기가 그렇듯이 방황과 혼돈의 이야기가 되어 있다. 그들은 어디서건 모이기만 하면 "술을 마시거나 시내로 나가 나이트를 가거나 바닷가로 몰려가 싸움박질을 해"댄다. 이러한 방황과 혼돈의 이유와 원인은 짐작하기 어렵지 않고 또 어느 정도 명백하다. 우선 "삼류 인생"을 자처하는 지방대학 아이들의 열등감과 소외감은 그들이 겪는 방황과 혼돈의 표면적이면서 특수한 이유로 나타난다. 그러나 꿈과 현실 사이의 격차와 간극이 야말로 무엇보다도 그들의 방황과 혼돈을 야기하는 보다 근본적이고 보편적인 원인이다. 가령 이 소설에서 미나는 "세상에서 가장 아름다운 웨딩케이크를 만들고 싶어" 할 뿐만 아니라 "세상에서 가장 부드럽게 녹는 아이스크림을 만들어 자신의 브랜드로 키우는 것이 꿈"인 외식산업학과에 다니는 여학생으로 나온다. 그러나 그녀는 자신의 후진 학교와 더불어 그 학교에 다니는 멍청한 학생들과 그 학교가 자리 잡은 "후미진 해안도시"의 모든 걸 참을 수 없어 한다. 자신의 화려한 꿈과는 너무도 거리가 먼 그 초라한 현실이 싫고 또 견딜 수 없는 것이다. 미나가 끊임없이 어떤 욕구불만에 시달리는 이유는 바로 거기에서 온다. 그런데 그러한 욕구불만의 현실을 견디기 위해 미나와 같은 아이들이 선택하고 즐기는 것은 "설탕"으로 상징되는 이른바 중독적인 삶이다. 미나는 배스킨라빈스 아이스크림에 탐닉하고 현우는 미나와의 섹스에 빠진다. 그들은 모두 아이스크림이나 섹스에 대한 탐닉과 같은 "설탕 중독"이 "모두 다녹여서 없애는" "무시무시한" 것이고 또 그것으로 인해 "파멸"한다는 것을 알면서도 그러한 "달콤한 환각 없인 못 산다"고 생각한다. 미나가 연락을 끊은 채 사라진 사이 현우가 일종의 "금단증세"에 시달리게 된다는 것은 그것에 대한 하나의 비근한 증거에 지나지 않는다. 이 작품은 한마디로 욕구불만과 중독의 삶을 살아가는 청년들의 방황과 혼돈을 보여주고 있는 셈이다. 여기까지 일단 「설탕」은 '설탕'이 갖는 상징적 의미의 권역을 거의 벗어나지 않는 것처럼 보인다.

그러나 「설탕」에서 그 제목이 뜻하는 욕구불만과 중독의 청년기적 삶은 "소금"이 갖는 상징적 의미의 권역 속에서 점차 반성과 성찰의 대상이 된다. 소금은 전통적으로 설탕의 유아성과 청년성을 넘어선 곳에서 노년기의 지혜를 상징하는 물질로 상상되곤 했다는 사실을 상기할 필요가 있다. 이것은 「설탕」이 궁극적으로는 청년기의 혼돈과 방황을 그리려는 작품이라기보다는 그 혼돈과 방황 이후에 오는 노년기의 지혜를 강조하고 전달하려는 작품이라는 사실을 가리킨다. 그러니까 「설탕」은 사실 제목과는 달리 설탕에 관한 소설이라기보다는 소금에 관한 소설이 명백하다. 이 소설의 주인공 현우에게 김민정 교수라는 스승의 존재가 미나라는 애인의 존재와 대비되는 지점에서부터 그 점은 선명하게 드러난다. 방황과 혼돈을 거듭하게 되는 미나가 끝내 연락도 없이 사라진 후, 현우는 일종의 금단증세를 느끼며 바닷가를 배회하다가 거기서 우연히 소설창작론 수업을 하는 김민정 교수를 만난다. 현우는 얼마 전 그녀의 수업과제로 과거 첫사랑이 기차에 몸을 던져 자살한 사건에 대한 자전적 체험을 리포트로 낸 적이 있었다. (자살한 현우의 첫사랑이 보여준 주검은 어떤 의미에서 설탕에 비유된 욕구불만과 중독의 삶에서 벗어나지 못할 때 그러한 삶이 도달하게 되는 데가 어디인지를 암시한다.) 김민정 교수는 현우에게 자신에게도 첫사랑 남자의 뼈마디를 목걸이로 걸고 다니게 된 아픈 상처가 있었다는 사실과 더불어 젊음의 욕구불만을 해소하기 위해 "초콜릿을 까먹는 버릇"이 있었다는 사실을 말해준다. 스승인 김민정 교수도 미나나 현우의 상황과 같은 중독적인 삶에 빠졌던 청년기적 경험을 갖고 있었던 셈이다. 그러나 인생의 선배답게 김민정 교수는 현우에게 인생의 본질이 설탕의 단맛이 아니라 쓰고 짠 소금맛에 있다는 사실을 상기시키면서 삶은 "소금이 졸여지고 있는 바다"처럼 수많은 증오와 고통을 하나의 "결정"과 "정수"로 만들면서 성장하고 성숙하는 것이라는 노년기의 지혜를 가르친다. 그리고 현우는 한 달 후 돌아온 미나가 낙태 수술 뒤에 "소금 한 되 정도"는 나왔을 눈물을 흘리고 "바다처럼 깊은 침묵"에 빠진 것을 두고 "김민정 교수의 말이 맞는 것 같다"고 느낀다.

권지예의 「설탕」은 결국 청년기를 통과하며 젊은이가 겪게 되는 혼돈과 방황의 경험을 통해서 인생을 알아가는 성숙의 과정을 보여준다. 물론 설탕의 중독적인 삶에 빠진 젊은이를 노년기의 소금의 지혜로 교육함으로써 쓰디쓴 성장과 성숙의 의미를 확인시켜 줌으로써 그렇게 한다. 이는 명백히 「설탕」이 설탕에 대한 소금의 우월성을 말하는 이른바 '성장소설'임을 지시하는 것이다. 「설탕」에 나오는 인물들의 관계에서 현우와 미나의 수평적인 연인관계가 김민정 교수와 현우와의 수직적인 사제관계에 압도되고 있는 것은 이 소설의 성장소설적 의미를 더욱 확고하게 증거한다. 성장소설이란 그것이 비록 '어쩔 수 없는 화해'에 이르는 것이라 하더라도 '가능한 교육'에 관한 소설이기 때문이다.

3. 대결의 소설—표명희의 「실리카겔」

표명희의 「실리카겔」(『문학판』, 2002년 가을호)은 그 제목 그대로 청년기에 관한 소설도 아니고 노년기에 관한 소설도 아닌 위험한 중년기에 관한 소설이다. 이 소설의 주인공 '여자'는 직장에 다니면서 살림을 하고 있는 유부녀다. 그녀의 결혼생활은 사실 시어머니보다는 남편에 대한 신뢰 때문에 시작되었다. 남편은 융자받은 학비를 갚느라 결혼 후 한참이나 남편의 월급을 축낸 일에도 불구하고 불평 한마디 없던 남자였으므로, 여자는 처음엔 시집살이도 견딜 만하였고 그런 대로 행복하기도 했다. 그런데 두 번째 유산을 겪은 후 이제 더 이상 아이를 가질 희망이 사라지게 되면서부터 시집살이는 심해지고 결혼생활에는 불행의 그림자가 드리워진다. 여자는 무엇보다도 손주를 손꼽아 기다렸던 시어머니에게 불평과 원망이 섞인 잔소리를 점점 더 자주 듣게 되었다. 가령 시어머니의 까다로운 입맛과 음식 타박은 한동안 음식 솜씨도 별로 없는 여자가 김치를 세 종류로 나누어 담아야 할 정도로 심했다. 그렇게나 신실했던 남편이 종종 밖으로 나돌게 된 것은 물론이었다. 여자는 그럴수록 전의에 가까운 열의를 보이며 요리학원을 다니거나 음식 만드는 것 이외에는 누구의 손도 필요 없을 정도로 완벽하게 집안 살림을 해냈다. 과거 친정 엄마는 여자가 소금을 뒤집어 쓰고 절여진 숨이 죽은 배추 같지 않고 언제나 펄펄 살아 언제 부러질 지 모르는 배추 이파리 같은 것을 걱정했는데, 여자는 바로 사소한 것이라도 자기 것을 포기하지 않겠다는 소금을 거절한 배추 이파리 같은 오기로 충만해 있었던 것이다. 한편 집안일에서 일단 두 손 든 시어머니는 이번에는 옆집 푸들이 새끼를 낳은 소식을 전하는 것으로 여자를 자극하고 괴롭혔다. 그러나 얼마 후 옆집 푸들과 그 새끼들은 연이어 죽고 말았다. 시어머니의 아쉬움은 말할 것도 없었다. 여자는 시어머니처럼 입맛 까다롭던 푸들이 유일하게 좋아하던 말린 무화과에 실리카겔을 박아 옆집 마당에 여러 개를 뿌려 놓았던 것이다. 지금 여자는 집 안에 홀로 남아 김치를 담그고 있다. 그러다 문득 여자는 출장중인 남편과 외출중인 시어머니를 떠올리고 실리카겔 병을 바라보며 살인에 관한 상상을 한다.

「실리카겔」은 그 제목이 암시하듯 중년기에 관한 소설이 분명하다. 이 소설에는 실제로 직장에 다니면서 살림을 하고 있는 유부녀가 나온다. 그녀의 결혼생활은 스스로가 "그리 달가워하지 않는 시어머니의 생각을 꺾고 가난한 집 딸인 여자를 기꺼이 선택해준 남편에 대한 고마움과 신뢰를" "평생 잊지 않을 거라고 다짐하며 한 결혼"이었고 또 게다가 남편은 "융자받은 학비를 갚느라 결혼 후 한참이나 남편의 월급을 축낸 일에도 불구하고 불평 한마디 없던 남자"였으므로 처음엔 그런 대로 행복할 수 있었다. 그러나 그녀가 두 번째 유산을 겪고 난 후 인공수정으로라도 아이를 갖게 되는 것이 더 이상 불가능해지자, 손주를 기대했던 시어머니의 심기는 불편해졌고 그에 따라 괜한 불평과 원망이 섞인 시어머니의 잔소리는 점점 더 심해졌으며 또 신실했던 남편마저 출장을 핑계로 종종 외유를 하게 된다. 행복한 결혼생활이 위태로운 지경에 이르게 된 것이다. 그래서인지 요사이 그녀에게는 친정 엄마가 김치를 담그면서 자주 하던 훈계의 말이 문득문득 떠오르곤 한다. "살아가민서 이래 소금을 확 뒤집어쓰는 것 같은 고비들이 몇 번씩 있는 기라." 삶의 가파른 고비들을 넘어오면서 인생의 본질을 알게 된 노년의 지혜가 "소금"에 빗대어져 있는데, 여기서 친정 엄마가 일종의 인생의 교사가 된다는 것은 말할 것도 없다. 교사로서의 친정 엄마가 들려주는 소금의 지혜는 소설의 또 다른 부분에서 다시 한번 반복된다. "팔팔하던 배추 이파리야 쉽게 부시라지지만 이래 짠 소금을 뒤집어쓰고 쓴물 단물 다 빼논 배추는 보드랍고 질긴 기, 절대로 안 부시러지는 기라" "이래 숨이 죽어야 배추는 김치가 될 준비가 된 기라. 애벌레가 막 나비가 될라카는 그런 때 같은 기제." 친정 엄마가 들려주는 소금의 지혜는 무엇보다도 "애벌레"가 "나비"가 되는 성장과 성숙의 관한 가르침이 자명하다. 그런 만큼 「실리카겔」은 일단 제목과 달리 실리카겔에 관한 소설이라기보다는 소금에 관한 소설이 될 공산이 크다고 할 수 있다. 한마디로 성장소설이 될지도 모른다는 말이다.

　그러나 「실리카겔」의 주인공은 사실 친정 엄마가 가르친 소금의 지혜를 인생의 후배로서 받아들이고 마음에 새기는 교육의 객체로서 나오는 것이 아니라 자아의 포기를 어리석은 일로 규정하고 "소금을 뒤집어쓴 것 같은 삶의 순간과 맞닥뜨릴 때" 오히려 "삶에 대한 전의"를 불태우는 자아가 강한 교육의 주체로서 등장한다. 그녀는 결국 교사의 교육을 거절하는 반항적이고 도전적인 인물로 드러난다. 가령 그녀는 자신의 입맛을 쉽게 포기하지 못하고 김치를 세 종류로 나누어 담을 정도로 고집이 세다. 그런가 하면 시어머니가 음식 타박과 더불어 여자의 살림에 대한 불평과 원망을 늘어놓으면 놓을수록, 그녀는 "전의"에 가까운 열의를 보이며 완벽하게 집안 살림을 해낸다. 이 모든 것이 어떤 반항심에 가까운 오기의 소산이라는 점에서 성장소설의 기본적인 인물 구도라 할 수 있는 사제관계가 붕괴되어 있다는 사실을 확인하는 것이 가능하다. 한편 시어머니는 여기서 멈추지 않고 이번에는 손주를 안겨주지 못하는 며느리를 새끼를 낳은 옆집 푸들 얘기로 교묘하게 자극하여 며느리의 신경줄을 건드린다. 이때 며느리의 전의는 어떤 대상에 대한 참을 수 없는 살의로 전이되어 시어머니가 그렇게나 집착하던 옆집 푸들과 그 새끼들을 죽여버린다. 그녀는 유난히 입맛이 까다롭던 푸들이 유일하게 좋아하던 말린 무화과에 "실리카겔"을 박아 옆집 마당에 여러 개를 뿌려놓았던 것이다. 그리고 소설 말미에서 마침내 그녀는 출장중인 남편과 외출중인 시어머니를 떠올리고 실리카겔 병을 바라보며 극단적이게도 살인에 관한 상상을 한다. (사실 푸들과 시어머니가 공유하는 까다로운 입맛은 그 유사성으로 인해 그녀의 위험한 살의를 짐작게 하며 나아가 그러한 살의의 실현 가능성을 암시하는 것으로 보인다.) 「실리카겔」은 결국 어른과 아이의 사제관계 속에서 이해되어야 하는 성장의 소설이 아니라 어른과 어른의 대결 구도 속에서 읽어야 할 대결의 소설임이 명백하다. 이 소설은 소금에 관한 소설이 아니라 제목 그대로 실리카겔에 관한 소설인 셈이다.

표명희의 「실리카겔」은 분명 소금의 지혜로서 쓰디쓴 성장과 성숙의 의미를 가르치는 일종의 '성장소설(교육소설)'로서 출발한다. 그러나 피교육자의 위치에 대한 거절과 함께 스스로 소금의 지혜를 만들어낸 한 유부녀를 통해, 이 소설은 성숙의 과정 그 자체가 아니라 이미 성숙한 사람들의 대결 과정을 극화해서 보여준다. 이는 궁극적으로 「실리카겔」이 소금에 대한 실리카겔의 우월성을 말하는 이른바 '대결의 소설'임을 가리킨다. 특히 「실리카겔」에 나오는 인물들의 관계에서 딸과 친정 엄마의 수직적인 사제관계가 며느리와 시어머니의 수평적인 대결관계에 의해 압도되고 있는 것은 그러한 대결소설적 구도를 명백하게 입증한다. 대결의 소설이란 무엇보다도 '근본적인 대립'으로 인해 '불가능한 교육'에 관한 소설이 되기 때문이다.

좌파의 소설과 우파의 소설

— 강영숙, 윤성희의 소설에 관하여

1. 보트렝과 장 발장

미셸 투르니에는 발자크의 『고리오 영감』을 비평하는 가운데 매우 흥미로운 생각을 들려준다. 그는 우선 발자크의 소설이 이른바 '동물학적 소설'에 해당한다고 말한다. 『고리오 영감』은, 가령 도망친 도형수 '보트렝' 같은 인물을 통해 그의 육체적이고 범죄적인 성향이 자신의 유전적 체질에 기인한다는 '인간동물학'을 보여준다는 것이다. 물론 흥미롭다는 것은 그런 견해가 아니다. 그것도 흥미롭긴 하지만, 『고리오 영감』의 보트렝을 빅토르 위고의 『레미제라블』에 나오는 '장 발장'과 비교하면서 생물학자들의 가장 근본적인 논란거리들 가운데 하나를 소개할 때 미셸 투르니에는 진정 흥미롭다. 그는 보트렝이라는 죄인이 '유전'의 산물인 것과 반대로 장 발장이라는 죄인은 '환경'의 산물이라고 날카롭게 지적한다. 간단히 말해 보트렝은 자신의 유전적 체질에 갇혀 있는 인물이지만 장 발장은 순전히 부당하고 우연한 상황들에 의해 죄인이 된 인물이라는 것이다. 투르니에는 생물학에서도 이처럼 인간의 행동이 유전에서 기인하는가 아니면 환경에서 기인하는가 하는 것에 관해 곧잘 논란을 벌인다고 덧붙인다. 그리고 그는 마침내 유전론은 하나의 숙명을 긍정하고 변화를 부정함으로써 정치적으로 '우파'인 사람들의 어두운 염세주의와 상관되는 데 반해, 환경론은 숙명을 부정하고 변화를 긍정함으로써 정치적으로 '좌파'인 사람들의 낙관주의와 희망에 관계된다고 결론내린다. 결국 '환경을 바꿔라'라는 언명을 좌파의 정치적 혁명 이후에 가능해진 일로 본 투르니에는 발자크가 우파의 소설가라면 빅토르 위고는 좌파의 소설가라 할 수 있다고 본다. 그런데 우리는 여기서 미셸 투르니에의 그러한 생각을 한 걸음 더 밀고 나가려 한다. 이를테면 좌파의 정치적 혁명 이후에 좌파와 우파의 구분은 완전히 사라지는가라는 물음으로부터 우리는 다시 시작하려는 것이다.

일단 서로 다른 사회적 처지와 신분 속에 놓인 인물들을 관찰한다고 가정해보자. 환경이 다른 만큼 그 환경의 영향에 의해 (일정 부분은 물론 스스로가 선택한 것에 의해) 그들은 서로 다른 감정과 사상을 가지게 될 것이다. 미셸 투르니에에 따른다면, 이는 좌파적인 생각 속에서 가능한 판단임이 명백하다. 그러나 서로 다른 사회적 처지와 신분에 의해 달라진 감정과 사상들 가운데 어느 하나에 유독 주목한다고 가정해보자. 말하자면 불안정한 직업과 비천한 처지로 인해 생존을 위해 '먹고 사는 문제'가 절실한 사람들과 안정된 직업과 넉넉한 살림 덕분에 따분한 일상을 '떠나는 문제'에 매달리게 된 사람들을 구분해보자는 것이다. 전자에 주목하는 관찰자와 후자에 주목하는 관찰자를 구분하는 것은 여기서 또 다시 좌파와 우파의 구별을 가능하게 만든다. 사실 프롤레타리아적인 전자에 유의하면, (반드시 그런 것은 아니겠지만) 그는 무산자를 두둔하는 좌파의 성향을 가진 사람이라 할 수 있고, 부르주아적인 후자에 유의하면, (역시 반드시 그런 것은 아니겠지만) 그는 부르주아의 문제에 관심 있는 우파의 성향을 가진 사람이라고 할 수 있다. 이러한 규정은 물론 관찰자가 좌파니 우파니 하는 이념을 의식적으로 선택하지 않았다 하더라도 상관 없는 것이다. 우리는 여기서 결국 빅토르 위고 식의 소설로 대변되는 좌파적 혁명 이후에도 좌파의 소설과 우파의 소설을 다시 구분할 수 있게 된다. 그런 의미에서 떠나는 것이 아니라 먹고 사는 것이 문제인 인물이 등장하는 강영숙의 「봄밤」(『문학동네』, 2002년 여름호)은 일종의 '좌파의 소설'이고, 반대로 먹고 사는 것이 아니라 떠나는 것이 문제인 인물이 나오는 윤성희의 「그 남자의 책 198쪽」(『세계의 문학』, 2002년 가을호)은 일종의 '우파의 소설'이라고 할 수 있을지 모른다.

2. 좌파의 소설─강영숙의 「봄밤」

강영숙 소설을 두고, 황도경은 "사막과도 같은 막막하고 무미건조한 일상의 풍경을 담아내는 보고서처럼 느껴진다"고도 말하고, 그녀의 소설에 나오는 인물들은 "모두 고독과 상실과 결핍의 그림자를 거느린 상처투성이의 인간들이다"라고도 지적한다. 별다른 부언이 필요 없는 정확한 견해로 생각된다. 이어서 황도경은 강영숙 소설에 간명한 주석 하나를 단다. 사막과도 같은 현실 속의 숨막힐 듯 답답한 일상은 그 막막함으로 스스로 환영을 부르게 되는 법이라고. 그리고 나서 황도경은 그 환영이 일상의 탈출구가 되어주지 못하는 절망적 삶과 현실이 바로 강영숙 소설이 전달하고자 하는 바라고 덧붙인다. 강영숙 소설의 환상은 "남루한 일상 너머에 자리한 신기루"와도 같아서 그것이 결국 사라져버리고 마는 가짜라는 것이다. 그래서 황도경에 의하면, 대부분 강영숙 소설에서 해방과 자유의 꿈은 실현되지 않고 또 환상은 남루한 현실을 이겨내기 위한 꿈이 만들어낸 환영, 깨어나야 할 꿈과도 같다. 한마디로 강영숙 소설에서 낙원은 없다는 것이다. 전적으로 동의한다. 황도경은 사실 누구보다도 강영숙 소설을 잘 이해하고 있는 비평가 가운데 한 사람임이 명백해 보인다. 강영숙의 첫 소설집『흔들리다』이후에 씌어진 소설에서도 실제로 그러한 황도경의 견해는 여전히 유효하다. (나는 이러한 변화 없는 작품 혹은 작품의 지루한 재생산이 작가의 무능과 나태 때문인지 아니면 작가의 집요한 탐구 때문인지가 늘 궁금하다.) 가령 이 자리에서 구체적으로 살펴보게 될 강영숙의「봄밤」이라는 단편의 경우도 예외는 아니다.

이 소설의 주인공 '나'는 46번 경춘국도 위에서 구운 오징어를 파는 삼십대 초반의 여자다. 대략 일 년 전부터 나는 아침에 인공호수 근처 동네 아파트에서 봉고차를 타고 팔팔도로를 거쳐 경춘국도 위에 내려서는 흰 목장갑과 마스크를 착용하고 주로 교차로의 신호대기선 옆에서 장사를 해왔다. 그 일을 하는 가운데 간혹 불쑥 솟구쳐 오르는 고래의 백일몽을 꾸기도 했지만, 항시 그 일은 그런 일에 대한 경험이 없는 나에겐 힘에 겨웠다. 실제로 큰돈을 벌 줄 알고 시작한 그 일로 불어난 건 통장이 아니라 단단해진 장딴지와 얼굴의 잡티와 기미뿐이었다. 그러나 오늘도 나는 언제나 그렇지만 아침부터 경춘국도를 달리는 자동차들을 상대로 고단한 장사를 시작한다. 정오 무렵, 인근 휴게소에서 중식을 마친 나는 잠시 젊은 부부가 아이 손을 잡고 가는 정겨운 모습에 이끌리기도 하고 또 우연히 인근 공사장에서 자살한 한 여자의 시신을 목격하기도 하면서 점심시간을 보낸다. 그녀는 물건을 팔기 위해 강원도 일대를 돌아다니는 영업사원으로 한 아이의 엄마라고 했다. 한편 오후부터 나는 갑자기 내리기 시작한 비로 몸이 떨리는가 하면 졸다가 차에 치일 뻔하기도 하는 등 오징어 파는 일을 유난히 힘겹게 마친다. 나는 돌아가는 봉고차에 타자마자 구역질을 하기 시작한다. 사실 어젯밤 동네 놀이공원 매직스노랜드의 밤 불빛을 보겠다고 밤새 망원경을 들여다보는 남편 탓에 잠을 자지 못하기는 했다. 나는 요즘 도대체 남편이 무슨 일을 하는지 모른다. 그는 한때 수도 계량기 검침원이나 통역회사의 심부름꾼 같은 돌아다니며 일하는 직업을 가진 적이 있었다. 저녁 무렵, 봉고차에서 내린 나는 동네 먹자골목 초입에 들어서다가 남편을 발견하지만, 그는 곧 사라진다. 얼마 후 나는 어두운 골목에서 신발이 바뀌었다며 술취한 사람을 메다꽂는 남편의 낯선 모습을 목격한다. 그리고 나는 그와 함께 인공호수 위에 떠 있는 놀이공원 매직스노랜드를 정처없이 배회하게 된다. 창립 15주년 페스티벌이 펼쳐지는 놀이공원은 화려한 불빛과 명랑한 환호들로 불야성을 이루지만, 그곳은 폐장시간과 더불어 뜻밖에도 완전한 어둠의 공간으로 구겨져버린다. 환영처럼 경춘국도의 그 자살한 여자가 환하게 웃는 모습을 본 나는 인공호수 물비린내에 갑자기 구역질을 하기 시작한다. 임신이었던 것이다.

　강영숙의 「봄밤」은 전반부에선 경춘국도 위에서 구운 오징어를 파는 한 여자('나')의 고단하고 누추한 일상을 보여주고 후반부에선 집 근처 먹자골목을 배회하거나 놀이공원 매직스노랜드의 화려한 밤 불빛에 빠져 있는 실직자 남편의 초라하고 남루한 일상을 보여준다. 황도경의 말마따나, 여기서 우리는 아내인 '나'의 일상과 남편의 일상이 똑같이 고단하고 남루하다는 것을 알게 되고 나아가 아내의 백일몽이나 남편이 집요하게 매달리는 화려한 밤 불빛이 그러한 일상의 고단함과 남루함으로부터 달아나기 위해 스스로 부른 일종의 환상임을 깨닫게 된다. 그리고 우리는 황도경을 따라 「봄밤」에서 그러한 환상이 결국 사라져버릴 환영이기에 부부는 결국 어쩔 수 없이 초라하고 누추한 일상으로 다시 회귀하고 말 것이라는 사실을 충분히 짐작할 수 있다. 삶과 현실의 막막함으로부터 벗어나 현실을 잊게 하는 도시의 화려한 밤 불빛은 실제로 신기루와도 같은 허상임이 드러난다. 우선 왁자지껄 불야성을 이루고 있던 먹자골목에서 목격되는 것은 생계를 위해 꽃을 파는 벙어리 소녀와 납덩어리처럼 차갑고 무거운 얼굴을 한 외국인 관광객과 술 취해 몸을 가눌 줄 모르는 사람들이다. 그런가 하면 화려함으로 빛나던 매직스노랜드의 야경 속에서 확인하게 되는 것은 기계장치에 심장을 쥐어짜이는 번지드롭 위의 사람들과 화려한 것들이 어둠 속으로 구겨져 들어가는 모습과 울리던 핸드폰을 강물 속에 던지는 여자, 그리고 경춘국도에서 자살한 한 여자의 환영 등이다. (이런 삶과 현실은 다음과 같은 맬랑콜리한 묘사에서 상징적으로 표현된다. "술 취한 여자가 번들거리는 콜타르 옆으로 아슬아슬하게 지나가고, 옆에 가던 남자가 여자의 몸을 잡아끌었다. 남자 쪽으로 기울어진 길다란 여자의 그림자가 검은 콜타르 위에 찍혔다.") 황도경처럼 우리는 결론적으로 「봄밤」이라는 작품을 이렇게 이해하고 해석할 수 있다. 남루한 일상 너머의 환영을 쫓아 떠난 길 끝에서 확인하게 되는 것은 "낙원은 없다"라는 쓸쓸한 확인뿐이다라고 말이다.

황도경의 말처럼, 「봄밤」에서 초라하고 남루한 일상 안에도 그 너머에도 분명 낙원은 존재하지 않는다. 이 사실은 다시 여러 삽화를 통해 거듭 증명할 수 있다. 예를 들면 「봄밤」의 중요한 서사 공간 가운데 하나인 경춘국도란 남루한 일상과 화려한 환상을 연결하는 일종의 낙원으로 가는 길이라고 볼 수 있다. (내가 아는 한, 경춘국도를 혹은 그것에 연결된

강원도를 행복한 낙원이라는 환상과 결부시킨 문화적 도상은 홍상수의 〈강원도의 힘〉이라는 영화로부터 비롯된다.) 그런데 그 길 위에는 낙원이라는 환상과 그 낭만 대신 "점점 독해지는 자동차 매연", "자동차 창문 밖으로 사정없이 내던[져]지는 빈 깡통이나 불붙은 담배꽁초", "지천으로 널린 [이상한 이름들의] 모텔들", "성인용 포르노 테이프 장수", "[자살한] 한 여자의 시신" 등 황폐하고 삭막한 풍경이 펼쳐진다. 그런가 하면 태몽으로 드러난 고래의 백일몽 이후 아내 '나'는 임신을 하게 되는데, 그런 그녀가 경춘국도 인근에서 아이의 손을 잡고 "환한 햇빛 속으로 걸어가는" 한 젊은 부부의 뒷모습과 역시 같은 곳에서 한 아이를 남겨두고 자살한 여자의 시신을 보고는 그 가운데 명백히 후자 쪽에 이끌리게 된다는 것은 궁극적으로 「봄밤」의 행복한 백일몽이 그야말로 백일몽에 그쳐 그것이 머지않아 깨져버릴 것이라는 점을 암시한다. 소설의 결말부에서 '나'에게 한 아이를 남겨두고 자살한 "경춘국도 위의 그 여자"가 환한 미소를 띠고 나타나는 것은 그 점을 확실하게 뒷받침한다. 그 장면은 일종의 죽음의 유혹이자 그로 인한 절망을 상징적으로 표현하고 있다. 그렇지 않다면 아내가 뱃속의 아이를 두고 '무섭다'고 그러는 것을 달리 설명할 방도란 없다. 그러나 우리는 여기서 좀 다른 방향으로 「봄밤」에 대한 이해와 해석을 끌고 가려 한다. 말하자면 이른바 문제틀을 바꾸고 싶다는 것이다. 우리는 일상으로부터 '떠나는 것'이라는 문제를 일상에서 '먹고 사는 것'이라는 문제로 변환시키고자 한다. (황도경은 시종 일상으로부터 떠나는 문제–"탈주"에 유의한다. 비록 일상에서 그 떠남의 문제가 해결되지 않는다고 말할 때조차도 황도경은 떠나는 문제에 준거해서 그렇게 말하는 것이다.)

「봄밤」은 사실 '떠나는' 문제가 아니라 '먹고 사는' 문제로 다시금 재

조명될 필요가 있다. (이것은 강영숙 소설 전체로 확대되어야 하는 것임은 말할 것도 없다.) 이 소설에 등장하는 주요 인물들은 우선 대개 안정된 지위와 수입을 보장받지 못하는 아르바이트 수준의 비정규직이거나 안정되기는 하지만 큰 수입을 가져다주지 못하는 사회적으로 하찮게 인식되는 직업을 가진다. 가령 수도 계량기 검침원이나 용역회사 심부름꾼 같은 "돌아다니며 일하는 직업"을 가졌던 남편, "물건을 팔기 위해 강원도 일대를 돌아다니는 영업사원"으로 경춘국도 인근 공사장에서 자살한 "한 아이의 엄마", 그리고 놀이공원에서 페스티벌에 참여하는 엑스트라와 같은 배우들을 그 비근한 예로 들 수 있다. 그들은 무엇보다도 생계가 문제 되는 사람들이다. 「봄밤」에서 여주인공 '나'가 모두가 '떠나고' 있는 "46번 경춘국도" 위에서 "계절에 따라 찐 고구마나 삶은 옥수수, 구운 오징어나 팝콘, 강냉이나 뻥과자"로 바꾸어가며 때로는 위험하기까지 한 장사에 나선 인물로 설정되어 있다는 사실은 각별한 주목을 요한다. 이 소설은 보시다시피 하루하루 벌어 먹고 사는 것이 문제인 사람들을 다루고 있지 숨 막힐 듯한 일상을 잠시나마 벗어나기 위해 매주 주말 경춘국도로 자가용을 몰고 나가는 사람들을 다루고 있지 않다. 사실 안정된 직장과 수입이 있어 먹고 배부른 자들이어야 '떠나는' 문제를 생각하게 되는 법이다. 그런 의미에서 일상과 환상의 이분법 속에서 최종적으로 그 낭만주의의 환멸을 얘기하더라도 어쨌든 환상으로의 낭만적 탈주를 얘기하는 황도경은 완전히 틀린 것은 아니지만 미세하게 어떤 범주착오 속에 있다. 아니 엄밀하게 말하자면 황도경의 이해와 해석은 착오적이라기보다는 이데올로기적이다. '먹고 사는' 문제를 '떠나는' 문제로 변환시키고 있다는 것은 황도경의 해석과 이해가 지극히 우파적이라는 사실을 가리킨다. 황도경은 어떤 이데올로기 안에서 구체적인 생계의 문제를 막막한 실존의 문제로 착각함으로써 좌파의 소설을 우파의 소설로 간주한다. 분명히 말하지만, 강영숙은 일종의 좌파 작가다.

이것을 증명하는 몇 가지 예를 더 찾아볼 수 있다. 먼저 남편이 돌아다니면서 일하는 직업을 가지고 가끔 "갈 데 없는 사람들"을 집에 들였던 때, 그가 비닐하우스촌에서 데려온 남자 아이는 한 부부에게 아이가 없다는 사실을 강조하면서 애걸하다시피 자기를 버리지만 않는다면 그들의 노후를 책임지겠다고 호언하는 장면을 보여준다. 그 아이에게도 누추하고 남루한 일상이 있을 것인데, 그때 그 아이에게 그러한 일상으로부터 떠나고 벗어나는 문제가 중요하지는 않을 것이다. 남자 아이가 절실하게 매달리는 것은 생활이 아니라 생존이라는 것은 사실 여기서 자명하다. ('먹고 사는' 문제조차 해결되지 않는 사람에게 떠나는 문제를 가지고 접근하는 것은 빵이 필요한 사람에게 펜을 제공하는 것과 크게 다르지 않다.) 그런가 하면 남편 그 자신은 암시적이고 상징적이긴 하지만 보다 명확하고 실제로는 아주 중요한 예화를 제공한다. 이를테면 그가 먹자골목 초입에서 "뭔가 잘못됐다는 표정"을 짓고 있다가 얼마 후 자신의 구두를 바꿔 신고 있던 취객을 두들겨 패고 메다꽂는 장면이 있다. 폭력을 통해 무언가 잘못된 것을 바꾸겠다고 행동하는 남편은 무엇보다도 1980년대 좌파적 노동자들의 잔영이 드리워진 그 후신 쯤에 해당한다는 것이 우리의 생각이다. (그것은 1980년대의 노동자들이 IMF를 겪고 실직을 경험하면서 1990년대를 보내고 난 후의 모습이 아닌지 모르겠다.) 「봄밤」에서 우리는 결국, 일상과 환상 사이의 메울 길 없는 심연을 위치시키고 비극적 낭만주의의 허무를 읽어내는 황도경과 달리, 일상과 환상 사이에 점진적인 변화의 단계를 설정하고 그 변화를 위해 행동하는 변증법적 마르크스주의의 의지를 읽고 있는 셈이다.

「봄밤」의 등장인물들에게는 '떠나는' 것이 아니라 분명 '먹고 사는' 것이 절대적인 문제가 된다. 따라서 이 소설의 여주인공인 '나'가 일상 안에서 '무서움'이라는 감정에 휩싸이는 것은 당연하다. 왜냐하면 떠나는 것이 문제인 배부른 사람들에게 일상은 따분한 생활의 장에 지나지 않겠지만 먹고 사는 것이 문제인 배고픈 사람들에게 일상은 무서운 생계의 장일 것이기 때문이다. (이로써 나는 강영숙의 「봄밤」을-비유적인 의미에서나 실제적인 의미에서나-'좌파의 소설'이라 부르고자 한다.)

3. 우파의 소설-윤성희의 「그 남자의 책 128쪽」

윤성희 소설에서 황종연은 "플롯 전개의 기여 여부에 상관없이 그 자체로 독자의 감각에 호소하는 세목의 다발"이 압도적으로 우세한 것을 볼 수 있다고 말한다. 그리고 그러한 사실은 시각문화가 지배적인 현대 생활과 관련되며, 나아가 "영화적인 기법과의 연관"도 종종 상기시킨다고 지적한다. 대체로 동의할 수 있는 의견이다. 한편 황종연은 윤성희 소설이 "그럴싸한 드라마라곤 없는 평범한 일상사를 때로는 지루할 정도로 자세하게" 다루며 심지어 "쇄말적이라는 느낌"마저 준다고 말하고는, 하지만 그런 가운데서도 의미를 잡아낼 수 있다면 "가난과 고독에 방치된 개인이 자기 자신과 싸우며 살아가는 인생"이 그녀의 소설이 테마화한 "인간 경험의 주요 내용"을 형성한다고 덧붙인다. 말하자면 윤성희 소설의 주제는 대개 "생존에 필요한 지원이나 능력이 빈곤한 상태에서 우연의 위협에 노출되어 살아가는 사람들의 일상적 경험," 즉 그 "외롭고 초라한 생존의 리얼리즘"에 있다는 것이다. 여기에는 어떤 의미에서 동의할 수 없다. (물론 내가 동의할 수 없는 것은 '리얼리즘'이라는 형태학이 아니라 '생존'이라는 주제론이다.) 윤성희의 첫 소설집 『레고로 만든 집』에 실린 작품들의 등장인물들은 다소 상대적이긴 하지만 강영숙 소설의 인물들에 비해 비교적 안정된 직장과 수입이 있다. 그런 인물들을 두고 '생존'을 말한다는 것은 그다지 설득력이 있는 얘기가 아니다. 경춘국도 위에서 과속하는 차량들을 상대로 오징어를 파는 위험하지만 생계를 위해 어쩔 수 없이 해야 하는 일과 과외 학습 지도나 기념일 서비스와 같은 수입이 그렇게 큰 것은 아니지만 재택 근무가 가능할 뿐만 아니라 좀 더 윤택한 생활에 도움이 되는 일은 같은 비정규직이라고 하더라도 분명 서로 다른 것이다. (그런 의미에서 윤성희 소설에 대한 황종연의 이해와 해석은 역시 이데올로기적이다. 강영숙 소설에 대한 황도경의 이해와 해석과는 반대로 이번에는 '떠나는' 문제를 '먹고 사는' 문제로 변환시키고 있다는 점에서 그의 이해와 해석은 좌파적인 성격을 띤다.) 가령 윤성희의 첫 소설집 이후 씌어진 소설들 가운데 「그 남자의 책 198쪽」 같은 단편에서 그 사실은 선명하다. 이 소설의 주인공은 바로 도서관 사서로 일하고 있는 여자다.

신경성 위염이 있어 식후 삼십 분에는 꼭 약을 먹는 그녀는 일주일에 한 번씩은 고향에 계신 어머니께 전화를 하고 또 매달 말일에는 고시 공부를 하는 동생에게 오십만 원을 온라인으로 송금하는 도서관 사서다. 그녀는 도서관 창밖으로 보이는 지붕색이 하나라도 바뀌면 도서관을 그만두리라 생각하고 있다. '저기요'라는 호칭에 익숙해지며, 팔 년째 그녀는 언제나 그렇듯이 열 시면 잠들고 다섯 시면 어김없이 일어나 도서관에 출근하고 오후 다섯 시 삼십 분이면 퇴근을 하며 집에서 저녁을 먹고 TV를 보다가 열 시가 되면 다시 잠드는 따분한 생활을 하고 있는 것이다. 다만 얼마 전부터 그녀는 앞집 사는 남자가 이사를 가면서 준 초록색 자전거로 출근을 하는 가벼운 생활의 변화를 맞기는 했다. 그러나 그것이 계기라도 된 듯, 어느 날 그녀는 도서관에서 늘 책의 198쪽만을 읽으며 '서민경'이라는 이름의 도서 대출 목록을 보고 싶다는, 이마에 갈매기 모양의 상처가 나고 오른손에는 깁스를 한 정말 이상한 남자를 만나 재미있는 경험을 하게 된다. 그런가 하면 새로 온 도서관장은 도서관원들의 의견을 수렴해 도서관을 새롭게 꾸민다. 공부방 하나를 없애고 그 자리에 카펫을 깔고 푹신한 가죽 소파를 놓고 커다란 쿠션을 갖다 놓기도 하는 등 새로운 변화를 일으킨 것이다. 그와 더불어 그녀는 새 쌀로 밥을 짓기도 하고 즉석 사진기를 구입해 다양한 손 모양을 찍는 취미를 갖기도 한다. 그러나 그녀는 여전히 구 년째 도서관에서 일하고 있다. 도서관 창 너머 동네의 지붕색이 아니라 동네 자체가 개발을 위해 허물어졌는데도 불구하고, 그녀는 열 시만 되면 잠들고 다섯 시에 일어나 출근했다. 그녀에게 변한 것이 있다면 밥맛이 좋아져 약간 살이 쪘고 위염 대신 식도염에 걸렸다는 것뿐이다. 그녀는 이제 즉석 사진기가 고장 나 손을 찍는 취미를 버렸고 자전거를 놔두고 버스로 출근을 하기 시작했다. 지금 도서관에 세워둔 그녀의 초록색 자전거는 페달이 녹슬고 있다.

윤성희의 「그 남자의 책 198쪽」에서 도서관 사서로 일하고 있는 여주인공('그녀')은 소설의 서두에서 우선 생활비를 줄이기 위해 핸드폰을 정지시켰다고 말하고 있지만 더 정확히 말하자면 그녀가 즐겨하는 샤워 때문에 크게 늘어난 수도 요금을 벌충하려는 생각에서 그렇게 말한 것이 분명하다. 그리고 고향에 계신 어머니가 차린 가게가 잘 되지 않아 고시 공부를 하는 동생의 뒷바라지를 하고 있지만, 그녀는 도서관 사서라는 안정된 직장과 수입이라는 쉽게 허물어지지 않는 기반이 있기 때문에 그렇게 풍요롭지는 않더라도 곤궁하고 궁핍하게 생활하지는 않는다. 사실 신경성 위염이라는 병을 치료하기 위해 꼬박꼬박 약도 사서 먹고 "밥맛 좋아지는 쌀"에 대한 새로운 광고를 보고 쌀을 바꾸기도 하는 여유가 있다. 즉석 사진기를 구입해 다양한 손 모양을 찍는 취미도 배부른 취미에 속하기는 마찬가지다. 한마디로 그녀에게 "생존의 리얼리즘"이라는 것을 느끼기는 어렵다. (물론 절대적인 기준에서 보면 황종연의 말마따나, 윤성희 소설의 인물들이 가진 직업도 강영숙 소설의 인물들이 가진 그것처럼 불안하고, 그래서 그들은 실제로 풍족한 생활과 거리가 멀어 보이는 것이 사실이다.) 그녀에게 '먹고 사는' 문제가 그렇게 절실한 것은 아니라는 말이다. 그녀가 간절히 생각하는 것은 실제로 지겨운 일상으로부터 '떠나는' 문제다. 되풀이하는 것이지만, 안정된 직장과 수입이 있어 먹고 배부른 자들이라야 떠나는 문제를 생각하게 되는 법이다. 「그 남자의 책 198쪽」에 나오는 인물들이 대개 일상 안에서 '따분함'을 표시하는 이유는 바로 거기에 있다. 이것은 생존의 문제가 주된 관심이었던 강영숙의 인물들이 일상 안에서 '무서움'을 표시하던 것과 아주 뚜렷한 대조를 이룬다.

「그 남자의 책 198쪽」에 등장하는 인물들이 하나같이 따분해하는 것은 무엇보다도 일상에 변화와 모험이 없기 때문이다. 예를 들면 도서관 사서로 일하고 있는 한 여자의 생활은 간단히 말해 다람쥐 쳇바퀴의 그것에 지나지 않는다. 그녀는 우선 언제나 그렇지만 저녁 먹고 드라마 보고 뉴스를 보고 나서 열 시가 되면 잠들고, 또 새벽 다섯 시에 눈떠 아침 먹고 출근한다. 생활의 큰 테두리를 이루고 있는 일들 이외의 자잘한 일상사에서도 변화와 모험이 없기는 매일반이다. 한 달에 보통 수도 요금은 5만 원 이상 나오고, 일주일에 한 번씩 고향 어머니께 전화 드리고, 매달 말일에는 고시 공부 하는 동생의 뒷바라지를 위해 온라인으로 오십만 원 정도 송금하고, 신경성 위염 때문에 밥 먹고 삼십 분 후에는 꼭 약을 먹는다. (이런 여자의 남자 친구가 "난 니가 지겹다, 이제"라는 말을 하고 그녀를 떠나갔다는 것은 그런 의미에서 충분히 이해할 만하다.) 한편 이 소설에서 그려지고 있는 무료하고 권태로운 일상은 간혹 모호한 상징의 옷을 입고 나타나지만 아주 명료한 표현을 제공하기도 한다. 이를테면 그녀는 도서관 창 너머로 보이는 지붕들 중에서 색이 하나라도 바뀌면 도서관을 그만두리라는 생각을 하고 있는데, 어느 날 초록색이 칠해진 지붕 위에 색을 칠하려고 올라간 인부를 보게 된다. 그러나 초록색 위에 입혀진 색은 또 초록색임이 드러난다. 변화의 기미는 다시금 변화 없는 일상의 반복 속에 묻혀버리는 것이다. 그런데 「그 남자의 책 198쪽」에 나오는 여주인공의 일상에도 언제인가부터 작지만 잇따른 변화의 기미들이 닥쳐온다. 그것에 하나의 신호탄이 된 것은 앞집에 사는 남자가 이사를 가면서 준 자전거로 출근을 시작하게 된 일이다. 자전거 출근으로 인해 그녀는 "'아늑한 미용실'이라는 간판"과 "고등학교의 긴 담"과 같은 그녀 자신이 정말 좋아하고 원하는 몇 가지 풍경을 비로소 손에 넣게 된다.

그리고 얼마 후 그녀는 도서관에서 우연히 이마에 "갈매기" 모양의 상처를 가진 "오른손에 깁스를 한 남자"를 만난다. 그녀의 일상은 실제로 그 남자로 인해 한동안은 따분하지 않은 일들로 채워진다. 우리가 보기에 그 남자는 분명 이 소설에서 매우 상징적인 인물에 해당하는 것 같다. (여주인공이 실감 있는 구체적인 인물인 것과는 대조적으로 말이다.) "남자가 이마를 찡그릴 때마다 갈매기가 날개를 파닥이며 하늘을 날았다. 어디선가 물비린내가 나는 듯했다"라는 표현은 그가 일종의 자유의 표상으로 그녀의 따분한 일상에 일종의 모험을 부여하게 되리라는 추측을 할 수 있게 만들기 때문이다. 정말이지 그녀는 그 남자와 만난 이후로 "엉뚱한" 일들을 겪게 된다. 우선 죽은 여자친구의 마음을 알기 위해 도서관 책들의 198쪽을 열심히 뒤지는 이상한 사람이면서 여자친구를 죽게 만든 뺑소니 차량을 찾기 위해 고속도로 상에서 오징어를 파는 사람으로 나서는 별난 사람인 그로 인해, 그녀는 흥미로운 경험을 하게 되는 것이다. 책 속의 문장이나 단어를 가지고 언어적 유희를 벌이거나 즐거운 상상을 하기도 하고, 자신의 오른쪽 깁스에 전하고 싶은 말을 적고 그것을 다시 사진으로 찍어 보낸 그 남자의 선물을 받기도 하며, 나아가 그것으로 인해 즉석 사진기를 구입하여 동료 직원들의 다양한 손 모양을 찍어 방 벽에 붙이는 다소 특이한 취미를 갖게 되기도 한다. 한편 그녀는 그 남자와의 만남말고도 "새로 온 관장"으로 인해 변화된 도서관에서 일하게 되는 잠깐 동안의 기쁨을 만끽하기도 한다. (그러한 변화의 제안을 한 것은 바로 그녀였다.) 공부방 하나를 없애고 거기에 새로운 독서 공간을 만들었던 것이다. 카펫을 깔고, 또 푹신한 소파와 쿠션 그리고 야자나무와 해변용 의자를 갖다놓은 독서 공간이란 얼마나 기상천외한가. 그러나 작가 윤성희가 「그 남자의 책 198쪽」을 통해 전달하려는 것은, 그러한 작은 변화들이 도서관 사서로 일하는 한 여자의 일상을 그 일상으로부터 놓여나도록 잠시 긴장시키기는 했지만 그것이 결국 결정적인 변화의 계기가 되지는 못한다는 것이지 그녀의 일상이 희망적이게도 변화 가능하다는 것은 아니다.

소설의 결말은 그녀가 아직 "구 년째" 도서관에서 일하고 있다는 변함없는 정보를 들려준다. 그녀는 여전히 저녁 열 시에 잠들고 아침에 도서관에 출근한다. 도서관 창밖으로 보이는 동네의 집 지붕이 아니라 동네 자체가 없어지는 커다란 변화에도 불구하고, 그녀만큼은 여전히 도서관 사서로 일하고 있다. 자잘한 일상사에 전혀 변화가 없는 것은 아니다. 위염 대신 식도염을 새롭게 앓게 되었다는 것과 살이 약간 쪘다는 것이 일상의 약간의 변화를 지시한다. 그러나 그것은 일상을 근본적으로 바꾸는 변화라기보다는 오히려 일상의 테두리를 더욱 공고히 하는 무력한 움직임일 뿐이다. 물론 그 밖에도 자전거 대신 다시 버스로 출근을 하게 되었다는 것과 즉석 사진기가 고장 나 다양한 손 모양을 찍지 못하게 되었다는 것이 일상적 변화의 목록의 일부를 이루고 있다. 그러나 이것 또한 참된 변화와 관련된다기보다는 오히려 변화를 원래대로 되돌리는 무변화의 수식들에 지나지 않는다. 「그 남자의 책 198쪽」이 이러한 사실들을 통해 말하려는 것은 명백하다. 무료하고 권태로운 일상에 잠시 변화와 모험들이 생겨난다 하더라도 근본적으로 그것은 결국 일상을 변화시키는 계기가 되지 못한다는 것이다. (이러한 생각이 따분한 일상의 묘사를 통해서가 아니라 흥미진진한 경험을 거치는 과정에 대한 서술을 통해 전개된다는 것은 그 생각이 어느 정도는 비관적이지만 또 어느 정도는 성숙한 체념에 가깝다는 것을 말해준다. 왜냐하면 그 생각은 일정하게 변증법적 부정의 과정을 밟음으로써 그 진실성을 입증하기 때문이다.) 이 생각은 이 소설의 맨 마지막 구절에서 다시 한번 아주 절묘하게 표현된다. "도서관에 세워둔 자전거 페달이 녹슬기 시작했다." 한 도서관 사서의 일상을 변화시키기 시작했던 자전거 페달이 녹슬어가고 있다는 것은 무엇을 말하겠는가. 일상의 견고함 바로 그것이 아니겠는가.

「그 남자의 책 198쪽」의 주인공은 떠나는 데 성공하지는 못했지만 이 소설의 주인공을 지배하는 문제는 분명 '떠나는' 문제이지 '먹고 사는' 문제가 아니다. 작가 윤성희가 먹고 사는 것이 아니라 떠나는 것이 문제인 여자에 주목하는 것은 결국 윤성희가 우파적인 작가라는 사실을 가리킨다. (이러한 판단은 항상 강영숙의 소설을 염두에 둘 때 더욱 설득력 있게 들릴 것이다.) 한마디로 윤성희에게 중요한 것은 생계의 문제가 아니라 실존의 문제라는 것이다. (이로써 나는 윤성희의 「그 남자의 책 198쪽」을—비유적인 의미에서나 실제적인 의미에서나—'우파의 소설'이라 부르고자 한다.)

욕망은 윤리와 어떻게 만나는가

— 천운영, 이평재의 소설에 관하여

1. 욕망의 윤리학, 그 새로운 지평

욕망은 윤리와 어떻게 만나는가? 정직하게 말할 때 욕망은 윤리와 만날 수 없다. 욕망과 윤리 사이에는 기적적인 비약이 아니고서는 넘어갈수 없는 깊은 심연이 가로놓여 있다. 이기적 개인의 개별적인 욕망은 선(善) 의지라는 인간의 보편성을 전제해야만 가능한 윤리와 사실 양립 불가능한 것이다. 윤리로부터 욕망을 연역할 수 없는 것과 마찬가지로, 욕망으로부터 윤리를 연역하고 그것들을 결합한다는 것은 작위적인 도덕원칙의 개입이 없고서는 가능하지 않다. 그래서 칸트는 자신의 철학 체계의 결함을 무릅쓰고 당위적 요청으로서만 윤리를 다루었다. 그는 욕망과 윤리의 매개를 통한 지양이나 승화를 불가능한 것이라 보고 포기했던 것이다. 욕망의 개별성과 윤리의 보편성을 매개하는 헤겔 식의 특수성이란 증명할 수 없는 하나의 철학적 가정일 뿐 사실로서 경험되는 것이 아니다. 이것은 무엇보다도 개별성이라는 사적 영역과 보편성이라는 공적 영역을 결합할 필연적인 토대가 근본적으로 부재한다는 것을 가리킨다. '만인에 대한 만인의 이리'(홉스)라는 말로 표현되곤 하는 이기적 욕망의 개인들에게서 그 근대적 야만성을 잠재운 합의와 계약의 개념이 자발적인 욕망의 발로가 아니라 욕망의 강제적인 제약이 되어 있는 것은 그 때문이다. 윤리가 욕망의 내부에서 필연적으로 자라날 수 없을 때, 욕망의 외부가 그 윤리의 우연한 거점이 된다는 것은 자연스럽다. 결국 근대적인 윤리는 이데아와 같은 선험적이고 초월적인 필연적 토대의 보편성을 합의와 계약과 같은 경험적이고 합리적인 우연적 토대의 의사-보편성으로 대체하려는 계몽적 노력의 일부로서 출현한 셈이다. 그러나 경험적 합리적 토대라는 의사-보편성 위에 구축된 윤리는 근대적 야만성을 순치하고 훈육했던 기원이 망각되고 그 토대가 경직되면서 새롭게 이른바 '문명 속의 불만'(프로이트)을 낳게 된다. 이기적 욕망의 개인들 사이를 중재하고 화해시켰던 탄력적인 규제의 원리로서의 윤리는 이제 개인들의 욕망의 자유 그 자체를 원천적으로 부정하는 강력한 억압과 통제의 원리로서의 윤리로 바뀐다. 이것은 바로 윤리적 체계로서의 사회 제도를 끊임없이 부정하고 그것에 저항하고자 했던 근대 문학 안에서 욕망의 형상들이 빈번하게 미학화된 저간의 사정이자 근본적 이유이다. 이후에 문학은 욕망의 자유로운 발현에 대한 가장 중요한 지지자들 중의 하나가 된다.

그러나 욕망을 윤리적 정초(定礎)하는 일은 문명의 불만을 지속시키고 온존시키는 일이라 해서 결코 포기될 수 없다. 윤리의 기율을 거부하는 욕망의 방목은 어떤 식으로든 현실적 삶 그 자체를 불가능하게 만드는 것이기 때문이다. 이것은 순수하게 윤리적 기율만이 지배하는 사회 속에서는 살 수 있을지 모르지만 반대로 순수하게 욕망의 방목만이 지배하는 사회 속에서는 절대로 살 수 없다는 누구나 수긍할 수 있는 이치와 같다. 특히 우리의 경우, 1980년대 후반 장정일로부터 시작된 '욕망의 미학'이 윤리적 현실에 의해 억눌린 본능적이고 원초적인 욕구를 해방한다는 긍정적인 의미에도 불구하고 욕망을 윤리와 결합하는 일에 상대적으로 무관심했다는 점을 부인할 사람은 그다지 많지 않을 줄 안다. 저마다의 아버지를 죽이고 또 저마다의 어머니를 겁간하는 욕망의 세계(아마도 심미주의적 관점에서는 방법적으로 정당화될 수 있을지 모른다)는 미학과 삶의 통합이라는 이성주의적 관점에서는 사실 상상하기 어려운 것에 속한다. 문학은 한편으론 개인적 욕망의 자유로운 발현을 모색하고 도모하는 쾌락원칙의 지지자이기도 하지만 다른 한편으론 개인적 욕망들의 조정과 화해에 기여함으로써 진정한 윤리적 삶의 비전에 관여할 줄도 아는 현실원칙의 구현자이기도 하다는 점을 반드시 기억하지 않으면 안 된다. 물론 근대적인 윤리학의 선험적이고 초월적인 토대의 보편성이 하나의 허구임이 드러나 있는 이상, '욕망의 윤리학'은 더 이상 칸트적인 요청에 따라 인간의 자연권이나 보편적 이성 위에 인간의 욕망을 정초하려는 규정적 관념으로는 정립되기 어렵다. 그러니까 지금 여기에서 욕망과 윤리를 결합하기 위해서는 공통의 감각이나 공통의 이해라는 공적인 보편성의 토대가 아닌 새로운 근거를 필요로 한다고 할 수 있다. 그것은 아마도 내가 다른 이에게 이리라면 다른 이 또한 나에게 이리가 된다는 사적인 위기감을 근거로 해서만 정립 가능한 것이 될 것이다. 이때 비로소 필연적 보편성을 대체한 우연성이라는 토대에 의해 윤리적 연대가 가능해진다. 이 글에서 천운영의 소설과 이평재의 소설을 대비해서 다루는 것은 바로 그런 맥락에서다. 하나는 여전히 필연성의 윤리에 매달리고 다른 하나는 우연성의 윤리에로 과감히 나아가는 것을 보게 될 것이다.

2. 야생의 사고-천운영의 「월경」

천운영 소설에서 황종연은 "욕망의 포르노그라피"를 읽을 수 있다고 말한다. 모두 그런 것은 아니지만 대체로 맞는 말이다. 이광호는 좀 더 구체적으로 천운영 소설이 "제도적 현실에서 억눌린 본능적이고 원초적인 욕구"를 그러한 욕망의 포르노그라피를 통해 표현한다고 지적한다. 동의한다. 그러나 두 사람은 천운영 소설에 그려진 욕망과 욕구가 가진 '틈'을 보지 못함으로써 그 한계에 둔감한 면모를 보여준다. 그들은 천운영 소설이 한국 소설에서 "좀처럼 보지 못한"(황종연) "독특한"(이광호) 미학을 제시한다고 고평하고 자신들의 천운영론(論)을 마무리 짓는다. 신인작가에 대한 격려라는 의미에서 없을 수 없는 상찬의 수사학이겠지만 그래도 너무 지나친 것 같다. 물론 이광호는 천운영의 개성이 "동어 반복의 알레고리"와 "낡은 숙명론"에 머물러 있음을 염려하고 또 예의 욕망과 욕구의 "문화적 문맥"을 확대하게 되기를 바란다는 비평적 충고를 잊지 않는다. 그러나 그는 역시 천운영 소설이 "틈새에서 씌어지고" 있다는, 의도하지 않은 것이긴 하지만, 쉽지 않은 발견을 하고도 그 '틈새'에서 여성 성기의 상징적 의미를 읽어내는 데서 그친다. 그 틈새는 사실 하나의 상징이 아니라 일종의 균열(niche)이다. 보다 정확히는 균열의 징후(symptom)이다. 천운영 소설의 틈새는 한 우주의 형성을 가로막고 방해하는 균열과 모순 그 자체이지 "한 우주를 빨아들이고 한 우주를 낳는" "창조적 부재의 자리"가 아니다. 「월경」(『세계의 문학』, 2001년 여름호)은 바로 천운영 소설의 균열과 모순을 증거하는 대표적인 예다.

이 소설의 줄거리를 요약하면 대략 다음과 같다. 스무 살의 나는 철로를 한 번도 넘어가 보지 못하고, 아니 넘어가는 것을 두려워하며 은행나무가 베어진 "낡은 이층집"에서 7년째 혼자 살아간다. 아주 오래전 화물차 운전사인 아버지는 피로에 지쳐 고속도로변 "은행나무집"이라는 식당을 찾아들었다가 그곳에서 음식을 나르던 어머니를 만나 나를 가지게 되었다. 붉은 보름달이 낮게 뜬 어느 날, 암내를 풍기던 은행나무 밑에서 두 사람은 숨막히는 정사를 벌였던 것이다. 이어 어머니는 아버지를 따라나섰고 어떤 철로변 동네에 정착하여 나와 더불어 한동안 행복하게 살았다. 그러나 아버지의 면허정지 때문에 이층집 아랫층에 술집 "은하수 가게"를 꾸리게 된 어머니는 점점 수상한 모습으로 변해갔다. 그러다가 어린 나는 어느 날 문득 윗층의 한 방에서 낯선 남자와 정사를 나누는 어머니의 모습을 엿보게 되는데, 갑자기 들이닥친 아버지는 나를 던져버리고 그들을 잔인하게 난자(亂刺)하여 죽이고는 떠나고 말았다. 그 이후로 매번 기차에 머리가 박살나는 꿈을 꾸는 나는 성장을 멈춘 채 철로변에 있는 "우리집"에 홀로 머물며 살아가게 된 것이다. 나는 물론 생계를 위해 술과 웃음을 파는 은하수 가게를 계속 경영한다. 아버지가 떠난 지 1년 뒤부터 서른이 훨씬 넘은 한 계집에게 가게를 빌려주고 거기서 나오는 수입을 반반씩 나누며 살아간다. 그런데 나는 그 은하수 계집을 좋아하고 욕망하게 되면서 그 계집이 통정하게 된 철로변 공사판 인부인 푸른 모자를 쓴 사내를 질투하게 된다. 어느 날 나는 어머니가 살해당한 방에서 정사를 벌이던 계집과 사내를 발견하고 달려들었다가 뛰쳐나온다. 나는 달빛이 쏟아지고 있는 철로를 배회하다 결국 철로를 넘어 뛰기 시작한다.

천운영의 「월경」에서 드러나는 균열과 모순은 무엇보다도 페미니즘적 의미를 내포한 여성 성기의 "틈새"(「바늘」)에서 아이러니컬하게도 그 해방적 의미를 약화시키거나 무력화시킬지도 모르는 남근 선망이라는 오이디푸스적 감정을 엿보게 되는 순간 드러난다. 그러한 균열과 모순으로서의 '틈'은 사실 가라타니 고진적 의미에서의 어떤 '전도' 속에 작가가 여전히 머물러 있음을 말해준다. 고진의 어법을 잠시 빌리자면, 여성성이라는 기원이 망각된 남성성의 전횡(專橫)이라는 현실은 바로 그러한 전도 속에서 여성성을 남성성의 상대적인 대립항으로 설정하는데, 이때 그 대립항으로서의 여성성은 남성성(가령 최근 생물학의 보고서 속에서도 남성성은 여성성의 한 변이로서 기록되고 있다)을 규정하는 기원이면서도 거꾸로 남성성에 의해 규정되는 결과로서 나타난다. 여성성은 여기서 이른바 가부장적 이데올로기의 한 부속물이 된다. 어떤 전도 안에서는 비록 여성성이 남성성에 대립하고 저항하더라도 그것에 쉽게 포섭되고 나포되는 이유가 거기에 있다. 그런 만큼 천운영 소설에 나타난 "야생의 미학"(이광호)은 실제로 미학이 되지 못하고 '야생의 사고'(레비스트로스)라는 성격을 띠고 만다. 야생의 사고도 역시 원시적 삶의 질서를 어떤 전도의 메커니즘 속에서 문명적 삶의 질서에 의해 발견된 것으로 간주한다. 발견된 것은 사실 문명적 삶의 질서지 원시적 삶의 질서가 아니다. 기원이 결과로 뒤집혀 인식되는 그러한 전도는 결국 천운영 소설의 야생적 상상력이 지닌 위반과 전복의 미학적 에너지를 일종의 윤리학적 사고 속에서 순치되도록 하고 또 순치되지 않는 것은 배척되도록 만든다.

「월경」에 나오는 여성 주인공은 이른바 오이디푸스 삼각형으로 상징되는 가부장적 이데올로기의 감옥 바깥으로 탈주하는 듯하지만 사실 여전히 그 감옥 안에 있다. 이 소설의 주인공은 우선 이성의 부모에게 성욕을 느끼고 동성의 부모가 죽기를 원하는 동시에 그러한 소망에 수반되는 거세 불안을 경험한다는 점에서 여자 오이디푸스(다만 「월경」의 경우 여자가 오이디푸스로서 등장한다는 것이 특이하다. 프로이트 이론 안에서 엘렉트라 컴플렉스는 용도 폐기되어 있다.)임에 틀림없다. 욕망의 현장에 참여했다가 아버지의 손으로 던져져 생장을 멈추어버렸다는 서사적 설정은 그런 해석을 정당화한다. 그녀가 철로를 넘지 못하는 것은 바로 거세 불안 때문에 금기를 내면화한 자의 오이디푸스적 표징 이외에 다른 아무것도 아니다. 그런데 그녀는 거세 불안에 주박된 자신의 성욕과 욕망을 긍정하고 풀어놓으려 했을 때 비로소 철로를 넘는다. 아마도 그녀는 은하수 계집과 푸른 모자를 쓴 사내의 정사 장면을 목격하면서 야생과 욕망의 긍정과 수용에 대한 에피퍼니에 도달했던 것이 분명하다. 거세 불안의 표현인 기차에 머리가 박살나는 악몽을 떨치고 '은하수 가게'라는 오이디푸스 제국의 경계인 철로를 넘어 나아가는 것은 그 때문이다. 이것이 명백히 이 소설에서 말하는 '월경(越境)'이라는 사실을 모르는 이는 그다지 많지 않을 줄 믿는다. 그러나 남근 선망의 한 양상으로 아버지에 대한 그리움을 은연중에 암시하는 장면들은 「월경」의 여자 주인공이 철로를 넘어 나아간 곳을 아버지가 있는 곳으로 간주하도록 만든다. 그녀가 보여주는 은하수 계집에 대한 욕망은 여기서 남자들의 욕망의 대상이 되고 싶은 일종의 선망의 감정이었음을 확인하게 된다. 이것이 오이디푸스 제국으로의 재편입이라는 사실은 명백하다. 그런 의미에서 「월경」에는 사실상 월경이 없다. 아니 월경이라는 기호는 이중적이어서 모순과 균열을 보여준다. 「월경」의 여자 주인공은 넘어갔지만 아직 넘어가지 못한 것이다.

이 소설의 여자 주인공의 심리에 여전히 잠복해 있는 남근 선망의 감정은 여성성을 충만한 기원으로서 인식하지 못하고 남성성을 준거로 하나의 결핍으로 수용한다는 사실을 가리킨다. 이런 전도 속에 머물러 있기 때문에 바로 천운영의 탈주(脫走)는 탈주가 되지 못하고 허사가 되고 마는 탈주의 몸짓만을 애처롭게 보여주는 것이다. 천운영의 「눈보라콘」이라는 소설은 남자 주인공을 선택함으로써 작가의 '야생의 사고'가 갖는 한계를 보다 선명하게 드러낸다. 이 소설이 말하고자 하는 바는 한마디로 아버지가 없을 때가 아버지가 있을 때보다 행복하다는 말로 요약될 수 있는데, 겉보기엔 남근 선망의 감정을 훌륭히 극복해내고 기원으로서의 여성성을 옹립하고 있는 것처럼 보인다. 그러나 「눈보라콘」은 '행복하다'라는 현재형으로 소설을 끝맺지 않고 "행복했다"라는 과거형으로 소설을 종결지음으로써 그러한 여성성의 망각을 확인시켜주고 있다. 물론 중요한 것은 행복한 삶을 아버지의 부재 속에 설정하고 망각된 것을 기억 속에서 복원한 작가의 의도를 충분히 수용하는 일이겠지만, 그러한 삶을 과거지사에 한정함으로써 오이디푸스 제국의 건재를 추인하는 이 소설의 시제법은 암묵적인 방식으로 예의 그 탈주가 불가능한 것임을 고백한다. (물론 우리는 그 탈주가 불가능한 것이 아니라 아직 이루어지지 않은 것이기를 바란다.) 더구나 이 소설에서 기원으로서의 여성성을 대변하는 또 다른 등장인물 주인공의 어머니는 망각된 것을 기억 속에서 복원한다는 작가의 의도가 모순된 것임을 보여준다. 균열은 여기에도 분명히 있다. 즉 어머니는 무엇보다도 남자 주인공을 낳아 기름으로써 남근을 자기 내부에 획득하고 남근 선망을 실현한 또 다른 여자 오이디푸스다. 그런 그녀이기에 버릇없고 말썽 많은 아들에게 그 악명 높은 '아버지'를 끌고 오는 것이다. 그녀는 마침내 재혼의 의사를 표명한다.

지금까지 천운영 소설의 균열과 모순에 주목하고 '야생의 미학'이 '야생의 사고' 속에서 훼손되고 굴절되어 있다는 관점을 지속적으로 주장해왔다. 그러나 더 정확하게 말하자면 천운영 소설의 균열과 모순은 하나의 갈등으로 해석되지 않으면 안 된다. 그것은 가부장적 이데올로기가 비판되면서 페미니즘적 관점이 확립되어가고 있는 과도기의 가치 혼란을 그대로 반영함으로써 착종되어 있는 두 가지 가치 체계에 이중구속된 작가의 내면을 고스란히 들여다보게 해준다. 그런 의미에서 천운영 소설은 황종연의 말마따나 "리얼리즘"을 보여주는지도 모른다. 우리가 천운영 소설의 균열과 모순에서 미학적 실패 혹은 모순과 균열을 보기보다는 현실의 열기와 압력을 느껴야 하는 것은 무엇보다 그 때문이다. 물론 천운영이 그 현실의 열기와 압력 속에서 사유하고 있는 것은, 조금 비약하자면, 욕망의 방목이 윤리의 기율을 공격하기만 할 때의 공포와 두려움과 죄의식이라는 곤혹스러운 삶의 무질서일지도 모른다. 작가는 전의식(前意識)의 차원에서이긴 하지만 다소 억압적이더라도 무책임하고 무질서한 욕망의 방목보다는 책임과 질서의 원천이 되는 윤리의 기율이 더 낫다고 생각하는 것 같다. 천운영에게서 오이디푸스 제국에 대한 의식적인 부정과 저항은 그것에 대한 전의식적인 지향과 찬동을 그 배면에 깔고 있는 셈이다.

3. 환상의 윤리학
─이평재의 「거울 앞에 선 아나스타시아」

이평재 소설은 대개 환상적인 것을 보여준다. 그런데 황도경은 이평재 소설의 환상이 흔히 성적 욕망을 동반함으로써 그녀의 소설에 나타난 환상은 "이성의 통제하에 있던 욕망의 부활이라는 의미"를 갖게 된다고 말한다. 전적으로 타당한 지적이다. 환상이란 이성의 통제가 미치지 않는 비현실적인 낯선 공간이라는 점에서, 이평재 소설이 욕망을 활성화하고 이성의 기율을 토대로 한 일상적 현실을 문제 삼기 위해서 반이성적 영역을 대변하는 환상들을 충실하게 재현하는 것은 의미 있는 미학적 선택이라고 할 수 있다. 이평재 소설의 환상은 황도경의 말마따나 "욕망의 거세를 통해 세워지고 유지되고 있는 현대문명에 대한 우울한 제문(祭文)이자 그 회생을 위해 벌이는 굿판"임에 틀림없다. 그런 의미에서 이평재 소설의 '환상 공간'은 천운영 소설이 보여준 '야생의 세계'와 의미론적 상동성을 이루고 있는 것으로 보인다. 그곳에서는 무엇보다도 '욕망'이라는 쾌락원칙으로 사회를 재조직화하려는 마르쿠제적인 기획이 관철된다. 그러나 천운영 소설의 경우, 욕망은 '억압적 탈승화'에서처럼 초자아와 직접 연결됨으로써 파시스트적 힘의 논리를 추구하게 될 위험에 노출되는 것이어서 그 위험을 피하기 위해 그만 '남근 선망'에 의한 오이디푸스적 자아의 개입을 다시금 용인하는 난처한 입장에 처하고 만다. 천운영 소설의 욕망은 현실과의 갈등을 정직하게 반영하면서 결국 그 욕망을 아버지가 관장하는 '이성의 윤리학'에 귀속시킨다. 미학 안에서이긴 하지만, 어느 누구도 저마다의 아버지를 죽이고 저마다의 어머니와 여동생을 강간하는 짓을 욕망이라는 이름으로 정당화할 수 없는 법이다. 정직하다고 말한 것은 바로 그러한 귀속이 어쩔 수 없고 또 불가피한 것이기 때문이다. 그런데 이평재 소설은 욕망을 천운영 소설과 달리 보편적 합리적 이성에 의지하지 않고 윤리적으로 정초하는 하나의 단초를 보여준다. 이것이야말로 이평재 소설에 주목해야 할 거의 유일한 이유이다. 이평재라는 텍스트를 통해서 비로소 한국 소설은 거친 채로나마 이른바 새로운 '욕망의 윤리학'을 정립하게 된다.

우선 이평재 소설에서 욕망의 환유가 되어 있는 환상은 '당신의 욕망에 충실하라'는 쾌락원칙의 목소리가 우세한 공간으로 드러난다. 「마녀 물고기」와 「거미인간 아난시」가 그러하고, 「푸른고리문어와의 섹스」와 「마술에 걸린 방」이 그러하다. 간혹 환상에 빠지면서 등장인물들이 불안 과 공포 그리고 죄책감 등에 사로잡히는 것은 쾌락원칙의 우세 속에서 도 여전히 현실원칙의 개입이 중단되지 않고 있음을 나타낸다. 그러나 이평재 소설의 인물들은 대개 환상 공간 안에서 강렬한 성적 욕망을 실 현하는 야수(野獸)들로 등장한다. 「마녀 물고기」에서 여간호사를 강간하 는 의사는 다만 한 가지 예에 지나지 않는다. 이때 이평재 소설은 천운 영 소설로부터 그렇게 멀리 있지 않다. 한편 이평재 소설의 환상은 '타 인의 욕망을 존중하라'는 새로운 원칙의 목소리가 생성되는 공간이기도 하다. 물론 그 새로운 원칙이라는 것은 현실원칙과는 분명 다른 것이다. 도덕이라는 공적 가치를 전제한 현실원칙의 보편적 입법으로부터 나오 는 존중과 달리, 새로운 원칙에 의한 존중은 욕망에 마냥 충실하다보면 자신의 욕망도 침해당할지 모른다는 사적 위기감을 전제하고 타인의 욕 망이 가지는 구체적이고 특수한 방식에 대해 증여되는 것이기 때문이 다. 그런 의미에서 이평재 소설의 환상은 이중성을 띤다. 그러나 이평 재 소설의 환상이 갖는 이중성은, 천운영 소설의 욕망이 가지던 이중성 이 일종의 균열(niche)이었던 것과 달리, 하나의 보충(supplement)이라 해 야 한다. '당신의 욕망에 충실하라'는 원칙과 '타인의 욕망을 존중하라' 는 원칙은 서로를 배제하는 것이 아니라 상호간의 보충을 통해 새로운 '욕망의 윤리학'을 정초하고 있기 때문이다. 이것은 사실 '타인의 욕망을 존중하라'는 원칙이 종종 '보편적 입법을 준수해야 한다'는 현실원칙과 혼동되기 때문에 위험한 것이긴 하지만 소중하기 때문에 섬세하게 구별 되어 간직하지 않으면 안 된다. 이때 이평재 소설은 그러한 '욕망의 윤리학'을 통해서만 천운영 소설을 한 단계 더 밀고 간다. 이평재의 「거울 앞에 선 아나스타시아」(『현대문학』, 2000년 6월호)는 여기서 가장 중요하게 취급해야 할 작품이다. 이 소설은 새롭게 욕망을 윤리적으로 정초한다는 한국 소설 최초의 획기적인 기획을 세련된 형태로서는 아니지만 아주 선명하게 보여준다. 이 소설의 내용은 간단하다. 어머니에 의해 백혈병에 걸린 소녀로 알려졌던 한 소녀가 언론과 복지가들의 도움으로 성공적인 여자로 성장하는데, 어느 날인가부터 이상한 꿈을 자꾸 꾸게 되면서 심리학자를 찾아갔다가 자신이 백혈병에 걸린 적이 없다는 사실을 알고 고통스러워 한다는 이야기다. 자신이 백혈병에 걸렸다는 것은 어머니의 기만과 사기에 의한 허구였던 것이다.

「거울 앞에 선 아나스타시아」에도 어김없이 환상적인 것들이 출몰한다. 물론 이 소설은 이평재의 다른 소설들이 보여주는 초현실적인 환상과는 다른 종류의 환상을 보여준다. 이른바 '이미지로서의 환상'이라고 할 만한 것인데, 현실적인 것이긴 하지만 이것도 넓은 의미에서 환상의 한 가지임에는 분명하고 또 욕망의 환유라는 점에서도 다른 소설들의 환상과 공통된다. 「거울 앞에 선 아나스타시아」의 환상은 실제로 딸의 욕망과 어머니의 욕망이 구축한 공간으로 되어 있다. 말하자면 환영으로부터 실체를 구해내고자 하는 딸의 욕망은 그녀로 하여금 부분적으로 꿈과 최면의 세계를 형성하도록 하고 환영 속에 실체를 은폐함으로써 아버지에게 복수하고자 하는 어머니의 욕망은 황녀 "아나스타시아"라는 총체적인 이미지의 세계를 만든다. 이 소설을 감싸고 있는 주된 환상은 물론 딸의 것이 아니라 어머니의 것이다. 황녀 아나스타시아라는 딸의 이미지, 즉 "운명을 개척한 공주의 모습"을 중심으로 한 환상 공간은 무엇보다도 어머니가 자신의 결혼이 궁극적으로 실패한 것임을 위장하기 위해 만들어놓은 봉합물이라 할 수 있다. 아버지는 어머니에게 꿈과 환상의 실현물인 결혼의 계약을 파기하고 "도시에서 온 여자를 따라 어머니를 떠나갔다." 이때부터 어머니는 딸인 "나를 낳아 훌륭하게 키워 아버지에게 복수해야겠다는 감정" 속에서 딸을 황녀 아나스타시아로 만들고 새로운 환상 공간을 창출함으로써 망가진 기왕의 환상 공간을 보수(補修)하고자 했던 것이다. 슬라보예 지젝처럼 표현하자면, 아버지의 욕망과 행위가 갖는 사려 깊지 못한 잔인성은 아버지와 어머니의 성관계의 실패(진정한 관계의 불가능성)를 체현하고 있는 타자인 여성("도시에서 온 여자")을 결혼이라는 환상 공간에 들여놓음으로써 어머니의 환상을 허물어버린 데 있다. 아버지의 욕망과 행위의 결과는 물론 어머니의 환상이 깨진다는 사실이다. 어머니가 가지고 있던 욕망과 행위는 침해당하고, 그녀의 인격에 일관성을 부여하던 환상은 박탈된다. 그녀가 자신의 삶을 의미 있는 것으로 영위할 수 있게 해주던 조화의 틀로서의 환상이 깨져버리는 것이다.

「거울 앞에 선 아나스타시아」는 그러한 욕망과 욕망의 상호충돌과 더불어 그로 인한 어떤 환상 공간의 무너짐을 딸('나')의 환상 공간에 침입한 '심리학자'를 통해 다시 한번 보여준다. 아버지와 어머니의 관계는 딸과 심리학자의 관계에서 다시금 되풀이된다. 심리학자는 반복되는 꿈으로 괴로워하며 진실을 알고자 하는 그녀에게 최면을 걸어 진실을 알아내고는 황녀 아나스타시아인 그녀가 실은 "자기가 황녀라고 주장한 거지" 아나스타시아임을 밝힌다. 다시 말해 그녀는 백혈병에 걸린 적 없는 백혈병 소녀로서 스타가 된 "전 국민을 우롱한 사기꾼"임이 명백하게 드러난다. 진실이 드러난 셈인데, 그러나 분명히 말하지만 이 소설은 '환상의 문제'를 말하고 있지 '진실의 문제'를 말하고 있지 않다. 지젝에 의하면, 우리의 삶이란 대상 소문자 a로 표현된 '병적 중핵'을 은폐함으로써 개별적으로 구축되는 수많은 환상 공간의 조직인데 그러한 중핵을 노출시켜 환상을 깨고 꿈을 망치는 것은 곧 각각의 삶에 대한 폭력일 수밖에 없다. 그리고 지젝은 그러한 폭력이 아마도 "죄에 대한 유일하고도 가능한 정신분석학적 정의일 것"이라고 덧붙인다. 자신의 욕망에 충실하느라 타인의 환상 공간에 침입해 그의 꿈을 망치는 것이 바로 '죄'라는 것이다. 이것이야말로 심리학자의 욕망과 행위가 일관되게 윤리적인 본성으로 이루어져 있는 이유다. 일단 아버지는 타인의 환상을 파괴했으므로 윤리적 지탄의 대상이 되어야 하는 죄인임에 틀림없다. 진리의 문제와 관련해서라면 옹호될 수 있을 심리학자 역시 아버지처럼 지탄의 대상이 될 수밖에 없는 이유는 그가 마찬가지로 환상의 파괴자로 등장하기 때문이다. 그는 황녀 아나스타시아로서의 '나'의 생을, 그와 만나기 전부터 이미 흔들리고 있긴 했지만 어쨌든 결정적으로, 흔들어놓았다. 그러나 심리학자는 아버지와는 좀 다르다. 그의 성격과 태도는 친부의 반대편에서 '나'를 옆에서 자상하게 이끌어주는 또 다른 아버지라는 인상을 준다. 심리학자는 타인의 욕망을 존중함으로써 죄를 짓지 않고 환상의 존엄성을 인정하는 일을 완전하게는 아니지만 제대로 구현하는 인물로 나오는 것 같다. 사람들의 눈을 꺼려하는 '나'를 조용한 방으로 안내하고 또 진실을 밝혀 '나'의 환상 공간을 깨기는 했지만 비밀을 보장하여 불안한 형태로나마 '나'의 환상 공간이 유지되도록 배려하는 등의 태도와 행동들은 심리학자를 철저히 윤리적인 인물로 보이도록 만든다. 여기서 심리학자가 정신분석학자로 등장하지 않는 것은 흥미로운 사실한 가지를 더 보여준다. 지젝의 말을 한번 더 빌리자면, 정신분석학자의 목표란 피분석자(被分析者)의 근본적인 환상의 토대를 흔들어놓는 것,

즉 주체가 그의 현실의 마지막 버팀대인 자신의 근본적인 환상에 대해 일종의 거리를 획득하게 만들고 그로써 주체의 결핍을 확인시키는 것이다. 말하자면 정신분석학자란 죄를 세련되지만 그로 인해 더더욱 잔인하게 저지르는 사람이 된다. 따라서 윤리적 본성을 구현하는 인물로 선택된 인물이 심리학자라는 것은 「거울 앞에 선 아나스타시아」에 의미 있는 개연성을 아슬아슬하게 부여한 셈이다.

결론적으로 자신의 욕망에 충실하느라 타인의 환상을 다치게 한다는 것이 거꾸로 타인의 욕망에 의해 자신의 환상이 다칠 수 있다는 뜻임을 아는 '환상의 윤리학'은 어머니와 딸의 환상 공간에 개입하고 관여하는 아버지와 심리학자의 대조적인 방식에서 암시된다고 할 수 있다. 중요한 것은 그러한 환상의 윤리학이 공통 감각과 공통의 이해에 기반하는 보편적 입법의 '이성의 윤리학'과는 본질적으로 다르다는 사실이다. 이 점은 아무리 강조해도 지나치지 않다. 환상의 윤리학이란 공동의 위기감에 호소하는 특수하고 개별적인 입법이라는 점에서 보편성과 합리성에 의지하는 전통적인 윤리학과는 다른 새로운 윤리학이라 할 수 있다. 이 새로운 윤리학에는 사적인 것을 공적인 것으로 통합할 보편적 심급(審級)이란 존재하지 않는다. 어쨌든 논리의 차원에서 욕망과 윤리는 사실 양립할 수 없는 것이지만, 「거울 앞에 선 아나스타시아」는 지각의 차원에서라면 욕망과 윤리가 양립 가능하다는 것을 훌륭하게 증명한다. 그런 의미에서 사실 '욕망의 윤리학'은 일종의 '환상의 윤리학'으로 거듭난 셈이다. 끝으로 한마디 덧붙이자면, 「거울 앞에 선 아나스타시아」를 환상의 윤리학으로 이해하는 일은 이 소설을 읽는 한 가지 방법일 뿐이다. 사실 주인공 '나'가 실행하는 거울 앞에서의 머리 자르기는 서사적 순서상 결말의 장면에 해당하는 것이어서 독자들로 하여금 심리학자의 윤리적 본성으로부터 눈을 돌려 주인공의 고통에 주목하게 함으로써 전통적인 의미에서의 진실과 허위라는 존재론적 문제에 이끌리도록 만든다. 이 소설을 그렇게도 읽을 수 있다는 것은 말할 나위도 없다. 그러나 「거울 앞에 선 아나스타시아」에서 독자들은 뜻밖에도 욕망에 윤리적 속성을 부여하는 불가능한 일을 목격하게 된다. 이른바 '환상의 윤리학'이 탄생하는 것이다. 이평재에 이르러서 비로소 한국 소설은 거친 형태로나마 새롭게 욕망을 윤리적으로 정초하는 데 도달한 것이다.

풍자(諷刺) 냐 해학(諧謔) 이냐
— 정이현의 「낭만적 사랑과 사회」에 관하여

1.

웃겨야 사는 시대라고들 한다. 근엄한 신사의 배역에나 어울릴 나이든 탤런트도 웃기고, 노래를 잘 부르는 가창력 있는 가수들도 웃긴다. 그런가 하면 예쁘고 섹시한 여배우들도 자기 이미지를 손상시키는 일일 터인데도 불구하고 웃기고 또 애써 웃기려고 한다. 산업사회의 꽃이라는 칭호를 얻은 광고가 웃기는 것은 벌써 광고계의 커다란 흐름이 되어 있을 정도다. 그런 만큼 최근에 일어난 코믹영화의 붐이란 너무도 자연스러운 현상일 수밖에 없다. 웃겨서 먹고사는 개그맨이나 코미디언들은 그렇다 치더라도 그럴 만하지 않은 사람들까지 너도나도 나서서 웃기고 웃는 것을 보면 하여간 '웃음'은 이 시대의 특징적인 문화적 표지라 일컬을 만하다. 얼마 전에는 심지어 '홍상수'까지 웃겼다. 다 아는 일이지만, 문학판에선 지난 90년대부터 특히 소설을 중심으로 '웃음의 상상력'이 유력한 문학적 현상이 되어 평론가들의 손을 바쁘게 만들었다. 그런데 이처럼 통속적인 웃음과 문학적인 웃음을 아무런 구분 없이 뒤섞어놓고 있는 우리도 이제 좀 웃기는지 모른다. 바흐친이 가르친 바에 의하면, 사실 통속적인 웃음과 문학적인 웃음의 구분이 그렇게 명백한 것은 아니다. 그러나 통속적인 웃음이 한없는 가벼움을 보여주는 데 반해 문학적인 웃음은 무거운 가벼움을 보여준다는 점에서 두 웃음을 구별해 볼 수 있다는 것은 분명하다. 실제로는 그 두 웃음을 구별이 아닌 비교하는 것조차 문학적 웃음 편에서는 일반적으로 모독으로 여길 만한 것이다. 우리가 보기엔 통속적인 웃음과 문학적인 웃음의 차이는 통속과 문학의 차이 딱 그만큼만 존재한다고 생각하는 것이 정당한 것 같다. 문학적인 웃음은 언제나 가벼움 뒤에 잠복하고 있는 무거운 현실을 들춘다는 점에서 심각하고 진지한 수법적 효과에 해당되는 것이어서, 가벼움 자체에 탐닉하는 통속적인 웃음의 생리적 발현과는 어쨌거나 거리가 멀다.

문학적인 웃음을 불러일으키는 문학적 수법에는 무엇보다도 소설적 수법으로 잘 알려져 있는 '풍자'와 '해학'이 있다. 이것이 시적 수법에 전혀 소용되지 않는 것은 아니지만, 통상 풍자와 해학은 소설로 인한 웃음의 가장 기본적인 발생기에 해당된다. 웃음을 그 소설적 자질로 사용하는 데 있어 둘째가라면 서러워할 작가가 있다면 그는 아마도 '성석제'일 것이다. 그런가 하면 '은희경'이 냉소를 서사에 장전하고 곧바로 등장했지만 그 냉소를 본격적인 웃음의 구현으로 보기에는 어려운 점이 많다. 웃음의 상상력에 주력한다는 점에서 성석제와 한데 묶일 수 있는 작가로는 오히려 '이만교'가 좀 더 적합해 보인다. 물론 이만교 소설의 웃음은 성석제 소설의 그것과 유사하면서도 뭔가 다른 웃음을 서사적 자질로 활용한다. 어쨌거나 성석제든 이만교든 그들 소설의 웃음도 역시 기본적으로는 풍자와 해학을 별도로 사용하거나 그것들을 겹쳐 이용하는 데서 생긴다. 자연스러운 것이지만, 여기서 우리는 이들을 그들의 문학적 선배라고 할 수 있는 작가들과 다소 멀기는 하지만 따로 떼어놓고 생각할 수 없다. 한국 소설사는 아닌 게 아니라 웃음의 오른편인 풍자에 '채만식'을 두고 그 웃음의 왼편인 해학에 '김유정'을 놓는다. 채만식 소설의 풍자와 김유정 소설의 해학은 말하자면 성석제와 이만교의 소설적 전범이 되어 있는 셈이다. 그런데 풍자와 해학이 촉발하는 웃음은 실제로는 다양한 유형을 이루면서 하나의 긴 스펙트럼을 형성한다. 풍자의 웃음과 해학의 웃음은 무엇보다도 무겁고 어두운 현실을 건드린다는 문학적 진지성과 관계한다는 점에서 그 두 개의 웃음은 모두 그러한 유형 가운데 우선 '고소'라고 하는 쓴웃음을 공통적으로 배면에 깐다. 그러나 풍자는 '조소'를, 그리고 해학은 '미소'를 거기에다 섞는다는 점에서 일정한 차이를 드러낸다는 것에 주목해야 한다. 풍자의 웃음과 해학의 웃음은 명백하게 구분되거나 구별할 수 있는 것은 아니지만, 서로 상이한 세계 인식을 표현한다는 점에서 반드시 차별적으로 다루어야만 하는 것이다. 달리 말해서 현실의 무겁고 어두운 정도를 어떻게 진단하느냐에 따라 작가는 풍자적 수법도 쓰고 해학적 수법도 쓴다.

사실 이 점은 잘 알려지지 않은 것인데, 한 신인 작가는 등단작을 통해 풍자와 해학 사이에서 줄타기하며 이 두 소설적 수법과 세계 인식이 갖는 상관성을 성공적으로 암시한 것으로 판단된다. 더구나 그녀의 소설은 그러한 상관성의 암시를 통해 절묘하게도 세대 간 인식의 차이와 거리를 측정하는 데 유용한 척도까지를 제시한다는 점에서 특히나 문제적이다. 이를테면 풍자로도 읽히고 해학으로도 읽히는 그 소설의 수법적 착종은 두 겹의 세계 인식을 드러내면서 이른바 세대에 따른 의식형태의 변화까지를 보여준다. 따라서 이 글은 한 신인 작가를 성급하게 성석제나 이만교와 같은 '웃음의 전도사들'과 묶으려는 거친 유형화의 시

도로 간주되어서도 안되고 또 간주될 수도 없다. 물론 앞으로 이 작가가
웃음의 상상력을 하나의 장기로 삼을 수 있으리라는 가능성을 점칠 수
있을지는 모른다. 어쨌든 그만 작가와 작품을 소개할 때가 된 것 같다.
이 신인 작가의 이름은 '정이현'이고 그녀가 쓴 처녀작은 「낭만적 사랑
과 사회」(『문학과 사회』, 2002년 봄호)라는 단편이다.

2.

  정이현의 「낭만적 사랑과 사회」는 무엇보다도 한 여성의 희극적 수난
에 관한 이야기를 들려준다고 할 수 있다. 이 작품에서 1980년생인 '나'
는 현재 대학교 3학년이지만 아무런 생각이 없다는 점에서 전형적인 속
물로서 나온다. 그녀에게 생각이라는 것이 있다면 기껏해야 '고진감래'
라는 통속철학이 전부다. 이것도 실은 그녀에게 생사를 건 모험과도 같
은 이성 교제에나 약삭빠르게 적용되는 계산적 원칙에 지나지 않는다.
그녀는 자신을 공주로 대해줄 완벽한 남자와의 사랑과 연애와 결혼을
꿈꾸며 기다리는 낭만적 공상 속에서 여러 남자애들과의 교제에 전략적
으로 임한다. 그런 만큼 그녀에겐 이른바 백마 탄 왕자가 나타날 때까지
순결을 지켜내야 하는 것이 절대절명의 과제이기도 하다. 전략적 교제
의 대상이 되어 있는 남자애들에게 그녀는 입술과 가슴은 허용해도 절
대로 허리 아래는 허용하지 않는다. 그런가 하면 그녀는 대학 입학 이
후로 물 빠진 낡은 면 팬티를 하루도 거르지 않고 착용해오고 있을 뿐만
아니라 레이스가 달린 야한 팬티는 순결해 보이지 않는다는 이유에서
금기로 삼는다. 그녀의 고진감래 철학은 사실 그러한 철저한 다짐과 실
천에서 유래했다고 보는 것이 옳은데, 야하지 않으면서 고급스러운 민

무늬 실크 팬티는 언젠가 나타날 '완벽한 남자애'에게 순결의 상징으로서 바쳐져야 하기 때문이다. 순결을 이만큼 중시하게 된 데에는 실제로는 그녀의 엄마가 일종의 반면교사가 되어 있다. 허울만 좋은 중소기업 임원의 아내로 백화점 문화센터에 다니는 걸 생활의 여유라 생각하는 쉰 살 다 된 여자인 엄마는 딸들에게 여자 몸을 '유리, 같은 것'에 비유한다는 점에서 역시 속물이긴 마찬가지다. 오죽하면 맏딸 '나'의 이름을 유리라고 지었을까. 그러나 딸들에게 순결을 훼손당한 여자는 끝장이라는 처세의 지혜를 강조하는 엄마야말로 무엇보다도 깨진 유리잔으로 여기까지 온 사람이라는 것을 그녀는 잘 안다. 그래서 그녀는 그 지혜에 마음속 깊이 공감하게 되는 것이고 또 그러면 그럴수록 그것이 사무치고 절실한 무엇이 된다. 그러던 어느 날 마침내 그녀는 미래에 안락할 가정을 보장할 만한, 그리하여 자신의 낭만적 공상을 충족시켜줄 만한 완벽한 '그'를 만난다. 그녀는 그에게 순결을 바칠 작정으로 스스로가 '유리의 성'으로 부른 한 호텔로 향하는데, 그 화려한 호텔은 자신의 성이 되지 못하고 유리, 그녀는 불안한 예감과 함께 그곳으로부터 멀어져간다. 그녀는 자신의 순결을 증명할 한 점의 핏자국도 순백의 시트 위에서 발견할 수 없었던 것이다. 게다가 완벽한 '그'가 그때까지 보여준 세련된 인상은 "너 되게 뻑뻑하더라"라는 상스러운 욕정의 언어 속에서 한순간에 무너진다. 그녀는 그럼에도 불구하고 어쨌든 순결을 바친 사람이니만큼 그를 사랑하기로 마음먹는다.

이 작품은 일단 일종의 '풍자소설' 이외에 다른 아무것도 아니다. 주지하고 있다시피 풍자는 아이러니에 가까우면서 해학과는 대조적인 그런 소설적 수법이다. 풍자는 해학이 대상에 대한 애정을 보여주는 것과 다르게 대상의 부정이라는 공격적 성향이 짙다. 그리고 풍자나 해학이나 공히 웃음을 불러일으킨다는 점에서 그 둘은 분명 유사한 소설 기법이지만, 풍자의 웃음은 흔히 그 웃음에 신랄할 공격성을 내포한다는 점에서 해학의 웃음과는 명백히 다르다. 그런 의미에서 풍자는 비판과 사실 거의 동일한 개념이라 해도 무방하다. 다만 풍자가 수반하는 비판은 반드시 웃음을 통과해야 하기 때문에 우회적인 비판이라는 점에서 그냥 비판과는 차이가 있다. 풍자는 이처럼 우회적이나마 비판적인 소설적 수법이기 때문에 언제나 비판자와 비판 대상으로 이분되는데, 이때 그 둘의 대립은 이른바 아이러니의 관계를 형성한다. 이를테면 비판의 대상이 되는 쪽이 아무리 스스로가 잘났다는 것을 확인시키려 해도, 나아가 비판하는 쪽이 그것을 고스란히 보아주고 들어준다 하더라도 실은 비판자의 시선과 서술 속에는 아이러니컬하게도 그가 정말 못난 사람이라는 것만 드러난다. 간혹 비판 대상이 하나의 주체가 되어 소설의 줄거리를 관장하는 화자로 등장한다 할지라도 그가 통상 '믿을 수 없는 화자'가 되는 이유도 거기에 있다. 어쨌든 「낭만적 사랑과 사회」에 등장하는 인물들 가운데 특히 엄마와 딸 유리는 바로 그러한 아이러니에 나포되어 우리에게 풍자적 웃음을 선사하는 못난 사람들이라는 것은 의문의 여지가 없다. 아울러 독자인 우리가 웃게 된다는 것은 풍자가 결국 작가와 독자 사이의 철저한 공조를 전제로 했을 때 가능한 소설 기법이라는 것을 가리킨다. 가령 엄마의 착각과 무지는 처음부터 작가가 알고 독자가 알지 엄마 자신은 절대 모른다.

"요즘 세상이 얼마나 무서운데 다 큰 기집애들이 겁도 없어. 너희들, 세상이 아무리 바뀐 거 같아도 여자는 여자야." 엄마 목소리가 조곤조곤해졌다. 불안한 징조였다. "엄마는 촌스럽게. 지금이 칠십 년

댄 줄 알아?" 아, 마리는 대학 1학년, 너무 순진하다. "얘가 지금 무슨 소리야? 너희들 여자 몸이 어떤지 몰라?" 엄마는 식탁 위의 유리잔을 집어들었다. "여자 몸은 바로 이런 거야." "험험." 아빠는 애꿎은 헛기침을 하며 러닝셔츠 위로 불룩 솟아오른 배를 득득 긁어댔다. "금 가는 순간." 사방이 일시에 고요해졌다. 엄마 입에서는 기어이 최후의 말이 흘러나왔다.

"그 순간 끝장나는 거야!"

"그렇지 못 붙이지." 아빠가 그제야 한마디 덧붙였다. 단란한 가족이 되고자 하는 희망으로 시작된 일요일 아침식사의 장(場)은 남편과 아내 사이의 신경전을 거쳐 부모 vs 딸들의 라운드로 넘어가려 하고 있었다. 익숙한 반복이었다. 나는 못 들은 척 밥 먹는 일에만 열중했다. 깨진 유리를 붙이지 못해 여기까지 온 사람은 오히려 엄마였다. 엄마의 큰 딸, 내 생일은 5월이고 부모의 결혼 기념일은 그 전 해 크리스마스 이브였다. 어쩌면 젊은 엄마 아빠는 내 이름을 유리라고 지으면서 돌이킬 수 없는 것을 영원히 책임지고 살겠다는 굳은 의지를 다졌을지도 모르겠다.

"단란한 가족이 되고자 하는 희망으로 시작된 일요일 아침식사의 장"은 '남편과 아내 사이의 신경전'을 거쳐서 '부모 vs 딸들의 라운드'로 넘어가는 너무도 통속적인 '익숙한 반복'을 보여준다. 거기서 엄마가 늘상 딸들에게 꺼내는 이야기는 여자의 몸을 '유리잔'에다 비유하고는 "여자 몸은 바로 이런 거야", "금 가는 순간" "그 순간 끝장나는 거야!"라고 순결의 사수가 갖는 중요성을 집요할 정도로 강변하는 것이다. 그런데 사실 "깨진 유리를 붙이지 못해 여기까지 온 사람은 오히려 엄마였다." "허울만 좋은 중소기업 임원의 아내"인 엄마는 강남 반포에 있다는 이유만으로 지은 지 십오 년 된 낡은 27평형 주공아파트에 입주한 것을 무슨 대단한 성공처럼 여기는 무지한 아줌마고, 또 백화점 문화센터 노래 교실에 다닐 수 있게 된 걸 생활의 여유라 착각하는 쉰 살 다 된 여자다. 그러니까 순결을 지켜 좋은 남자 만나 팔자 고쳐야 한다는 속물적 처세의 강변이 혼전에 순결을 잃고 '깡촌 출신' 아빠와 평범한 살림을 꾸려가는 엄마의 입에서 거침없이 터져나올 때 그것은 정말이지 웃기는 일이 된다. 착각과 무지 속에서 헤어나올 줄 모르는 엄마는 한마디로 헛똑똑이인 셈이다. 그런 점에서 맏딸 유리는 더하면 더했지 못하지 않다.

물론 유리는 엄마와는 다른 양상을 보여준다. 엄마는 정말 아무것도 모르는 멍청이지만, 그녀는 상대적으로 무언가를 알고 있는 축에 속한다. "깨진 유리를 붙이지 못해 여기까지 온 사람은 오히려 엄마였다"라고 그 비밀스런 가족사를 시니컬하게 발설한 것은 사실 유리 자신이었다. 말하자면 그 지점에서 유리는 작가나 독자와 함께 무엇이 잘못된 것인지를 알고 분명히 풍자에 가담한 것이라 말할 수 있다. 더구나 "엄마처럼 사는 일은 절대로 없을 테니까"라는 유리의 앙다짐의 목소리가 들려올 때 무엇이 잘못된 것인지를 아는 그녀의 현명함은 사실상 확정되는 듯 보인다. 그러나 그녀는 좋은 남자를 만날 그날까지 순결을 사수하여 팔자를 고쳐보겠다는 낭만적 공상을 포기한 것이 아니라 그것을 더욱 다지고 굳건히 한다는 의미에서 그렇게 말한 것이다. 엄마가 이루지 못한 것을 자신이 이루어보겠다는 것인데, 이 모전여전의 사실이 드러나는 순간 유리도 역시 웃기는 인물이 된다. 특히 그녀가 보여주는 다짐과 행위를 밑받침하고 있는 '고진감래'의 철학은 그러한 웃음의 본격적인 원천으로 작용한다. 입술과 가슴은 허용해도 허리 아래는 절대로 허용하지 않는 '욕망의 절제'와 그것의 다짐과 실천의 의미로 대학 입학 이후 삼 년 동안 "양은 솥에 넣고 푹푹 삶아낸, 누리끼리하게 변색된, 낡은 면 팬티"만을 줄기차게 입어온 간난신고의 세월은 모두 '완벽한 남자애'

에게 바칠 순결을 위한 것이란다. 이 소설의 서두를 장식하고 있는 "나는 레이스가 달린 팬티는 입지 않는다"는 유리의 도발적인 진술도 실제로는 레이스가 달린 팬티는 그녀에게 야해서 순결해 보이지 않는다는 이유로 금기시되고 있는 것이어서 그녀가 바보스런 신념의 차원으로 발언한 실로 우스꽝스런 명제다. 그런가 하면 '팬티를 사수하는 것'을 '세상을 사수하는 것'과 등치시킨 유리의 순결관이 마침내 그 단 열매를 맺게 되는 순간은 단연코 이 소설의 풍자의 절정임에 틀림없다. 그녀는 완벽한 남자에게 '십계명' 하나하나를 준수하며 그렇게도 공을 들여 순결을 바쳤건만 공교롭게도 순결의 물적 증거를 제시하지 못하고 쩔쩔매는 것이다. 그에게서는 "너 되게 빽빽하더라"라는 상소리만을 듣게 된다. 그럼에도 유리는 순결의 헌정이 사랑의 결실인 결혼으로 이어져야만 한다는 낭만적 공상 속에서 한 발자국도 움직이지 않는데, 이것은 결국 그녀가 스스로 비웃었던 "돌이킬 수 없는 것을 영원히 책임지고 살겠다는 굳은 의지"를 엄마처럼 똑같이 다지고 살아가게 되리라는 것을 나타낸다. 두 모녀가 정말이지 똥 묻은 개 겨 묻은 개로, 착각도 유분수고 무지도 다반사다.

사실 엄마와 딸 유리가 만일 자신들의 착각과 무지를 알면 그녀들은 그것을 고치고 다시 그런 착각과 무지에 빠지지 않을지도 모른다. 그러면 그때 웃음은 그만 중지되고 만다. 그러나 그녀들은 착각과 무지를 착각과 무지인 줄 모르고 옳은 것이라 생각하고 행동하기 때문에 끝까지 웃음을 자아낸다. 구태여 베르그송을 끌어들이지 않더라도 잘못을 잘못인 줄 모르고 기계적으로 반복할 때 그것은 곧 상대방을 무지 웃기는 일이 된다. 그 웃음을 지속시키기 위해선 무엇보다도 작가는 그녀들을 어리어리하고 멍청한 상태로 생각하고 행동하게 할 뿐 무엇인가를 자각하고 반성하도록 만들어서는 안 되는 법이다. 이것을 독자가 몰라서는 안 되는데, 작가가 그녀들의 잘못을 알고 있는 만큼은 독자도 그것을 알고 있어야 한다. 여기서 작가와 독자가 잘못된 것을 안다는 것은 어떤 의미에선 무엇이 잘 된 것인지를 안다는 의미이기도 하다. 이것은 다시 말해 비판과 그로 인한 개선의 여지를 아직까지는 상정할 수 있다는 것으로, 부정적인 것을 통해 거꾸로 긍정적인 도덕의 세계가 여전히 건재함을 알린다. 그런 만큼 풍자를 이끄는 것은 언제나 일정한 양심을 갖춘 작가나 독자의 도덕적 지성일 수밖에 없다. 풍자는 질타와 비판 그 자체에서 그치지 않고 부도덕한 세계나 사람들을 교정하여 도덕적인 세계로 인도하기 위해 최후까지 애쓴다. 풍자가 도덕의 세계를 최소한도로나마 가정하고 전제한 소설적 수법일 수밖에 없는 이유가 바로 거기에서 온다. 이것은 풍자가 내포하는 세계 인식의 일단을 어느 정도 가리켜 보여준다. 결국 「낭만적 사랑과 사회」를 작가가 일종의 풍자소설로서 기획하고 의도한 것이고, 그리고 우리가 또한 그렇게 받아들였다면, 이때 작품의 소통에 참여한 사람들은 일정 정도 도덕적 세계의 현존을 신뢰했다고 말할 수 있다. 그러나 만약 그러한 도덕적 세계의 붕괴를 확신하는 내포작가와 내포독자가 있다면? 그때 아마도 이 작품은 풍자소설이 아닌 다른 무엇이 될 것이다.

지금까지 「낭만적 사랑과 사회」를 일단의 우리들은 풍자소설로 읽었지만, 아울러 또 다른 일단의 우리들은 이 소설을 '해학적 소설'로 읽는다. 실제로 정이현의 소설은 매우 유머러스한 작품이다. 그 문체에서뿐만 아니라 등장인물의 성격을 조형하는 데 있어서도 유머는 이 소설의 핵심적 미학이 되어 있다. 가령 '유리'가 그저 그렇게 흔해빠진 남자애들 중의 하나인 '민석이'가 관계를 요구해오자 순결의 사수를 위해 '오럴'을 선택하고는 자신의 현명한 처신을 과시하는 데서, 유머의 미학은 그 첫 머리를 드러내어 보인다. "어쨌든 오늘도, 누구에게도, 낡은 팬티를 보여주지 않았다. 자주 쓸 만한 방법은 아니지만 오럴은 최고의 대안임에 분명했다. 그리고 보면 인생이란 참 오묘하다는 생각이 들었다. 어쩔 수 없을 것 같은 순간이 닥쳐와도 돌아가거나 피해가는 길은 반드시 있게 마련이었다. 마지막까지 정신을 똑바로 차리고 이성을 발휘한다면, 어쩌면 숲 속에 숨겨진 지름길을 발견하게 될지도 몰랐다. 고진감래. 참고 기다리며 지키면, 결국은 달콤한 열매를 얻게 된다." 여기서 '오럴'은 필시 강간을 회피하기 위해 궁여지책으로 마련된 절박한 처신인데도 그것은 뜻밖에 무거운 긴장감과 관계하지 않고 오히려 가벼운 수난의 재치 있는 모면과 관련되어서는 일종의 '해학적 웃음'을 선사한다. 이처럼 「낭만적 사랑과 사회」에서 유머의 미학과 그로 인한 해학적 웃음이 지배적인 것이라면, 이때 우리는 무엇보다도 이 소설의 주인공 '유리'에게 계속해서 주목하지 않으면 안 된다. 왜냐하면 그녀는 시종일관 우리로 하여금 유머의 미학을 만끽하게 하고 그런 만큼 해학적 웃음을 머금게 하기 때문이다. 사실 유리는 우습지만 순결을 무슨 금쪽 같은 것으로 여기고 그걸 지켜 팔자 고쳐보겠다는 시대착오적인 무지몽매한 속물이라는 점에서 우리들의 따가운 시선을 받으며 조소의 대상이 되어야 한다. 그러나 그녀는 어리석고 몽매한 속물이지만 되바라진 철부지 같은 구석이 있어 오히려 동정과 공감을 사며 우리를 미소짓게 만든다. 이 소설이 '풍자'가 되지 않고 '해학'이 되는 까닭이 거기에 있다. 풍자가 타인의 부정을 위해 그를 우습게 만들고 또 배척하도록 하는 조소를 공격적으로 품게 만드는 수법인 것과 달리, 유머 혹은 해학이란 바로 타인에 대한 애정과 동정을 자아냄으로써 우습지만 그를 용납하도록 하는 미소를 부드럽게 머금도록 만드는 수법에 해당된다.

유리는 대학교 3학년이면서도 좋은 남자 만나 팔자를 고쳐보겠다고 순결을 목숨처럼 사수하는 전형적인 '속물'의 모습을 보여준다. '성우'는 입맞춤에 능란하기도 하고 '서울에서 제일 좋은 대학의 의대생'이지만 '차가 없는 남자애'라서 폼이 안 나 좀 안까워하고, 반면에 '민석이'는 '은색 터뷸런스'를 모는 애지만 "지방 캠퍼스에 다니는 데다 키스 하나 제대로 못하는 어리어리한" 녀석이어서 마음에 차지 않아 하는, 그녀는 자기가 세상에서 꽤나 잘 난 줄 아는 그런 도도한 여자'애'다. 게다가 사랑과 결혼에 관한 낭만적 공상에 사로잡혀 "경호원을 가볍게 따돌리고 궁정을 빠져나와 나이트클럽에 가는 천방지축 막내공주"를 꿈꾸지만 그것을 충족시켜줄 '완벽한 남자애'가 자신의 눈에 띄지 않는 것에 우울해하기까지 하는 약간은 한심한 축에 속한다. 그런가 하면 "내 인생 스물두 해를 걸고 배팅해볼 만한 남자"가 마침내 그녀 앞에 나타났을 땐 '청순함'을 가장하고 오히려 '그'에게 적극적으로 접근하는 계산적인 여자이기도 하다. 사뭇 경건하게 '십계명'까지 준수하며 그에게 순결을 바치지만 그 순결의 흔적을 확인시켜주지 못해 안절부절못하는 그녀는 또한 주책없는 여자라고도 할 수 있다. 그런 그녀가 특히 친구 '혜미'의 의도하지 않은 임신을 두고 '소 잃고 외양간 고친다는 속담'을 새기면서 '여자애들의 대책없음'을 나무랐다는 것을 떠올려 보면, 그녀의 어리석고 몽매한 속물성은 유난히 두드러진다. 그러나 우리는 사실상 속물 유리를 질타하거나 미워하기 어렵다. 되바라진 철부지 같은 그녀의 시대착오적 무지몽매함은 왠지 모르게 절박하고 치열해 보이는 것이어서, 우리는 '속물적인 유리'를 '정열적인 유리'라고 고쳐 부르고 싶을 정도다. 그런 의미에서 유리가 우스운 것은 해학 때문이지 풍자 때문이 아니다.

일상적인 도덕의 영역에서라면 당연히 혐오의 대상이 되어 질타와 배척의 풍자적 웃음을 촉발해야 할 유리의 악덕이 뜻밖에도 공감과 용납의 해학적 웃음을 불러일으키는 것은, 무엇보다도 유머 혹은 해학의 구조에 따른 특유의 미학적 효과에서 비롯되는 것이다. 여기서 그 '해학의 구조'를 규명하고 이해하는 것이 바로 「낭만적 사랑과 사회」가 수반하는 또 하나의 진정한 소설적 의미에 도달하는 길이 된다.

　유머 혹은 해학의 구조원리를 규명하기 위해선 우선 풍자와의 대비가 불가피하다. 일반적으로 그 두 소설적 수법은 대립적인 양상을 드러내기 때문이다. 되풀이되는 얘기지만, 풍자는 무엇보다도 삶과 현실의 잘못, 그리고 또 그 안에서 살아가는 사람들의 잘못을 도덕적 질타의 대상으로 삼는 비판적 소설 기법에 해당한다. 이때 풍자는 물론 비판과 그로 인한 개선의 여지를 전제하기 때문에 절대로 비판과 질타 자체에서 멈추지 않는다. 부도덕하고 속물적인 세계나 사람의 악덕을 교정하기 위해 끝까지 노력한다. 따라서 풍자를 관장하는 것은 언제나 양심을 갖춘 작가나 독자의 도덕적 지성일 수밖에 없다. 풍자는 양심과 도덕을 갖춘 선량한 세계나 사람이 최소한이나마 존재해야만 가능한 소설적 수법인 셈이다. 그러나 해학은 양심과 도덕을 갖춘 선량한 세계나 사람이 거의 붕괴되거나 존재하지 않을 때, 혹은 그렇다고 인식될 때 동원되는 의외로 심각한 소설적 수법에 해당된다. 우리가 「낭만적 사랑과 사회」에 나오는 유리의 무지몽매한 속물성의 악덕을 풍자적 시선으로 바라볼 수 없는 이유는 바로 그러한 마음과 행태를 질타하여 바로잡아 인도할 양심과 도덕의 세계가 거의 붕괴되어 있다는 판단으로부터 나온다. 이 소설의 주인공 유리가 보여주는 타락한 마음과 행태는 단순한 도덕적 판단의 대상이 아니라 그야말로 절실한 생존의 문제와 결부되어 있다. 엄마가 우회적으로 보여주듯이 순결은 '낭만적 사회'에서 이미 이데올로기가 되어 우리들의 이성 교제에서 절대적인 척도가 되었고, 그런 만큼 유리가 그랬듯이 '팬티를 사수하는 것'이 '세상을 사수하는 것'과 등가인 우습지만 정말이지 처참한 세계가 도래했다. 그런 그녀들을 두고서 남자들이 "피가 한 곳으로 몰려 갑갑한 느낌을 해소하고 싶은 몸의 욕망"을 '사랑'이라 사탕발림하고, 나아가 순결을 바친 여자에게 "너 되게 뻑뻑하더라"라는 상스러운 욕정의 언어를 파렴치하게 발설하는 세계를 우리는 도저히 양심과 도덕을 갖춘 선량한 세계라 부를 수 없다. 그렇다면 해학적 수법을 사용하는 작가나 그것에 동조하는 독자의 세계 인식은 세계의 타락과 부정성을 진단하는 데 있어서만큼은 풍자의 경우보다 훨씬 심각하고 절망적인 것이라 할 수 있다. 유머와 그것이 주는 해학적 웃음이 지닌 '무거운 가벼움'을 깨달아야 하는 것이 바로 여기다.

그러니까 양심과 도덕성을 지녀야 할 세계가 유리의 악덕을 능가하여 훨씬 더 악덕한 세계가 되었을 때, 오히려 유리의 악덕은 양심과 도덕성을 가장한 그 세계에 대한 가장 강력한 야유와 조롱이 된다. 우리는 유리라는 한 여성 앞에서 유독 도드라지는 가짜 양심과 가짜 도덕의 세계를 조장하는 남성들의 파렴치와 비열함을 목도하는 순간, 자연스럽게 유리의 무지몽매함과 속물성에 동정하고 연민을 느끼면서 그녀의 바보멍청이 같은 짓을 보고도 슬며시 미소짓게 되는 것이다. 그러나 그 미소는 겉보기엔 심각함을 가볍게 처리하는 듯하지만 실제로는 풍자의 조소에 비해 심히 절망적이고 심히 심각한 세계 인식을 비판적으로 보여준다. 해학적 미소란 곧 양심과 도덕성을 갖춘 선량한 세계나 사람이 거의 붕괴되었거나 존재하지 않게 되었다는 허무주의적 인식을 내포하고 있기 때문이다. 여기서 우리는 다시 한번 유머 혹은 해학이 매우 진지하고 너무도 현실적인 소설의 '절망적 간접화법'임을 알아야 한다. 이로써 「낭만적 사랑과 사회」를 작가가 일종의 해학적 소설로서 기획하고 의도한 것이고, 그리고 또 우리가 그렇게 받아들이게 되면, 이번에는 작품의 소통에 참여한 사람들은 모두 도덕적 세계의 현존을 부정하고 회의하는 그런 축에 속하게 된다. 결론적으로 말해 이 소설이 풍자소설일 경우와 해학적 소설일 경우, 우리는 그 각각의 소설에서 서로 다른 내포작가와 내포독자를 상정해야만 한다는 것이다. 그렇다면 풍자와 해학이라는 두 소설적 수법이 세계 인식과 갖는 상관성을 통해 상반된 내용의 현실 진단에 접근하는 경우, 「낭만적 사랑과 사회」라는 작품은 분열적이 되어버리는가? 그렇지 않다고 본다. 정이현의 소설은 그러한 상관성과 그로 인한 서로 다른 세계 인식의 내용을 통해 의미심장하게도 세대 간 인식의 차이와 거리를 측정하는 데 상당히 유용한 척도를 제시하는 것으로 보인다. 이 소설의 내포작가와 내포독자는 풍자소설일 때와 해학적 소설일 때 각각 다르게 현실의 부정성 정도를 파악하는 것으로 볼 수 있고, 그리하여 그때그때의 내포작가와 내포독자는 일정한 세대 의식을 반영하는 것으로 볼 수 있다. 과거와 다르게 '웃겨야 사는 시대'라는 것이 이른바 '소돔적 상황'의 구현이라는 우리의 직감이 맞는 것이라면 말이다. 또 물질의 풍요가 정신의 퇴폐를 낳는다는 염세적인 역사철학을 우리가 믿는다면 말이다. 수법적 착종은 독법의 분열이 아니라 분명 세대에 따른 의식형태의 변화를 추리해볼 수 있는 실마리가 되어준다. 정이현은 혹시 그 변화의 분기점을 '1980년'으로 보고 있는 것은 아닐까? 화자인 유리가 그렇게 확인시켜 주지 않았는가! "1980년은 내가 태어난 해였다"라고. 물론 이건 하나의 추정일 뿐이다.

3.

주차장까지 걸어나오는 동안 그는 내 손을 잡아주지 않았다. 아주 잠깐 우리의 손끝이 스쳤지만 우리의 눈빛은 마주치지 않았다. 그는 자동차의 운전석 쪽으로 성큼성큼 걸어갔다. 조수석의 문을 열어주지 않은 건 다른 남자애들한테도 흔한 일이었다. 나는 아무렇지도 않았다. 정말 괜찮았다. "통금이 열시라면서? 좀 늦었네." 나는 다소곳하게 고개를 끄덕였다. "참. 줄 게 있었는데. 잊어버릴 뻔했네." 그는 뒷좌석에 손을 뻗쳐 쇼핑백을 집었다. 실내등을 켜자 황갈색 쇼핑백에 선명히 아로새겨진 루이비통의 로고가 드러났다. 쇼핑백 안에는 백과 똑같은 재질의 종이 상자가 들어 있었다. 조심조심 상자 뚜껑을 열어보았다. 반투명하고 매끄러운 습자지로 한 겹 덮인 그것은 모노그램 캔버스 라인의 진짜 루이비통 백이었다. 짝퉁(짝퉁은 '가짜' 혹은 '짜가'와 같은 뜻의 말이다. 샤넬·루이비통·프라다 등 고가 명품 브랜드의 디자인을 똑같이 따라 만든 물건을 지칭한다. 짝퉁에는 크게 두 종류가 있다. '일반 짝퉁' 상품은 시중에서 싼 가격에 흔히 구할 수 있으나 한눈에 식별이 가능하다는 단점이 있다. 반면 '진짜 짝퉁'은 보통 사람들의 육안으로는 '진짜 명품'과의 구별이 불가능할 정도로 정교하게 만들어진 제품이다. '진짜 짝퉁'의 가격은 '진짜 명품'의 1/10 정도로, 일반 국내 브랜드의 제품과 비슷한 수준이다. 아주 정교하게 만들어진 '진짜 짝퉁'의 경우 명품 매장에 들고 가서 수선을 맡겨도 모를 정도로, 어지간한 전문가들조차 무엇이 원본이고 무엇이 모조품인지 식별해내기 어렵다고 한다. 그녀는 7~8만 원 내외의 현금으로 구입할 수 있는 이태원표 '진짜 짝퉁'을 애용해왔다.-작가 주)이 아닌 진짜 명품을 갖는 것은, 생전 처음이었다. "비싼 거 아니니까 부담갖지마. 면세점에서 그냥 하나 사놨던 거야." 높낮이가 없는 목소리였다.

(…중략…) 나는 루이비통 백 위에 가만히 손을 얹어보았다. 순간, 맹렬한 불안감이 솟구쳤으나 곧 가라앉았다. 집에 가자마자 보증서를 확인해보면 될 것이다. 그리고 설마 면세점에서 '진짜 짝퉁'을 취

급할 리는 없을 것이다.

화자인 유리를 비판할 만하다고 생각하는 80년생 이전의 도덕주의적 세대들은 이 소설을 아마도 풍자소설로 읽을 것이고, 화자인 유리에게 동정과 연민을 느끼는 80년생 이후의 허무주의적 세대들은 분명 이 소설을 유머러스한 소설로 읽을 게 틀림없다. 왜냐하면 시대가 바뀌어 속물성은 이제 도덕적 저울질의 대상이 아니라 절박한 생존의 담금질의 문제가 되었기 때문이다. 그 전환점이 작가 정이현의 직관적 파악처럼 반드시 '80년'이 되어야 하는 것은 아니겠지만, 어느 순간부터 세대 간 세계 인식의 차이와 거리는 시나브로 벌어져 그렇게 한 작품 속에 잠복했을 것이다. 이게 우리의 감정이고 판단이다. 물론 그 '우리'에는 이 작품을 풍자로 보는 우리가 있을 것이고 해학으로 보는 우리도 있을 것이다. 그런데 중요한 것은 그 '두 우리'를 다 바라보는 '또 다른 우리'가 있다는 사실이다. "세상과 현실이 어느 사이에 그렇토록 타락하고 부정한 것이 되었을지도 모른다니." 이런 표현이 수반하는 불안감은 무엇보다도 그 '또 다른 우리'를 곧바로 사로잡아버린다. 사실 이 '또 다른 우리'의 '불안감'은 위의 인용문에 나타난 유리의 '불안감'을 유사하게 꼭 닮았다. 순결을 바친 남자에게 진짜 명품 '루이비통 백'을 선사받았지만, 그녀는 불안하다. 왜냐하면 '짝퉁'일지 모르기 때문이다. 그가 '면세점'에서 사온 것이라 하고, 또 선명한 루이비통 로고를 확인하고 어느 순간 "모노그램 캔버스 라인의 진짜 루이비통 백"임을 직감했음에도 불구하고 왜 그녀는 '불안감'을 떨치지 못하고 '보증서' 타령일까? 그것은 무엇보다도 '일반 짝퉁'의 세계가 '진짜 짝퉁'의 세계로 이월해가고 있거나 갔기 때문이다. "아주 정교하게 만들어진 '진짜 짝퉁'의 경우 명품 매장에 들고 가서 수선을 맡겨도 모를 정도로, 어지간한 전문가들조차 무엇이 원본이고 무엇이 모조품인지 식별해내기 어렵다"고 하지 않는가? 그가 선물한 백이 진짜라는 것을 어떻게 믿을 수 있겠는가? 그녀의 말과 달리 요즈음은 면세점에서도 '진짜 짝퉁'을 취급하는 시대가 아닌가. 이것은 분명 매우 상징적인 상황에 해당된다. 진실과 거짓을 더 이상 구분할 수 없게 되어버린 '시뮬라크르의 허무주의'가 우리 시대의 한 정신적 정황이라고 하는 것은 두말할 필요가 없다. '또 다른 우리'의 '불안감'은 우리의 세상과 현실이 방금 전에 본 것처럼 '일반 짝퉁'의 세계로부터 진짜와 가짜를 이제 구분할 수 없는 '진짜 짝퉁'의 세계로 이월해갔을지 모른다는 근심과 우려에서 온다.

결국 '80년생'을 기점으로 그 이전 세대로부터 그 이후 세대로의 진전은 비유컨대 '일반 짝퉁'의 세계에서 '진짜 짝퉁'의 세계로의 전개라고 말할 수 있다. 세계의 허위라는 부정성이 이제 부분적인 것에서 전면적이고 총체적인 것으로 이행함으로써 보다 심각하고 절망적임을 드러내게 되었다는, 그리하여 '심판의 날'이 눈앞에 닥쳐왔다는 '소돔적 묵시록'을 그것은 보여준다. 우리가 지금 지나치게 윤리적인 판단으로 나아가고 있긴 하지만, 신은 언젠가 그렇게 말했다. 단 몇 사람의 선인이라도 존재하기만 한다면 너희들을 벌하지 않겠다고 말이다. 풍자할 수 있었던 시대는 그래도 행복했다. 그러나 유머의 시대는 불행하다. 아니 무섭다.

우화성의 정치학, 그 현재적 의미

— 복거일의 「목성잠언집(木星箴言集)」

예술은 본질적으로 정치적이다. 문학은 특히 그렇다.
어떤 작품이 현실에 등을 돌린 것처럼 보일 때도,
바로 그런 선택으로 그것은 정치적 결정을 내린 것이다.
— 데니스 로버트슨(2640~2745)

1.

문학의 사회적 삶과의 본질적 관련성을 생각할 때 '문학의 정치성'이란 함부로 부인될 수 없는 논제에 속한다. 물론 그러한 관련성을 유미주의적으로 해소함으로써 문학을 절대화하는 극단적인 주장이 없지 않다. 그러나 정치를 문학적 생산의 근본적 토대나 장(場)으로 간주하는 문학·정치의 동일성론자들, 또 그러한 논자들의 이른바 정치중심주의적 시각이 놓치게 마련인 문학적 상상력의 고유한 특질을 강조하는 문학·정치의 차이성론자들, 혹은 예의 두 입장이 갖는 일면성을 지적하며 균형 잡힌 관점을 보여주는 논자들 어느 누구에게서나 문학과 정치의 상관성은 그 무게중심이 다를 뿐 사실 폭넓은 동의를 얻고 있다. 문학의 정치적 관련은 결국 일종의 초역사적 필연성을 지닌다는 것인데, 하지만 문학의 정치적 관련에 대한 일반적 동의를 새삼스럽게 확인하는 것이 여기서 문제되는 것은 아니다. 보다 중요한 것은 역사적 맥락에 따라 차이나는 무게중심이 실로 다양하게 구조화한 입장들의 문학적 생산성에 있다. 우리의 경우, 가령 1970·80년대는 문학의 정치적 의의를 과도하게 인정했었다. 왜냐하면 마르크스주의가 이론적 젖줄을 대고 현실사회주의가 실천적 모델이 되어주면서 계급모순이나 민족모순과 같은 거시적인 정치적 의제들이 그 파행성을 첨예하게 드러내게 되고, 그럼에 따라 문학의 정치적 역할에 정당성을 부여한 '문학과 정치의 비분리론'이 득세하게 된 것이 바로 그때였기 때문이다. 당시에는 작가의 정치적 정열이 최고조로 부양됨으로써 문학을 모순과 균열 속에 놓인 사회적 모습의 진단과 치료의 수단으로 삼고 문학의 정치적 관련을 뚜렷하게 나타내는 작품이 양산되었다. 독재와 억압이라는 그때의 불가피한 역사적 상황을 감안한다면, 당연하게도 문학의 정치화에 대한 요청이 갖는 의의는 결코 과소평가될 수 없다. 그러나 문학 특유의 탐구방식을 정치적 요청 속에서 도외시한 정치중심주의적 시각의 과오 역시 부인할 수는 없다. 무엇보다도 이 점을 반영하면서 소위 '되구부리기'(이성욱)가 행해진 것은 그 다음 연대에 이르러서였다.

1990년대에 들어 현실 사회주의권의 몰락과 함께 자본주의적 일상이 총체화되면서 거시적인 정치 의제들이 그 효력을 상실함에 따라 문학의 자장 안에서 정치성은 사실상 급격한 퇴조를 맞는다. 그러면서 '문학과 정치의 분리론'에 입각한 이른바 문학(중심)주의적 시각은 상대적으로 힘을 발휘하고 권좌에 복귀한다. 물론 이때도 푸코의 미시권력론과 같은 후기 구조주의적 정치학의 수입에 맞춰 일상성의 정치를 미시적으로 분석하고 탐구하려는 문학적 모색과 노력이 지속되었던 것은 사실이다. 그러나 그와 더불어 푸코의 이론적 수혈이 훨씬 폭넓게 야기한 것은 일종의 정치적 무력화였다고 말할 수 있다. 왜냐하면 시대별 문법의 구조에 대한 고고학적 탐사는 분명 현실적 삶에 작용하는 작은 정치적 힘들을 알아보게 하는 새로운 시각을 선사하기도 했지만, 동시에 그러한 문법의 구조가 갖는 역사적 선험성을 해명함으로써 그것에 대항하는 정치적 행동의 부질없음에 대한 강력한 알리바이를 제공하기도 했기 때문이다. 이와 같은 정치적 무력감은 실제로 문학작품 속에서 구체적인 표현을 얻게 된다. 신념의 상실에 이어서 행동력마저 고갈 당한 퇴폐적 인물들의 섹스 · 도박 · 죽음 · 속도 등에 대한 쾌락주의적이고 유미주의적인 탐닉이 1990년대 이후 소설들에서 자주 목격되고, 또 그에 대한 비평가들의 나름대로의 의미 부여가 열띠었던 것은 사실 우연이 아니다. 문학의 비정치성은 어쨌든 그 자체가 문제된다기보다는 문학의 사회적 관련을 망각하고 정치적 무력감에 정당성을 부여함으로써 비현실적 감각만을 만연시킨다는 데 무엇보다도 심각한 문제가 있는 것이다. 정치중심주의적 편향의 '되구부리기'가 결국 문학중심주의적 편향에 귀착된 것인데, 어쩌면 이것은 자연스러운 역사적 전개의 결과인지도 모른다. 과도함에 대한 교정이 흔히 또 다른 과도함을 낳는 법 아닌가. 바로 여기서 되구부리기의 반대급부가 지닌 과도함에 대한 재교정의 필요성이 대두하게 된다. 그런 의미에서 최근 몇몇 작가들에 의해 다시금 귀환한 '정치적 상상력'의 문학이 관심을 끄는 것은 당연할 수밖에 없다. 특히 그들은 1970 · 80년대 작가들의 정치적 상상력이 '민중주의'에 기초한 것과는 달리 '자유주의'를 그 정치적 상상력의 기반으로 삼고 있다는 점에서 새로

운 면모를 보여준다. 복거일의 「목성잠언집(木星箴言集)」(『문예중앙』, 2001
년 겨울호)은 그 전형적인 예에 해당한다.

2.

  복거일의 「목성잠언집」이란 중편은 외면상 일종의 '가상소설'이라고
할 수 있다. 가상소설이라는 장르적 규정은 일반적으로 소재의 특성을
기준으로 이루어진다는 점에서 매우 편의적인 것이지만, 그 특성이 여
타의 소설들과는 사뭇 이질적인 성격을 보여준다는 점에서는 불가피한
것이다. 말하자면 합리적이고 경험적인 연관 속에서 파악될 수 없는 비
현실적 소재의 전면적 차용이 목격될 때 우리는 그 소설을 대개 가상소
설이라고 부른다. 이것은 넓은 의미에서의 판타지와 가상소설이 종종
혼동되기도 하는 이유이기도 하다. 「목성잠언집」은 실제로 지구문명의
인류가 외계 정착사회를 건설한 곳인 목성의 위성 '개니미드'에 관한 가
상의 역사를 들려준다. 작품에 의하면, 개니미드의 정착지를 중심으로
해서 인근 위성들의 탐험기지를 포함하는 목성의 인류사회는 2601년 우
주선 '그린타이드' 호에서 124명의 선발요원이 개니미드의 난센 평원에
내렸을 때부터 2998년 혜성 '라쉬드'의 파편이 개니미드 난센 기지에 충
돌한 '개니미드 대참사'까지 4세기가 채 못 되는 시간 동안 지구문명과
상당히 다른 독자적인 문화를 꽃피우며 존속했다고 한다. 그러나 그것
이 전부다. 이 소설은 외계사회인 개니미드의 역사를 요약적인 형태로
소설의 도입부에 제시하는 데서 그치고 그 사회의 문화적 독자성을 충
분히 그리지 않음으로써 하나의 가상소설이기를 멈춘다. 독자성에 의거
한 가상의 흥미로움을 빼놓고는 사실 가상소설로서의 의미는 반감될 수

밖에 없다. 「목성잠언집」에서 가장 큰 서사적 비중을 이루고 있는 것은 오히려, 우리가 알지 못하는 목성 개니미드 사회 구성원들에 의해 작성된 것이기는 하지만, "이름만 바꾸면" 그 얘기가 곧 우리의 얘기일 수 있는 '정치적 잠언들'(총 65개)이다. 이처럼 가상 속 외계문명의 형상이 지구문명과 다른 흥미로운 독자성이 아니라 지구문명과의 경험적 유사성을 띠는 순간 가상성은 우화성에 의해 가려져버린다. 가상소설이 가상적인 시·공간에 관심이 없을 때 그 소설은 우화성의 전경화와 더불어 십중팔구는 우화소설이 되기 쉽다. 여기서 복거일의 「목성잠언집」은 비로소 '우화소설'임이 드러난다.

제목이 가리키는 것처럼, 『목성잠언집』은 목성의 위성 개니미드에 4세기 동안 살았던 사람들이 한 중요하거나 기억할 만한 말들을 모은 책이다. 이 책은 '개니미드 사회 재건을 위한 로봇들의 모임(ROBROGS)'이 수집한 기록들의 더미 속에서 찾아낸 것으로, 보존 상태가 아주 나빠서, 상당히 두툼했던 것으로 보이는 책에서 아주 작은 부분만 남았다. 현존하는 부분은 주로 정치적 잠언들을 수록한 부분이다. 자연히, 이 책이 언제 어디서 누구에 의해 편찬되었는지 알 길이 없다. 티모시 골드슈타인(2773~2895)에 관한 얘기들이 많고 그보다 뒤의 사람에 관한 얘기가 없는 것으로 보아, 29세기 말엽에 엮어진 것으로 보인다.
비록 예순 남짓한 잠언들과 그것들에 대한 간략한 해설들만 남아 있지만, 이 책은 음미할 만한 책이다. 짧은 잠언들에선 혹독한 외계 환경에서 살아남고 뻗어가려는 변경 사회의 모습이 응축되어 드러난다. 그런 사회가 완전히 파괴되었다는 사실은 우리를 막막하게 만들지만, 우리가 그들의 경험에서 배우고 그들의 지혜에서 도움을 얻는다면, 그들의 비극이 조금은 누그러질 수도 있지 않을까? 로마의 풍자시인 호라티우스가 말한 것처럼, "이름만 바꾸면, 그 얘기는 바로 당신 얘기다."

이 부분은 무엇보다도 「목성잠언집」이 우화소설적 성격을 단적으로 표방하는 대목이다. 물론 우화성이 가리고 있는 이 소설의 가상성은 풍부하지는 않지만 그렇다고 허술한 것은 아니다. 「목성잠언집」의 도입부를 이루고 있는 "개니미드 문화 총서' 간행사', 『목성잠언집』 해설', '개니미드 연표'와 같은 조작적인 서사 단위들은 그 작은 비중 속에 목성사회인 개니미드의 역사 전체를 선명하게 압축하고 있을 뿐만 아니라, 그 안에서 '『목성잠언집』'에 실린 정치적 잠언들을 획득하게 되기까지의 과정을 알아보도록 나름대로 핍진하게 구성되어 있다. 이를테면 2998년 '개니미드 대참사' 이후 아쉽게도 목성의 정착사회를 재건하려는 노력이 나오지 않고 구지구 인류의 기억 속에서 잊혀져가다가 3098년 '개니미드 사회 재건을 위한 로봇들의 모임(ROBROGS)'이 구지구 정부에 보낸 한 장의 전문이 발단이 되어 개니미드 재건 사업이 시작되는데, 그 와중에 개니미드를 새로 찾은 사람들은 선구자들의 경험에서 지식들과 교훈들을 얻기 위해 이전 정착사회의 흩어진 정보들과 지식들을 수집하고 분류하는 작업을 했다고 한다. 바로 그런 작업이 맺은 열매들 가운데 하나가 "개니미드 문화 총서"이고 그 문화 총서 중의 하나가 다름아닌 『목성잠언집』'이라는 책이라는 것이다. 그러나 앞서 인용한 부분은 이 소설의 목표가 흥미로운 가상의 제시를 넘어 궁극적으로 현실적·경험적 인간 지혜의 전달에 있음을 표나게 내세운다. 작품이 인용하고 있는 로마의 풍자시인 호라티우스의 "이름만 바꾸면, 그 얘기는 바로 당신 얘기다"라는 금언은 아닌 게 아니라 그러한 목표를 직접적으로 드러낸다. 미리 말하지만, 「목성잠언집」의 정치적 잠언들에서 가장 얘기가 많이 되고 있는 '티모시 골드슈타인'은 현실 속 우리의 대통령을 가리키고 있는 것이 명백하다. '개니미드 연표'에 나타난 '개니미드 좌우익 대립'(2821년), '개니미드 전쟁 발발'(2832년), '휴전조약 체결'(2833년) 등의 내용들 또한 개니미드 사회가 곧 우리의 실제 현실을 우회적으로 빗대고 있음을 알기 어렵지 않게 만든다. 그런가 하면 이 소설의 결말부에 또 한 번 인용되고 있는 호라티우스의 말은 그 점을 최종적으로 뒷받침해준다. "바다 너머로 달아나는 사람들은 그들의 하늘을 바꾸지 그들의 천성을 바꾼 것은 아니다."

「목성잠언집」이 '가상성을 껴안은 우화성의 의미론적 구조'를 통해 보여주는 것은 결국 작품 속의 가상적 현실이 우리의 실제 현실을 되돌이켜보게 하는 우화적 유비물이라는 사실이다. 특히나 「목성잠언집」에 실린 잠언들이 다분히 정치적 성격을 띤다는 점에서 작품 속의 현실이 우리의 실제 정치 현실을 유비한다는 사실은 말할 것도 없다. 비유컨대 복거일의 소설은 가상의 독자적 문명을 건너다보게 하는 '유리창'의 소설이 아니라 한국의 정치 현실을 반성적으로 돌아보게 하는 '거울'의 소설이라고 할 수 있다. 그런데 이 소설이 잠언의 형태 안에서 유비하고 있는 우리의 실제 정치 현실을 가치중립적 냉정함으로 묘사하지 않고 가치판단의 열정으로 비판하고 있는 점은 상당히 흥미롭다. 게다가 그 비판적 열정은 유독 현 정권과 그 수반의 실정(失政)에 집중되고 있는데, 이때 그러한 비판의 이념적 전제가 되고 있는 '자유주의적 신조'가 작품에 두드러진다는 점은 무엇보다도 문제적인 것으로 보인다. 그러나 작품의 이념적 색채를 문제 삼는 것은, 역량이 미치지도 못하지만, 문학적 검토 속에서는 사실 불필요하고 부당한 일에 속한다. 다만 어떤 이념의 정치성이 문학으로 표현되었을 때 그것이 음미할 만한 가치가 있는지를 판단하고 그 이유를 해명하는 것은 당연히 마땅한 것이고 또 비평적 의무가 되는 것만은 의심의 여지가 없다. 어쨌거나 문제로 다루어져야 하는 것은 표현의 깊이가 되지 않으면 안 된다. 우선 「목성잠언집」에서 가장 많은 분량을 이루고 있는 잠언들, 즉 '정치적 자유주의'를 신조로 하는 정치 비판들을 살펴보기로 한다. 정치적 자유주의, 바꾸어 말해 자유주의자들의 정치관은 기본적으로 '다원주의'로 명시될 수 있다. 위계적이 아닌 수평적 배열 속에서 모든 개인들의 정치적 권리의 동등성을 인정함으로써 정치적 자유를 보장해야 한다는 것이 그것의 내용이다. 그런 만큼 정치적 자유주의는 규제와 억압의 필요성을 강변하는 '권위주의'에 반대하고 항거하는 양상을 필연적으로 나타낸다. 「목성잠언집」의 정치 비판은 아닌 게 아니라 바로 '정부 수반을 위시한 현 정권의 권위주의적 행태를 표적으로 삼는다.

> 420 지옥을 오래 들여다본 사람은 가슴에 지옥을 품게 된다.
> ― 미리엄 한

〔해설〕 유진 모리스와 티모시 골드슈타인은 압제적 군부 정권들로부터 박해를 받으면서 민주주의의 회복을 위해 싸운 정치 지도자들이었다. 그러나 한번 집권하자, 그들은 이내 권위주의적 대통령이 되었다. 그들은 군부 정권의 관행을 그대로 본받아, 야당 지도자들을 거세하고 신문들을 핍박했다. 그들의 그런 변모는 이스트 개니미드 시민들에겐 뜻밖의 일이었고, 그것에 관해 뜨거운 논쟁이 일었다. 두 사람의 이런 변모를 이해하려면, 그들이 정치를 줄곧 독재자들에게서 배웠다는 사실에 주목해야 한다고 미리엄 한은 주장했다.

423 나이가 많고 야심이 큰 정치 지도자는 언제나 위험한 존재다.

그런 지도자는 자신의 개인적 일정에 맞춰 국정을 무리하게 몰고
간다.

— 프랜시스 미첼

〔해설〕 (…중략…) 골드슈타인 정권이 여러 가지 급진적 정책들
을, 특히 '햇살 정책'이라고 불린 웨스트 개니미드에 대한 유화(宥和)
정책을, 별다른 준비 없이 갑작스럽게 추진하자, 이스트 개니미드 사
회는 국론 분열 현상이 나타났다. 그런 정책들을 수정해서 국론의 분
열을 막아야 한다는 주장들이 점점 많은 사람들의 지지를 얻었지만,
골드슈타인 대통령은 자신의 정책들을 바꾸기를 거부했다. 미첼은
골드슈타인의 그런 태도가 그의 개인적 일정 때문이라고 보았다. 골
드슈타인은 젊었을 때부터 야심이 큰 정치인으로 알려졌고, 야당 지
도자들 가운데 한 사람으로 성장한 뒤엔 통일 개니미드의 지도자가
되겠다는 꿈을 드러냈다. 그러나 그가 고난 끝에 집권했을 때, 그는
이미 나이가 많았고, 자연히, 그는 통일이 자연스럽게 이루어지기를
기다릴 시간이 없었다. 그래서 무리하게 '햇살 정책'을 추구해서 통
일에 좋은 환경을 만들려고 애쓴 것이었다.

'티모시 골드슈타인'(김대중)이라는 비유항이 가리키는 현 정권과 그
수반이 지닌 '권위주의적' 성격을 신랄하게 비판하고 있는 대표적인 예
들인데, 이 부분은 특히 그러한 권위주의의 발생론적 배경을 여러 측면
에서 엿보게 해준다. 한 가지 독특한 점이 있다면, 현 정권의 수반의 경
우에는 그 권위주의의 발생론적 배경이 어떤 인간학적 필연성 속에서
관철되고 있음을 고려함으로써 일종의 관용의 태도로 다루어진다는 것
이다. 즉 현 정권의 수반은 군부 정권의 독재자들과 싸운 오랜 경력이
오히려 그들을 본받게 하여 불가피하게 권위주의적 대통령이 되었다고
주장된다. "지옥을 오래 들여다본 사람은 가슴에 지옥을 품게 된다"는

가상의 인물 '미리엄 한'의 말은 다름아닌 그 인간학적 사실을 표현한 것이다. 그런가 하면 권위주의적 대통령이 될 수밖에 없는 이유에는 현 정권의 수반의 생물학적 연령의 영향이 깊이 개입하고 있다는 점도 아울러 지적되고 있다. 할 일 혹은 하고 싶은 일은 많은데 시간이 부족하다는 연령적 정황이 '햇살 정책'과 같은 무리한 통일 정책을 시도하게 만들었고 또 국론 분열과 그에 따른 비판 여론에도 불구하고 그와 같은 정책의 수정을 독단적으로 거부하게 만들었다는 것이다. 그 이외에도 잠언 436번에서 "정치 지도자가 자신의 도덕적 우월성을 의식하게 되면, 그의 정권은 필연적으로 압제적 정권이 된다"고 하고, "가장 나쁜 정부는 도덕적이다"라는 20세기 구지구의 풍자 문필가 헨리 루이스 멩켄의 얘기를 인용하여 야당 지도자로서의 도덕적 우월성이 그로 하여금 대통령으로 변신하고 그 직책을 제대로 수행하는 일을 그만큼 어렵고 괴로운 과정으로 만들었다고 안타깝게 털어놓는다. 그리하여 작품은 권위주의적 대통령의 탄생이 갖는 인간학적 필연성을 관용적으로 인정함으로써 정치적 파탄과 진통의 보다 근본적인 원인을 그런 대통령의 '하수인'들에게 돌리는 것처럼 보인다. 이것은 무엇보다도 다음과 같은 잠언들 속에서 우회적이지만 날카롭게 드러난다. "438 대통령의 얘기에 대한 대꾸는 늘 하나다: "그렇습니다, 각하." 실질적으로 제왕의 권력을 지닌 사람 앞에서 "아닙니다, 각하"라고 대꾸한 사람은 브레드 마틴뿐이다. 느닷없이 한직으로 밀려난 뒤, 대통령이 "자네 불만이라도 있는가?"라고 물었을 때, 마틴은 이내 대꾸했다. "아닙니다, 각하."—빈슨트 소렌슨", "439 절대적 권력을 지닌 독재자라도 다른 사람들의 동의를 전혀 얻지 않고 권력을 휘두를 수 있는 것은 아니다. 그는 하수인들이 동의하기 때문에 통치할 수 있는 것이다.—빈슨트 소렌슨", "460 절대권력자의 궁정엔 강경파도 온건파도 없다. 오직 충성파만이 있을 따름이다.—자이논 호안".
그러나 그럼에도 여전히 대통령의 오만과 호언이 비판에서 완전히 제외
되는 것은 아니다.

「목성잠언집」은 그런 맥락에서 대통령과 '하수인'의 합작(合作)이 초래
한 권위주의적 정치행태의 여러 실정들에 대해 보다 구체적인 비판으로
다가간다. 그 첫번째 비판 대상은 '시민단체들의 행동'이다. 한동안 우
리 사회의 민주화가 진전된 바람직한 현상으로 거론되었던 시민단체들
의 정치적인 의사 개진을 두고 한 잠언은 정부가 우중정치의 일환으로
대중을 이용한 결과라 못박는다. "430 감시하는 자들은 중요하다. 그러
나 정말로 중요한 것은 감시하는 자들을 감시하는 자들이다.—헨리 파
인먼". 무엇보다도 현 정권이 어려운 정국을 헤치기 위해 취한 방책으
로써 시민단체들을 동원해 야당과 비판적 신문들을 몰아세운 일에 대
한 비판과 지적을 담고 있다. 그런데 비판의 표적이 여기서는 일단 대중
들이 아닌 정권에 겨냥되어 있지만, 다음과 같은 잠언을 보면 시민단체
들의 행동에 가해진 비판이 실은 대중과 여론에 대한 깊은 불신과 회의
에 연계되어 있음을 또한 알기 어렵지 않다. "476 오랫동안 폭군의 압제
를 별다른 불평 없이 견뎌낸 사람들이, 한번 폭군이 쫓겨나면, 당장 천
국을 만들어놓으라고 민주적 정권에 요구한다. 그들은 정치가들이 아니
라 마법사들을 찾는다.—도키에 고바야시". (정치적 자유주의의 이데올
로기적 기반이 반민중주의적 속성에 따른 일종의 엘리티시즘임이 이때
선명히 드러난다. 실제로 「목성잠언집」의 정치 비판은 엘리티시즘적인
자유주의와 민중주의의 대립 구도 속에서 전개된다. 가령 잠언 429번을
보라.) 다음으로 두번째 비판의 대상은 최근 정부가 행한 '언론사 세무조
사'이다. 한 야당 국회의원의 재치 있는 언급을 그대로 차용한 잠언에서

그 점은 뚜렷하다. "431 국세청 요원 한둘이 신문사에 나와서 사나흘 조사하면, 그것은 일상적 사건이다. 요원 대여섯이 대엿새 조사하면, 우연의 일치다. 오십 명이 넘는 요원들이 석 달을 넘게 뒤지면, 그것은 언론 탄압이다." 이에 대해 대통령은 '정상적인 법의 집행'일 따름이라 그 점을 강력하게 부인하지만, 또다시 다음의 잠언은 반박한다. "433 법은 본질적으로 정치적 결정이다.—시오도어 커트랜드". 그리고 이제 「목성잠언집」의 세번째 비판은 현 정권의 '햇볕 정책'을 비꼬는 '햇살 정책'을 대상으로 하는데, 그 비판의 강도가 사실상 제일 높을 뿐만 아니라 논리적 설득력 또한 가장 크다. '햇살 정책'에 대한 비판은 충분히 음미할 만한 가치가 있는 것으로 판단되므로 좀 길게 인용해보겠다. 물론 이것은 그러한 비판이 무오류적인 것임을 전제한 인용이 아니라 그 정책의 타당성을 다시 한번 성찰하도록 하는 계기가 되어준다는 것을 전제한 인용이다.

> 454 유화(宥和) 정책의 문제는 그것이 본질적으로 정책이 아니라는 점이다. 정책은 사람들의 행동양식을 바꾸려는 시도다. 유화 정책은 상대방의 무리한 요구들을 계속 들어주는 것에 지나지 않는다. 자연히, 그 상대방은 자신의 공격적 태도를 바꿀 까닭이 없다. 그래서 유화 정책은 실제로는 상대방이 그런 공격적 태도를 계속 지니도록 조장한다.
>
> — 미리엄 한

〔해설〕 티모시 골드슈타인 대통령이 추진한 '햇살 정책'에 대한 비판이다. 그녀는 먼저 '햇살 정책'의 이론적 근거가 부실함을 지적했다. "잘 알려진 것처럼, '햇살 정책'은 바람과 해가 사람의 외투를 벗기는 시합을 한 구지구의 오랜 우화에서 나왔다. 그 시합에선 '부

드러운 해'가 '모진 바람'을 이겼으므로, 그 우화의 교훈은 '부드러운 태도가 모진 태도보다 낫다'는 것이다. 그러나 잠시만 생각해보아도 깨달을 수 있는 것처럼, 외투를 입은 사람에게 햇살을 쬐는 것은 실은 부드러운 태도가 아니라 그를 괴롭히는 것이다. 따라서 그 우화의 교훈은 근본적으로 잘못된 것이다."

455 협상에선 강경파라는 평판이 작지 않은 자산이다.

— 미리엄 한

〔해설〕 티모시 골드슈타인이 웨스트 개니미드에 대한 태도에서 온건파라는 평판을 얻었다는 사실이 그의 '햇살 정책'이 실패한 원인들 가운데 하나라는 주장을 펴면서 한 말이다. "강경파라는 평판이 난 사람이 협상에 나서면, 협상의 상대는 많은 것을 기대하지 않는다. 자연히, 합의를 이루기가 쉽다. 더 중요한 것은 그런 평판이 협상에서 나온 합의를 공식화하는 데 큰 도움이 된다는 점이다. 협상에서 정말로 어려운 것은 상대방과 합의한 안을 자기 사람들에게 파는 일이다. 강경파라는 평판은 그를 '매국노'라는 비난으로부터 막아준다. 그리고 그런 협상안에 반대할 사람들이 바로 그의 지지자들이므로, 협상안에 불만이 있더라도, 그들은 참을 수밖에 없다. 역사적으로 적국과의 화해를 성공적으로 추진한 사람들은 대부분 확고한 강경파로 이름난 사람들이었다. 20세기 구지구 미국이 공산주의 중국과 화해했을 때, 그 일을 추진한 사람은 반공주의자의 명성이 확고했던 공화당 출신 대통령 리처드 닉슨이었다. 그리고 이집트와의 화해를 성공적으로 추진한 이스라엘 지도자는 더할 나위 없이 강경한 입장을 견지했던 메나헴 베긴이었다."

한마디로 '햇살 정책'과 같은 온건파의 유화 정책이 야기하게 되는 역설적이면서 치명적인 결과에 대해 이 부분은 논리적으로 꼬집고 있다. 말하자면 부드러움은 부드러운 반응이 아닌 모진 반응을 결과하게 됨으로써 협상에서 늘 불리한 위치를 점하게 될 뿐만 아니라 최종적으로 전쟁과 같은 불가피한 위험에도 이르게 된다는 것이다. "유화 정책은 보기보다는 위험한 정책이니, 그것은 전쟁의 위험을 줄이는 것이 아니라, 오히려 늘린다. 자신의 공격적 자세가 상대방의 양보를 불러오면, 그 나라는 한 걸음 더 나아가도 상대방이 물러나리라 여기게 되어, 마침내 더 물러날 수 없는 데까지 상대방을 몰아붙이게 된다. 그래서 '뮌헨 회담'은 2차 대전을 불렀고, 유진 모리스(김영삼−필자 주) 정권의 유화 정책은 실낱같이 이어진 동서 개니미드 사이의 관계를 아예 단절시켰다." 한편, 자유주의적 신조에 근거한 현 정권과 그 수반의 정치 행태에 대한 이와 같은 비판들은 경제적인 부분에도 그대로 적용된다. 이른바 '경제적 자유주의'에 입각한 '잠언들'의 공통된 생각은 이익과 행복을 추구하는 개인의 자유를 허용하고 그에 따른 경쟁적 질서를 승인하자는 데 있다. '복지의 포기'라는 대목에서 그러한 경제적 자유주의에 근거한 비판적 주장은 극명한 표현을 얻는다. 그런 의미에서 가령 일종의 이익집단에 해당하는 '기업'에게 이윤의 사회 환원을 강요하는 것은 재화의 효율적인 생산에 장애가 되는 반자유주의적인 월권임이 아주 집중적으로 비판된다. (하지만 소위 민중주의적 관점에서, 자유주의의 이익 추구가 자연스럽게 경쟁적 질서를 형성하여 그 질서 속에서 또 다른 수직적 차별과 위계를 조장함으로써 결국 강자들만의 자유주의를 이룩하게 된다는 점은 거기서 도외시되어버린다.) 특히나 군사 정권의 강제와 압력이라는 일반적인 정치 관행 속에서 종종 비효율적으로 낭비된 기업자본의 불합리한 배치를 논리적으로 문제 삼고 있다는 것은 그런 비판이 반성적 음미의 가치를 갖는 것임을 어느 정도 입증하고 있는 것으로 보인다.

　「목성잠언집」은 무엇보다도 기업의 가장 중요한 특질이 그것이 재화의 생산이 효율적으로 이루어지도록 만드는 사회적 조직이란 사실에 있음을 환기시킨다. 그런데, 우리가 이따금 '기업은 이윤을 사회에 환원해야 한다'는 주장을 들을 수 있는 것처럼, 그 자명한 사실은 너무나 자주 잊혀지는데, 사실 그러한 주장엔 잠시만 살펴보아도 큰 문제들이 있음이 드러난다고 한다. 바로 그것의 가장 중요한 이유는 '이윤을 사회에 환원한다'는 것이 실제로는 기업이 사회적으로 가치 있다고 여겨지는 일들에, 가령 가난하거나 재앙을 만난 사람들을 위한 성금, 체육관이나 박물관 설립을 위한 기금, 방위 성금 따위들에 자본을 기부하는 것을 통해 기업 안에 있는 자본을 투자에서 소비로 재배치하는 것이라는 점에 있다는 것이다. 생산이 기업의 본분이라 할 때, 기업의 자본을 생산이 아닌 소비로 재배치하는 것은 바람직할 리 없다. 여기서 이 작품의 언어를 빌려와 조금 더 상세하게 말하자면, "훨씬 큰 함의를 지닌 고려 사항은 기업이 생산을 위한 조직이어서, 소비에 관해선 전문적 지식을 갖추지 못했다는 사실이다. 어느 기업에 소비를 전문적으로 다루는 부서나 요원들이 있는가? (…중략…) 개별 기업들의 그런 결정들을 조정하여 총체적 소비 계획이 합리적이 되도록 만드는 기구는 어디 있는가? 기업들이 개별적으로나 총체적으로나 소비 계획을 제대로 세울 수 없다면, 기업들이 소비를 맡도록 하는 것은 비경제적이다." "따라서 기업들이 생산에 전념하고 이윤을 되도록 생산에 많이 재투자하도록 하는 것이 합리적이다. 이윤을 남기는 것은 그들의 임무이며 그들의 활동을 평가하는 유일한 기준이다. 이윤을 남김으로써, 그들은 자신들이 사회적 자원을 효율적으로 썼음을 증명하는 것이다. 어떤 사회도 기업들에게 그것보다 더 많은 것을 요구할 수는 없다. (…중략…) 그 일은 당연히 기업을 맡은 사람들에 의해 시작되어야 한다. 해야 할 일들이 많지만, 손쉬운 것은 기

업들이 성금을 내는 관행을 없애는 것이다. 그런 관행은 내부적으로는
경영자의 월권을 뜻하고 사회적으로는 비효율적 소비를 뜻한다. 더 큰
문제는 기업의 건강을 해친다는 점이다. 특혜를 바라고 정치 자금을 내
든, 정치적 압력에 굴복해서 '방위 성금'을 내든, '기업이 돈 버는 것밖에
모른다'는 민중주의적 비난에 밀려서 복지사업에 손을 대든, 결과는 같
다. 이제는 기업이라는 아주 중요한 사회적 기구의 운영을 맡은 사람들
이 스스로를 도울 때가 되었다." 그런 의미에서 기업의 능률을 높여가야
한다는 이 소설의 경제적 자유주의의 시각이 '종교'와 '사회주의' 비판으
로 나아간 것은 하나도 이상할 게 없다.

463 근본주의는 가장 종교적인 종파다.

— RUDSK188

〔해설〕 모든 종교들이 근본주의 종파들을 낳는 까닭을 설명한 말
이다. 그는 주류 종교에 속하는 사람들이 근본주의를 경멸하는 것은
비논리적일 뿐만 아니라 위험하다는 점을 지적했다. 모든 종교들의
교리들은 본질적으로 같다. 그것들은 이 세상의 본질과 질서가 불변
임을 강조한다. (…중략…) 근본주의는 그런 교리를 충실하게 따르려
는 노력이다. 근본주의는 세월이 지나면서 바뀐 종교의 모습들을 적
극적으로 고쳐서 종교의 원래 모습을 복원하려는 노력이다. 따라서
종교가 있는 한 근본주의적 충동은 끊임없이 나올 것이다.

464 기원전 2천년기(millennium) 초엽 서남아시아의 한 유목 부족이
'유일신'을 발명했다. 그것은 사람들의 생각과 역사를 영구히 바꿔놓
은 위대한 지적 성취였다. 인류에게는 불행하게도, 그들이 발명한 것
은 '질투하는 신'이었다.

— RUDSK188

〔해설〕 유대교의 신은 잘 알려진 것처럼 '질투하는 신'이었다. 기독교와 이슬람교는 유대교의 전통에서 파생한 종교들로 유대교의 '질투하는 신'을 받아들였다. 그 세 종교들은 모두 공격적이어서 그것들을 믿는 신도들이 서로 얽혀 처절하게 다툰 일은 인류 역사에서 가장 피비린내 나는 싸움이었다. 그 싸움의 뿌리는 바로 '질투하는 신'에 있다는 것이 그의 얘기다.

466 사회주의는 본질적으로 종교적 체계다. 그것의 추종자들은 어떤 값을 치르더라도 교리에 대한 믿음을 버리지 않는다. 그들은 자신들의 신념을 바꾸기보다는 사실을 바꾼다. 만일 사실이 너무 뚜렷해서 바꾸기 어려우면, 그들은 논리를 바꾼다.

— 앨리스 흄

〔해설〕 사회주의 사회를 건설해서 운영하려는 시도들이 모두 실패했어도 사회주의자들의 신념은 바뀌지 않는다는 것을 지적한 얘기다. 그녀의 얘기는 20세기 구지구의 경험을 예로 든 것이다. 20세기 후반에 사회주의 체제가 비효율적이라는 사실이 차츰 드러났을 때, 사회주의자들은 그 사실을 애써 외면했다. 20세기 말엽 소련을 비롯한 사회주의 체제들이 더 견디지 못하고 무너지자, 사회주의자들은 무너진 것은 '현실 사회주의'지 '이론 사회주의'는 아니라는 논리를 폈다. 그렇게 현실과 이론을 분리시킴으로써, 그들은 현실에서의 검증을 통해 이론을 증명한다는 과학철학의 기본 논리를 왜곡했을 뿐만 아니라, 사회주의 이론을 현실에 의해 논파될 수 없는 체계로 만들었다.

사회적 기구로서의 기업이 오랜 세월을 두고 힘든 시행착오의 과정을 거쳐 진화한 합리적 능률성의 체계인 것과 달리, 여기서 '종교'는 진화를 모른다. 따라서 자유주의적 관점을 내면화한 이 소설은 우선 "이 세상의 본질과 질서가 불변임을 강조한" 종교는 언제나 '근본주의적 충동'만을 야기시키며 "인류 역사에서 가장 피비린내 나는 싸움"의 뿌리가 된 비합리적 체계라고 질타한다. "443 진화하도록 하라"는 자유주의자들의 힘찬 구호는 거기서 사실상 거부된다. 자유주의자들에게 중요한 것은 본질적으로 진화의 '자유'지 그것을 제약하는 불변의 '평등'이 아니다. 「목성잠언집」에 의하면, "465 자유는 근본적 덕성이다. 그것은 자명하고 자족하다. 평등은 근본적 덕성은 아니다. 그것은 파생된 덕성이고 자명하지도 자족하지도 않다.—앨리스 흄". 그런 만큼 「목성잠언집」의 자유주의는 민중주의적 평등과 같은 "자명하지도 자족하지도" 않은 비합리적인 종교적 덕성을 당장 폐기하도록 설득한다. '사회주의' 비판은 바로 이러한 맥락을 고려할 때 쉽게 이해된다. 앞선 인용문에 명확히 드러나듯, 진화의 현실에 의해 논파될 수 없는 사회주의는 근본적으로 종교를 닮아 있기 때문이다. 더욱이 사회주의란 종교는 '과학'을 사칭한다는 점에서 좀 더 강도 높게 비판되고 있는 것처럼 보인다. 자유주의자들에게 과학은 합리성의 체계를 가동시키는 근본 동력이기 때문에 사실 과학이 종교와 양립한다는 것은 그들에게 상상되기 어렵다. 그러니까 「목성잠언집」에서 '과학과 종교의 차이점'을 보여주는 다음의 잠언을 읽을 수 있고 또 거기서 종교가 아닌 과학을 두둔하는 관점을 엿볼 수 있는 이유는 무엇보다도 그로부터 온다. "종교는 사람은 절대자와 직접 소통할 수 있는 특별한 존재라고 가르친다. 이런 가르침은 궁극적으로 사람을 자아의 높은 벽 속에 가둔다. 과학은 사람이 우주의 넓고 오랜 시공을 스치는 사소한 존재임을 보여준다. 그런 가르침은 사람으로 하여금 자아의 단단한 껍질을 깨고 나오도록 돕는다." 정치적 자유주의든, 경제적 자유주의든, 이러한 모든 현실 비판들은 어쨌든 기본적으로 자유주의적 신조를 전제로 한 비판들이었다. 다시 한번 말하지만 우린 그런 이념적 전제의 타당성을 문학적 검토 속에서 문제 삼지 않으려 했다. 잠언의 형태를 빌린 자유주의적 비판의 표현들이 그것들이 지닌 깊이 속에서 정치·경제 등 우리 삶의 현실을 반성하고 성찰하도록 만드는 문학적 음미의 기회를 제공하는지를 오직 보여주려 했을 뿐이다. 복거일의 「목성잠언집」을 분석하는 과정 중에 안목 있는 이라면 이미 그 작품의 가치를 나름대로 인지했을 줄 안다.

3.

복거일의 중편 「목성잠언집」은 우화적 잠언 혹은 잠언적 우화의 형태로 우리의 '현실 정치'를 상당한 지적 깊이 속에서 비판하고 있는 분명 읽을 만한 정치적 상상력을 보여준다. 더욱이 그러한 정치적 상상력이 '자유주의적 신조'를 이념적 전제로 한 것임은, 다소 경직된 도식에 따른 것이기는 하지만, 1970·80년대의 '민중주의'에 기반한 정치적 상상력과는 다른 새로운 상상력의 도래라는 의미를 아울러 갖는다. 그런데 일종의 논리적 설득력을 말하는 소설의 지적 깊이가 어떤 이념적 입장을 전제로 한다는 것은 그 소설에 대해 비평적 동의만을 끌어내는 것이 아니라 오히려 반대 이념을 가진 사람들에 의한 또 다른 적대적 비판을 촉발할 위험도 없지 않다. 최근 「목성잠언집」에 대해 "저급한 정치 팸플릿의 전형"(최재봉)이라는 비난에 가까운 비판을 가한 비평적 목소리의 출현이 바로 그 점을 증거한다. 그러나 우리는 그 목소리의 불만과 비판이 한편으론 정당한 것이지만 다른 한편으론 좀 편협한 것이라 생각하게 된다. 왜냐하면 그 목소리는 '문학과 정치의 비분리론'에 입각하고 있는 것이 명백하기 때문이다. 흔히 문학과 정치를 분리해서 생각할 수 없다고 말하는 이들은 문학적 형태를 메시지의 전달 수단 혹은 수사학적 의장(衣欌)에 불과한 것으로 간주하는 경우가 많다. 당연히 예의 목소리도 복거일 소설의 문학적 형태('우화성')를 도외시하고 그 형태 속에 담긴 내용물, 즉 작가의 정치적 판단만을 문제 삼는다. 하나의 예로 「목성잠언집」이 「통일 개니미드」 신문을 정부와 공모한 민중주의 세력의 대변자로 지목하여 비판하고 있는 대목에 주목해보자. 앞선 목소리는 우화성의 문학적 형태를 감안하지 않고 이미 그 신문이 현존하는 어떤 민중주의 신문을 가리키는 것으로 확신하고 그 비판의 반민중성에 분개한다. (재미있는 것은 그 목소리의 주인공이 그 신문사의 기자라는 사실이다.) 물론 그 민중주의 신문이 현실 속의 바로 그 신문을 지칭하는 것임은 분명해 보인다. 그러나 그것은 분명하지 않을 수도 있다. 왜냐하면 「통일 개니미드」가 명백히 그 민중주의 신문을 가리킨다는 내용적 '필연성'은 우화적 알레고리의 대입항이 지니는 형태적 '우연성' 속에서 일정 정도 소거되기 때문이다. 그 목소리처럼 형태적 우연성을 고려하지 않고 내용적 필연성만을 가정함으로써 복거일 소설의 주장 혹은 입장이 지닌 자의성(우연성)만을 지나치게 강조하게 되면 비평적 편협성을 비켜갈 수 없다. 필연성을 가정할 때 그것은 우연적인 것이 되지만, 거꾸로 우연성을 가정하면 그것은 오히려 필연적인 것이 된다. 우화성이라는 소설의 우연적 형태에 주목하면 이번에는 역설적이게도 복거일 소설의 주장과 입장이 지닌 필연성을 자연스럽게 수긍하게 된다. 복거일의 「목성잠언집」에 접근하는 방식은 최소한 이러한 두 가지 방식이 다 가능한 것이라는 시각에 설 때 비로소 비평적 균형 감각에 도달한 것이 아닐까? 비분리론에 입각한 비판이든 분리론에 입각한 옹호든 모두 편협하기는 마찬가지이기 때문이다.

그러나 우리는 여기서 한 걸음 더 나아가야 한다. 지금까지 우리가 편협성을 교정한다는 입장에서 또 다른 편협성을 통해서이긴 하지만 전략적으로 '우화성'을 강조하고는 복거일 소설에 가해진 비판과 불만에 대해 일종의 방어막을 친 것은 부인할 수 없다. 그렇다면 복거일의 「목성잠언집」이 보여준 '우화성'이 그렇게 준수한 문학적 형태를 이루는 것일까? 그렇지 않은 것으로 보인다. 우선 우화 혹은 알레고리는 일정한 항들을 설정하고 대입하여 사유의 결과를 도식화하는 데 그치는 경우가 많고, 그래서 사유의 자극과 확장과는 거리가 먼 문학적 형태가 되는 경우가 거의 대부분이다. 또 해독되고 나면 그 우화와 알레고리의 의장은 그냥 던져지고 잊혀져버리고 만다. 특히 우화와 알레고리가 설정한 항들이 현실과의 직접성을 문학적 상상력을 통해 충분히 구부려 간접화하지 않은 것일 때, 그러한 형식의 운명은 더욱 명백한 일에 속한다. 우화와 알레고리를 문학적 형태로서 살리는 것은 직접성의 간접화를 충분히 달성하는 길 이외에 다른 방도가 없다. 카프카의 소설이 예증하듯, 직접성의 간접화를 훌륭히 해낸 우화들은 일반적으로 사유의 결과를 도식화하는 것을 넘어 사유의 자극과 확장을 가져오는 재독서의 대상이 되곤 한다. 그러니까 복거일 소설은 논리적 비판과 설득의 힘을 증폭시키기 위해서였겠지만 직접성의 노출에 따라 해독의 잉여를 거의 갖지 못한 탓에, 분명 우화성이라는 문학적 형태를 효과적으로 이용하긴 했지만, 재독서의 대상이 되기 어려워 보인다. (가령 일종의 편집상의 실수였겠지만, 잠언 425번에서 시종 골드슈타인으로 명명되어왔던 현 정권의 수반이 그의 실제 성씨인 '김'으로 지칭되고 있는 대목은 다분히 상징적이다.) 이것은 결국 「목성잠언집」이 "저급한 정치 팸플릿의 전형"이라는 비판을 받은 궁극적 이유에 해당하는 것이다. 또한 그것은 「목성잠언집」이 '자유에의 느낌을 계발하려는 문학적 상상력의 정치성'이라는 평가와 '어떤 목적을 성취하려는 정치적 설득의 수사학적 의장'이라는 평가 사이에서 아슬아슬한 이유이기도 하다. 그러나 그럼에도 불구하고 복거일 소설이 보여주는 우리 정치·경제 현실에 대한 비판적 사유는, 비록 그것이 사유의 확장을 지속적으로 자극하는 것이 되지는 못할지라도, 하나의 사유의 결과로서 어떤 논리적 설득력과 함께 지적 깊이를 갖는 것만은 명백한 것으로 판단된다. 그 깊이를 음미하는 것이 사실 복거일 소설 「목성잠언집」을 읽는 가장 중요한 의의에 해당하는 것이 아닌가 한다.

그대 죽음을 기억하는가!

— 배수아의 「시취(尸臭)」

1.

지금 이곳에서 '삶과 죽음의 경계'는 너무도 선명한 것이 되어 있다. 이 선명성은 물론 영토를 명확히 표시하려는 지리적 구획에 연관된다기보다는 어떤 영토의 전횡을 지시하는 존재론적 양상에 명백히 관련된다. 바로 삶에 의한 죽음의 영토화로 야기된 삶의 전횡. 이것은 질병 없는 사회를 이룩하기 위해 특유의 의학적 비전을 가동시킨 저 오만한 현대성이 위생적인 사회의 건설을 진행하면서부터의 문제적 국면이다. 우리들은 되도록이면 죽음에 대해 쉬쉬하고 또 가능한 한 그 죽음은 병원의 전문가에게 맡긴다. 죽음은 이제 현대사회의 일상적 장면으로부터 완전히 추방되고 잊혀진 것으로 보인다. 그런 의미에서 지금 이곳에 죽음은, 과감하게 말해, 없다. 누군가 단박에 화려하게 치장된 관 속에 누운 아름답게 화장한 시신의 향냄새를 어제 문상하고 왔노라 퉁기지만, 그런 주검 역시 죽음의 부재증명에 지나지 않는다. 죽음 그 자체와 죽음을 환기시키는 것에 대한 꺼림과 회피의 태도는 사실 사람들이 지녀온 오래된 존재론적 태도에 해당한다. 동서고금을 막론하고 죽음과 그 죽음 가까이 있는 노화를 은폐하거나 배제하려는 사람들의 의식적 무의식적 지향은 충분히 이해할 수 있는 마음의 태도라고 할 수 있다. 그러나 현대의 죽음은 과거의 죽음과는 분명 동일한 것이 아니다. 과거의 죽음과 노화가 마찬가지로 두려운 것이었음에도 불구하고 삶을 관류하는 존재의 신성한 중핵으로 외경의 대상이 되었던 것과는 달리, 현대의 죽음과 노화는 언제나 억압하고 추방해야 할 강박적 부인의 대상으로 나타난다. 그 이유는 단적으로 말해 그 죽음과 노화가 현대사회를 지탱하는 '생산력 중심주의'라는 이데올로기에 결단코 호명되지 않는 매우 불온한 것으로 간주되는 데 놓인다. 노쇠하고 병든 자와 죽은 자는 무엇보다도 노동하지 못한다. 병을 치료하거나 죽음과 노화를 청결하고 위생적으로 관리하려는 지금의 제도적 장치들은 아마도 거기서 생겨난 것임에 틀림없을 것이다.

병원과 양로원, 그리고 장례식장 등 현대의 이러한 제도적 고안물들은 확실히 죽음의 억압과 추방을 통해 삶의 전횡을 확립하기 위해서 마련되고 구축된 것들이다. 생산의 효율성이라는 전일화된 이념을 토대로 하는 현대적 삶의 질서는 사실 병약과 노쇠, 그리고 죽음과 같은 비합리적 신체상태를 합리적으로 통제하지 않으면 안정적으로 유지되기 어렵다. 늙고 병든 신체와 죽은 신체처럼 노동력을 상실한 몸은 실제로 효율적인 생산에 위협적인 장애가 됨으로써 현대적 합리성의 통제를 무력하게 만들고 사회적 일상생활을 마비시킨다. 그러니까 '노동하지 못하는 신체'란 치료와 재활에 의해 손상된 노동력이 다시금 복원되지 않는다면 곧바로 봉합되어 배제되거나 은폐되어야 할 일종의 합리성의 검은 구멍이라고 할 수 있다. 특히 그 가운데서도 죽은 신체는 '노동하는 신체'에 대한 극단적인 대립항으로서 합리성의 호명과 등록을 절대적으로 거부한다는 의미에서 현대성에 치명적인 불합리하고 두려운 불온의 총화에 해당한다. 그렇다면 저 오만한 현대성의 전일적인 폭거에 신랄한 물음을 제기하고 또 그것을 집요하게 비판하고 있는 오늘의 문학적 항거에서, '시신'처럼 노동하지 못하는 신체가 매력적인 소재가 되리라는 것은 충분히 짐작할 수 있는 일이다. 가령 『목화밭 엽기전』에서 일찍이 백민석이 보여준 바 있는 온갖 난잡한 주검들의 전시는 그러한 소재의 문학적 형상화에 있어 전형적인 예로 부족함이 없다. 이 글에서 다루게 되는 배수아의 소설에 대해 우리가 특별한 관심을 나타내려는 이유도 분명 거기서 온다. 배수아의 「시취(屍臭)」(『창작과비평』, 2001년 가을호)라는 단편은 무엇보다도 죽음과 노화의 조형을 현대성의 위생적 담론에 대한 의미심장한 비판에 연결하려는 열정과 확고하게 결합되어 있다. 물론 그녀의 경우에 죽음과 노화는 지난 연대의 문학에서와 달리 유독 구체적이고 감각적인 형상을 얻고 있다는 점이 이채롭다. 노동하지 못하는 신체의 감각적 구체성은 죽음에 대한 철학적 명상이라는 관념성을 넘어서 노동 이데올로기에 대한 우회적 비판이라는 정치성을 띤다.

2.

겨우 사십대였으나 그때부터 그는 건강이 극도로 나빠져서 은행에 나가지 않았다. 체중이 점점 빠지고 흰머리가 갑작스럽게 늘어났다. 관절이 삭는 듯한 소리가 나더니 온몸이 이상한 각도로 휘었다. 등은 구부정해지고 목은 오른쪽으로 비틀리고 걸음걸이는 이상해졌다. 빠른 속도로 체액이 빠져나가는 것처럼 그의 몸이 주름잡히고 건조해졌다. 집에 와서 그는 잠을 잔 다음 바지를 꺼내서 뜯어진 곳을 꿰매기 시작했다. 눈앞이 가물거리더니 벌들이 날아다니는 것처럼 빛이 어룽거리며 그를 쏘아댔다. 그는 이제 간신히 제 몸 하나 건사할 수 있을 뿐인, 가족 하나 없는 병들고 왜소한 중늙은이일 뿐이었다.

　배수아의 단편 「시취」의 일절이다. 이 소설에서 병약하고 노쇠한 육체에 대한 구체적이고 감각적인 묘사는 여기서 그치지 않는다. 가령 "아침에 일어나 커피를 끓여 잔에 따를 때 사기잔이 심하게 달그락거리는 소리를 스스로 느낄 수 있었다. 목욕을 마친 뒤 그의 피부가 거북등처럼 조각나는 것이 보였다. 심하게 각질이 생긴 피부는 팔꿈치 안쪽이나 무릎 뒤편부터 갈라지기 시작해 찢어진 살 사이로 벌건 피하조직이 드러났다."나, "아침에 일어났을 때 입술이 푸르스름하게 변하는 것이며 시간이 이상하게 늘어진 채 느릿하게 가는 것이며 한밤에 잠을 깨는 일이며 엉덩이 부분에 진한 핑크빛으로 살덩어리가 뭉쳐져 올라오는 증상이며 아침마다 혀가 붓고 검고 딱딱해지는 것이며……" 등은 죽음에 가까이 다가간 육체에 대한 실감 나는 묘사 가운데 또 하나의 예에 불과하다. 위에서 인용한 구절은 이와 같은 병약과 노쇠의 육체가 사회적 노동의 중지("은행에 나가지 않았다")와 관련되어 있음을 특히나 선명히 보여준다는 점에서 관심을 끈다. 그런데 이 작품의 주인공 '그'는 "이제 간신히 제 몸 하나 건사할 수 있을 뿐인, 가족 하나 없는 왜소한 중늙은이"로 나온다. 사실 환갑에 근접한 중노인의 고장난 육신이 사회적 노동의 중지에 연결되는 것은 비록 그것이 뚜렷한 감각적 구체성을 띠고 나타난다고 해도 특별한 주목의 대상이 될 까닭이 없다. 고령이 된 노인네가 병약과 노쇠로 인해 노동현장을 벗어나는 것은 실제로 사회적으로 용인되는 자연스런 과정과 절차에 속한다. 그럼에도 불구하고 「시취」의 주인공인 그가 우리의 눈길을 잡아끄는 것은 사회적 활동에 있어 최고로 왕성할 나이라고 할 수 있는 '사십대' 때부터 그가 병약과 노쇠의 신체적 변화를 경험했다는 점이다. 평범한 중늙은이의 시든 몸이 당연하지 않고 문제적인 이유는 바로 거기에 있다. 사십대에 당한 육체적 조로는 그를 이른바 문제적인 인물로 만든다.

그는 그 나이의 보통 남자들과 달리 스스로 의식을 해결하는 것에 대해서 아무런 거부반응이 없었다. 이 점은 그에게는 상당히 특이한 것이었다. 한국전쟁 직후에도 그의 가족은 그 이전이나 다름없이 운전수와 가정부, 그랜드 피아노와 침모와 아이 보는 계집아이를 데리고 살았다. 그러므로 그는 목욕물을 데우거나 방을 청소하거나 운동화를 빨거나 자신의 옷을 정리하거나 이불을 개는 일 따위는 하지 않고 자랐다. 심지어 연필을 깎아본 적도 없었다. 저학년때는 책가방을 들어주는 하인이 있었고 추운 겨울이면 방안에서 세수를 했다. 그런 그가 혼자 살게 되자 자신의 공간에 다른사람이 얼씬하는 것에 대해서 극도의 예민함을 보였다. 그가 첫번째 아내의 존재를 끝내 견딜 수 없었던 것도 비슷한 이유에서였다. 단출한 부부만의 생활이란 방을 같이 쓰고 일거수 일투족을 주시당하는 것이라는 생각이 아직 대학생이던 그의 목을 조여오는 듯했다. 그의 첫번째 아내가 잘못한 것은 없다. 계획된 것이기는 했지만 그는 도망치듯 유학을 떠났다. 그런 이유로 그는 아직 한번도 가정부를 고용한 적이 없다. 나이든 남자가 손수 찬거리를 준비하고 바느질을 하고 걸레질을 하는 것이 당사자보다도 주변사람들을 더욱 질색하게 만드는 일이라는 것 정도는 그 자신도 안다. 그러나 그는 결코 가정부와 한 공간 안에서 잠시라도 있고 싶지 않았고 가정부의 손이 닿은 음식을 먹고 싶지도 않았다.

그가 "보통의 남자들과 달리" 일찍부터 감당하지 않으면 안 되었던 육체의 조로는 무엇보다도 젊은 시절 가족으로부터 독립하게 되면서 그가 지니게 된 "자신의 공간에 다른 사람이 얼씬하는 것"에 대한 '극도의 예민함'과 상관되는 것으로 보인다. 첫번째 결혼을 실패한 다음 두번째 결혼마저 별거상태로 끝내고 만 그는 그 이후의 '유학생활'을 포함해 환갑의 나이 가까운 지금까지도 '독신생활'을 고집하며 완전한 '칩거의 생활'을 하고 있다. 그리고 그는 또한 "미해결된 유산문제"로 형제들과 사촌들이 복잡하게 얽힐 때, 유산상속을 포기하고 집안 사람들과 절교함으로써 원만한 사회적 관계를 이룸에 있어 무능력과 폐쇄성을 극단적으로 드러내기도 했다. 이러한 사회적 관계에 대한 무능과 거부가 육체적 조로에 이어진다는 서사적 설정은 경험적 사실에 어긋나는 것이어서 일단 개연적인 필연성 속에서 파악되기는 어렵다. 그런·의미에서 폐쇄성이라는 사회적 관계의 무능력이 육체적 조로에 귀결된다는 것은 알레고리적인 상징성 속에서 이해되고 해석되지 않으면 안 된다. 사회적 관계에서의 무능력한 폐쇄성과 육체적 조로와의 연결은, 아마도 현실적 삶에 대한 비판과 저항을 사회적 관계의 무능력과 정신적 조로와의 연결을 통해 표현하려는 예술가소설 류의 기본문법에 대한 변형과 패러디인 듯하다. 이것은 한국전쟁 이후에도 침모와 하인을 둘 만큼 부자여서 "타인의 시중을 당연한 것으로 알고 자란 사람"인 그가 무엇 때문에 "타 존재에 대한 거친 이물감"으로 인해 사회적 일상으로부터 고립되었는지, 이에 대해 「시취」가 별다른 단서를 제공하지 않는 것이 자연스런 이유이기도 하다. 어쨌든 병들고 노쇠한 몸은 여기서 사회적 일상생활에 대한 혐오와 거부의 육체적 전화라는 상징성을 띠는 것으로 나타난다. 「시취」는 물론 사회적 일상생활에 대한 혐오와 거부의 절정은 아직 남겨두고 있다.

그는 몇 년 전부터 부정기적으로 찾아오는 주체할 수 없는 두통과 현기증에 시달리고 있었지만 최근 몇 개월 전부터는 그 빈도와 강도가 상상도 못할 만큼 높아졌다. 두통은 아무런 전조도 없이 갑작스럽게 그를 덮치고 그를 억누르고 예감 없는 강렬한 통증으로 다가왔지만 현기증은 조금 달랐다. 그것은 검은 어둠으로 그의 모든 감각기관에 서서히 징후를 나타내기 시작했다. 그는 어느 순간 밝은 태양빛 아래서도 책을 읽을 수 없다는 사실을 깨닫게 된다. 귀는 이명으로 가득 차고 입에는 침이 고인다. 몸은 서서히 무감각해지고 목 뒤쪽이 조이는 듯이 굳어온다. 이윽고 머리 한가운데가 쪼개지는 듯이 아프다. 그러면서 그의 눈앞이 하얗게 흐려지며 곧 칠흑처럼 깜깜해진다. 말 그대로 아무것도 보이지 않게 되는 것이다. 이 순간이 되면 그는 위협을 느끼고 벽에 기대거나 소파나 침대에 눕거나 버스나 지하철의 좌석에 몸을 웅크려야 한다. 그리고 서서히 아주 서서히 그의 발 아래 대지가 어느 한 방향으로 회전하는 것을 느끼기 시작한다. 그러면서 구토증이 몰려온다. 구토증은 위장을 도려내는 듯이 맹렬하다. 대지의 회전은 점점 가속이 붙고 마침내는 멈춤장치가 고장난 세탁기 안에 들어가 있는 것처럼 사고나 감각의 균형을 잡을 수가 없다. 그의 머리가 신이 오른 광대처럼 흔들리는 것을 느낀다. 도저히 가눌 수가 없을 정도다. 미칠 듯한 내장의 뒤틀림. 그는 침을 질질 흘리게 된다. 바닥에 머리를 기대고 숨을 헐떡거리고 사지를 부르르 떨게 된다. 머리를 조금이라도 들거나 움직였다가는 미친 듯이 돌아가고 있는 대지의 힘에 의해서 그의 몸이 산산이 원심분리될 정도이다. 한 시간에서 두 시간, 그는 머리를 감싸쥐고 비명을 참기 위해 계속해서 혀를 깨문다. 식은 땀으로 그의 온몸이 흥건히 젖는 것을 느끼며 이 순간이 어서 지나가기를 기다릴 뿐이다. 그가 아무것도 할 수 없다는 사실은 더욱 그를 절망적으로 만들었다. 서서히 다가오는 검은 현기증의 예감에 아무런 대책도 없이 온몸으로 그 공포와 고통을 겪어내는 것 이외에는. 혈관이 수축되고 균형감각이 상실되고 온몸의 피가 미세한 붉은 가루로 변해 검은 우주공간으로 사라져간다. 그의 의지와는 별개로 내장과 안구가 춤추며 돌아다닌다. 심한 발작이 일어날 때면 그는 거의 사흘 동안 자리에서 일어나지 못하며 지낸 적도 있었다. 처음에 그 현기증의 발작을 경험했을 때 그는 죽음이 이윽고 다가온 것이라고 믿었다.

육체의 고장을 영구화해버리는 '죽음'에 이르러 이제 사회적 일상생활의 파탄은 절정에 이르고 그것의 붕괴는 완성된다. 그런데 "눈앞이 하얗게 흐려지며 곧 칠흑처럼 깜깜해"져 살아 있음의 유일한 증거인 의식이 "검은 우주공간으로 사라"지고 나면, 그는 즉각 사회적 장면으로부터 추방되어 망각될 것이다. 이때 노동하지 못하는 신체로서의 주검의 정치적 의미는 하릴없이 소거되어버리고 만다. 한 개체의 죽음을 사회적 일상생활에 대한 비판과 저항의 지속적인 계기로 삼기 위해서 그 죽음을 '살아 있는 죽음'으로 만들어 삶 한가운데 그 죽음을 풀어놓아야 하는 것은 그 때문이다. 배수아의 소설 「시취」의 가장 핵심적인 미학적 의도는 사실 여기에 자리 잡는다. 최근 우리 소설에서 죽음의 소생술과 관련된 미학적 흐름은 크게 두 가지 서사적 형태를 이루고 있는 것으로 보이는데, 죽음의 귀환을 판타지 수법으로 다루는 서사가 그 하나라면 죽음의 연기(演技)를 통한 의사—죽음의 형상을 리얼하게 그리는 서사가 다른 하나라고 할 수 있다. 「시취」는 바로 후자의 경우에 해당하는 작품으로, 다름아닌 '현기증의 발작'을 통해 그러한 의사—죽음의 조형을 성취한다. 그러니까 이 작품의 한 축에는 의미·목적·효용이라고 하는 이념의 기초 위에 선 사회적 일상생활이 놓이고, 다른 한 축에는 그의 사회적 일상생활을 지탱하는 시민적 대지를 밑바닥으로부터 흔들어버리는 현기증의 내습이 놓인다. 그는 "서서히 다가오는 검은 현기증의 예감"이 하나의 발작에 귀착되는 순간 "죽음이 이윽고 다가온 것"이라 믿는다. 병약과 노쇠에 이은 그러한 의사—죽음의 경험으로 인해 "어느 순간부턴가 그는 이미 죽어버린 사람들에게 더욱 친근한 마음을 갖게 되"고 또 "꿈속에서 그들이 나타나면 실제로 그리운 사람을 만난 듯이 얼굴에 홍조가 피"며, "그에 반해서 세상의 살아 있는 사람에게서[는] 점점 멀어져"간다. 비로소 삶이 '죽음의 껍데기'이자 "죽음을 은폐하면서 살아가는 시간의 허물"에 불과하다고 생각하게 된 그는 서서히 "살아 있는 것과 죽었다는 것의 경계"를 모호하게 느끼면서 '죽음의 예비자'로서 "한 발을 죽음의 영역에 들여놓고 사는 사람"이 된다. 그는 죽음이 삶 바깥의 비현실적이고 몽환적인 추상이 아니고 현실적이며 "서사적이고 연속적인 것이어서 서서히 존재 안으로 스며들어온다는 것"을 어린 시절에는 차마 깨닫지 못했었다. 몇 달 전 부음을 전해들은 친구 K도 그때는 그랬다.

　　그 당시 그들이 생각하고 받아들이는 죽음은 결코 구체적이거나 실제적인 것이 아니었다. 비록 친지의 죽음이라 해도 그랬다. 그것은 천상에서 일어나는 것이며 한없이 길고 음울한 예식을 알리는 촛불과 향의 예감이었다. 대개 죽는 것은 노인이며 나아가 많지는 않더라도 병자의 얼굴빛은 검고 눈동자는 누르스름하여 노인의 것과 다르지 않았고 불빛은 어둡고 집안의 여인네들은 절에서 기도를 올리고 개는 마루밑에 들어가고 밤이 되어도 불을 끄지 않으며 흐느낌 소리는 밤낮으로 이어지고 모든 죽은 자의 소지품을 태웠다. 죽음이란 그들에게 바로 몽환적이면서도 규격화된 예식을 의미하는 것이었다. 그것은 두려우나 호기심의 대상이고 예술에서 치명적이고 극단적인 아름다움이 필요할 때 종종 등장하는 것이고 영원하고도 긴 잠이고 문서에 이름이 기록으로 남는 일이며 존중과 예의를 요구하는 일이었다. 죽음은 서사적이고 연속적인 것이어서 서서히 존재 안으로 스며들어온다는 것을 그때 그들은 차마 깨닫지 못했다.

　지금 그에게 죽음은 삶의 한가운데에서 홀로 '시취'를 풍기며 부패해가는 것 그 이상도 그 이하도 아니다. 살아가는 게 곧 죽어가는 것이다. 삶은 이미 죽음에게 그 존재를 내어준 것이라는 이러한 진실에 친숙해 있는 그가 "백살도 넘게 살 듯이 보이는 사람"이었던 친구 K의 권태 타령이나 5년 전 38년 만에 만난 옛 여인 P의 고독 운운에 대해 생뚱맞게 불쾌함을 내비치는 것은 그러니까 분명 어색하지 않은 일에 속한다. '권태'니 '고독'이니 하는 것은, 그의 표현대로라면, "세상에 대해서 주체의 의지와 애정을 가지고 있을 때 허용되는 단어"로서 죽었는데도 "마치 살아 있는 것처럼 행동하고자 하는 욕망"의 '발현'에 지나지 않는다. 그에게 그것은 진실을 외면하고 모른 체하는 참으로 "저급한 영혼을 가진 것"의 고스란한 반영일 뿐이다. 그가 P와의 만남에서 마지막 인사 때 맡은 '향수냄새'에 비위를 상하고는 'P는 두려움 때문에 지나치게 많은 향수를 뿌렸던 것이다'라고 씁쓸해하는 것 역시 그런 맥락에서 이해해볼 수 있다. 그런가 하면 「시취」의 기본 줄거리인 'P의 생사'에 관해 그라는 인물이 보여주는 강박적인 '혼동'의 이야기(먼저 언급했어야 할 이 소설의 줄기에 대한 검토를 줄곧 미루어온 것은 그것을 인물의 문제성에 비해 다소 부수적인 것으로 판단했기 때문이다)도, 따지고 보면, '살아 있는 죽음'이라는 이 소설의 주제에 걸맞는 서사적 소재에 해당된다. 이 소설의 주인공 그는 환갑이 다 된 중늙은이로서 '특급열차 탈선과 화재 사고'를 텔레비전이 내보내던 어느 날 "육십 년 가까이 살아오면서 손끝 한번 스쳐보지 못했고 오십오 세가 되어서야 간신히 점심식사를 했을 뿐인 여인" "P가 그 열차를 탔을지도 모른다는 집요한 생각"에 시달리기 시작한다. 물론 이틀 뒤에 그는 P가 여전히 살아 있다는 것을 그녀의 아들 해균의 편지를 통해 확인하고 실제로 그것을 다행스럽게 여긴다. 그러나 그는 그 후로도 P가 그 열차에 탔고 그래서 죽어버렸다는 '착각'에 자꾸 사로잡힌다. 그러다가 P의 생사를 구분해보려는 조바심이 사실상 무의미한 것이라는 인식에 최종적으로 이른다. 생사의 혼동과 착각이라는 「시취」의 소재와 이야기는 결국 삶과 죽음이 한 몸이라는 의미의 서사적 구현 이외에 다른 아무것도 아니다. 생사의 경계를 와해시킴으로써 삶 한가운데 죽음을 풀어놓으려는 작가의 정치적 미학은 이렇듯 인물과 서사의 유기적 결합 속에서 형상화된다. '그'의 다음과 같은 마지막 진술 속에서 그 점은 다시 한번 명백하게 드러난다.

죽음이란 그 경계가 모호한 것이어서 기뻐할 일도 슬퍼할 일도 아니며 살아 있는 듯 죽어 있으며(그의 경우) 죽어 있는 듯 살아 있기도 (열차에 탔다고 가정한 P의 경우)한 것이다. 그러므로 단지 기호로 표현될 뿐인 삶과 죽음의 표피적인 결과에 그리 연연할 일은 아닐 것이다.

3.

배수아의 단편 「시취」는 무엇보다도 삶과 죽음의 경계를 혼동하고 착각하는 한 중늙은이에 대한 이야기이다. 작가는 삶이란 단지 죽음을 은폐하고 배제하면서 살아가게 되는 시간의 허물과 껍데기에 지나지 않는다는 깨달음을 바로 그 고령의 인물이 자꾸 빠지는 생사의 혼동이라는 서사적 소재를 통해 보여준다. 이 작품이 말하고자 하는 바는 한마디로

'삶과 죽음의 경계는 모호하다. 아니 없다'라는 명제로 요약이 가능한데, 죽음을 삶 쪽으로 끌어당김으로써 삶 한가운데 죽음을 풀어놓으려는 열망을 그 명제가 숨기고 있음은 말할 것도 없다. 죽음을 삶 저쪽으로 밀어냄으로써 의미와 목적, 효용의 삶을 전횡하게 만들려는 저 오만한 현대성의 명제, 즉 '삶과 죽음의 경계는 선명하다'라는 명제를 감안하면, 「시취」의 현대성 비판의 맥락은 충분히 드러나고도 남는다. 한편 배수아가 애써 그려내고 있는 '노동하지 못하는 신체'에 대한 묘사들은 그러한 반현대성의 육체적 전화들에 해당한다. 현대적 삶의 질서를 형성하고 유지하는 데 필수불가결한 조건이 되는 노동하는 신체 앞에 맞세워진 늙고 병든 육체와 죽음에 들린 자의 비판적 의미와 문맥은 여기서 새삼 강조될 필요가 있다. 노동하지 못하는 신체의 정치적 의미를 자각하지 않았다면 배수아의 「시취」는 분명 씌어지지 않았을 것이다. '그'와 같은 노동 불능의 신체의 소유자들은 사실 1990년대 중반 이후 소설들에서 두드러진 신념을 상실하고 행동력을 고갈 당한 무기력한 인간들과 사회적 관계로부터 단절된 폐쇄적 인간들을 그 선배로 가진다. 그런데 '그'가 유독 다른 것은 의식의 저항과 비판이 아닌 육체의 저항과 비판을 보여준다는 점이다. 배수아의 작품에 구체적이고 감각적으로 묘사된 비정상적인 육체적 형상들의 특이성은 아마도 거기서 찾을 수 있는 것임에 틀림없다. 끝으로 한마디만 덧붙이자면, 이것은 일종의 이 소설에 대한 불만사항인데, 소설의 주인공 '그'가 지닌 문제를 거론해야만 한다. 사십대부터 병약과 노쇠의 신체적 변화를 겪었다는 진술이 있기는 하지만, 환갑의 나이에 접어든 중노인을 주인공으로 삼아 죽음에 대한 친근감을 표시하는 것은 문제적 인물로서의 '그'의 문제성을 축소시켜 그를 다소 진부한 인물로 만드는 것으로 보인다. 「시취」를 통해 작가가 전달하고자 하는 주장은 독자의 예상을 크게 벗어나지 않는 인물의 정상성(역설적이게도) 때문에 확실히 약화되고 있다. 노인네의 죽음 타령이 독자의 눈길을 오랫동안 잡아끌기란 정말 지난한 일 아닌가. 읽을 만한 미학은 언제나 참신한 충격과 놀람으로 다가오지 않으면 안 된다.

검은 고양이가 들어 있는 거울?

— 엄창석의 「고양이가 들어 있는 거울」

1.

최근 순수문학과 대중문학의 경계가 희미해지고 있다는 진단을 내리는 비평가들이 많다. 특히 순수한 문학과 대중적인 문학의 혼혈화 현상이 이른바 '피의 순수성'을 혼탁하게 만드는 우려스런 추세라는 판단은, 그와 관련된 다양한 비평적 의견들 속에서 지배적인 목소리가 되어 있다. 순수한 것과 그렇지 못한 것이 형성하는 문학적 기율과 질서를 불변의 것으로 보고 그것을 고정적으로 보존해야 한다는 것은 실제로 그들 견해의 핵심이다. 그러나 그와 같은 문제에 있어서 겨냥해야 할 비평적 근심의 대상은 피의 순수성 그 자체의 훼손이 아니라 창조적인 피의 생성 여부가 아닐까 한다. 이 말은 물론 가치 있는 것과 가치 없는 것을 분별하고 경중에 따라 그 가치들을 정돈하려는 비평적 노력을 포기하거나 경시하자는 얘기가 아니다. 이를테면 순수한 피냐 불순한 피냐라는 순수성에 대한 질문을 좋은 피냐 나쁜 피냐라는 예술성에 대한 질문으로 대체해야만 확고부동한 기율과 질서의 규범 속에서 경직된 문학적 창조력을 충분히 유연하게 하여 고무시킬 수 있다는 것이다. 그 장르적 특성이 '잡종성'(바흐친)에 있는 소설문학의 경우라면 그러한 대체의 필연성이란 더 이상 말할 필요조차 없다. 소위 본격소설이 대중소설의 소재와 문법을 차용하는 근래에 빈번해진 문학적 현상이 그렇게 우려스럽고 근심스러운 경향만이 아닌 이유는 바로 거기에 있다. 문제가 예술성에 있지 순수성에 있는 것이 아니라고 할 때, 범죄물·추리물·미스테리물·공상과학물 등의 대중소설적 요소들도 결국 창조적 인용만 가능하다면 훌륭한 문학적 자산들을 이룩할 수 있는 풍부한 토대로 간주하지 않으면 안 된다.

대중소설 가운데 '범죄물'의 경우는 그 구조적 본질에 있어 사실 근대 이후 소설의 기본적인 형태와 일치하는 것이기도 하다. 일반적으로 소설의 서두에서 제시되는 일상의 문제는 비정상성의 표지를 지니면서 주인공의 탐색 대상이 된다. 그리고 소설의 결말 부분에서 모험적 탐색을 거친 주인공은 그 문제의 해답을 얻게 됨으로써 비정상성을 극복하고 잠정적으로나마 정상성을 회복한다. 물론 정상성이 비정상화되는 과정을 통해 문제의 형성만을 그리는 소설도 있고 비정상성의 지속 안에서 문제의 해결을 목표로 하지 않고 탐색의 과정만을 부각시키는 소설도 있지만, 문제제기와 해답찾기라는 소설의 통상적인 구성 형식에서 그런 소설들도 멀리 있는 것은 아니다. 소설 주인공의 탐색과 모험의 과정 그 자체가 문제의 해답을 쥐고 있는 경우 또한 흔하다. 루카치에 의하면, '문제'와 '탐색'이라는 이 두 가지 소설적 형태들은 무엇보다도 세계의 조화로운 총체성이 상실되면서 주인공과 세계 사이의 근본적인 불화로 말미암은 구조적 요소들이다. 그런데 소설의 주인공은 특이하게도 세계의 정상성을 비정상성으로 간주하고 그것을 정상화하려 한다는 점에서 문제성을 드러낸다. 기존의 보편적인 가치와 질서를 거부하는 그러한 주인공을 '문제적 개인'이라 부르는 것은 그 때문인데, 그런 만큼 소설의 주인공은 대개 광인이나 범죄자와 같은 반보편적 성격을 지니는 것으로 나타난다. 보편적 현실의 세계는 쫓는 자가 되고 반보편적인 문제의 개인은 쫓기는 자가 됨으로써 범죄물의 관습화된 문법과 구조에 가까워지는 것은 비로소 이 지점이라고 할 수 있다. 하지만 소설이 범죄물과 만날 때 중요한 것은 역시 그 범죄물이 갖는 관습적 문법과 구조의 창조적 인용이지 그것의 반복적 모방은 아닐 것이다.

그런 의미에서 엄창석의 「고양이가 들어 있는 거울」(『작가세계』, 2001년 여름호)이란 작품은 특별한 주목에 값한다. 작가는 일단 범죄물을 쫓는 자의 입장에서 서술해간다. 그래서 「고양이가 들어 있는 거울」은 3인칭 탐정소설과 유사해진다. 범죄물이 쫓기는 자의 처지에서 기술될 때 1인칭 심리소설의 형태를 띠는 것과 그것은 대조적이다. 그런데 이 단편은 무엇보다도 범죄물의 일반적인 소재를 다루면서도 범죄물의 관습화된 문법과 구조를 효과적으로 비튼다. 엄창석은 범죄를 둘러싼 스릴과 흥미 위주의 탐정소설의 기본적인 문법과 구조를 의미 있게 변형함으로써 '존재의 문제'를 깊이 탐구해 보여준다. 우리의 관심은 당연히 여기에 모아질 것이다.

2.

엄창석의 「고양이가 들어 있는 거울」은 일종의 탐정소설이라고 할 수 있다. 명민한 수사관의 남다른 추리력과 정연한 논리에 의해 한 살인사건의 의혹이 해결되는 과정을 보여주고 있다는 점에서 분명 그렇다. 그러나 이 작품은 탐정소설의 전형들과는 일정하게 거리를 둔다. 「고양이가 들어 있는 거울」은, 일반적인 탐정소설이 그렇듯이 소설 초입에 하나의 범죄사건을 등장시키고 재기와 용기를 겸비한 탐정(수사관)으로 하여금 그 사건이 제기한 의혹을 풀어 소설을 결말짓는 데 서술의 초점을 두지 않는다. 엄창석의 소설에서 살인사건의 범인은 소설의 중반부에서 일찌감치 드러나버린다. 2001년 11월 중순, '지청을 통틀어 몇 안 되는 뛰어난 수사관'인 김위승은 무주에서 가족들과 함께 늦은 휴가를 즐기던 중에 부하 수사관인 조형사로부터 달이피산에서 유골이 발견되었다는 보고를 받는다. 여러 정황으로 보아 납치나 유인 후 살해가 이뤄졌을 것이라는 추측을 한 김위승은 부하 수사관들을 독려해 고고학 연구소에 안면 복원을 의뢰하는 등 과학 수사의 기치를 걸고 의욕적인 수사에 착수한다. 그들은 유일한 단서인 유골의 목걸이에서 피살자가 여자라는 점과 피살자가 죽은 것이 2년 안쪽이라는 점 등 몇 가지 사실을 밝혀내기는 하지만, 수사는 점차 미궁에 빠진다. 김위승은 기왕의 미제사건들을 떠올리면서 이 사건도 결국 완전범죄로 흘러갈 것이라는 불길한 예감에 사로잡힌다. 그러던 어느 날 친구인 소설가 우태희를 만나고 오다가 범죄 현장인 달이피산에 들른 김위승은 난데없이 눈물을 흘리고나서 "손에 뼈마디가 훤히 보이는" 불가해한 체험을 하고는 곧 형사과로 전화를 건다. "내가 그 여자를 죽였어. 죽인 뒤 그렇게 묻은 거야. 한 일 년쯤 됐나? 으으, 뭐긴, 달이피산 유골 말이지." 김위승이 입을 연 것은 물론 "혀끝을 입천장에서 떼지 않은 채 어눌한 목소리로"였다.

수사관 김위승이 놀랍게도 '달이피산의 유골사건' 범인임이 드러나지만, 수사관이 범인이라는 뜻밖의 사실이 밝혀지는 순간 탐정소설적 긴장은 그만 풀려버린다. '천오동 성당 방화사건'을 처리하던 중 만취하여

귀가하다가 한 여자를 치고 달이피산 기슭에 그녀를 암매장한 1년 전 일이 이후 김위승 자신의 자백적 기억 속에서 확실해지기 때문이다. 대중적인 탐정소설은 사실 구조적 긴장과 더불어 그것에 고유한 스릴과 흥미를 유지하기 위해 무엇보다도 범인의 적발을 소설의 결말부에까지 유보하지 않으면 안 된다. 그런 의미에서 「고양이가 들어 있는 거울」이 서둘러 범인의 윤곽을 확정지은 것은 실수가 아니라면 소설의 목표가 탐정소설 제작에 있지 않음을 말해준다. 우리들은 여기서 '범죄사건'을 둘러싼 탐정소설적 극화가 아니라 '범죄학'의 지적 관념성에로 인도된다. 김위승은 미제사건들을 모아 쓴 현장수기를 미완성인 채로 친구인 소설가 우태희에게 조언과 교정을 부탁하며 보여주는데, 수사 도중에 그 원고를 두고 벌이는 두 사람의 대화를 들어보면 실질적으로 이 소설의 무게중심이 '완전범죄'라는 범죄학적인 사태의 구체적 도식화에 가 있음이 드러난다. 그들의 대화에 의하면 완전범죄란 "미로를 만들며 달아나는 범인이 결국엔 자기심리 속으로 들어가 새로운 미궁을 쌓고 숨어버린다는 논리" 속에 성립하는 것으로 그때의 범인은 못 찾는 것이 아니라 실제로 범인이 존재하지 않는 것이라는 '심리적인 완전범죄'의 속성을 지니게 된다는 것이다. 그런데 참으로 흥미로운 것은 김위승 자신이 바로 그러한 심리적인 완전범죄의 체현자라는 사실이라고 할 수 있다. 유희감각에 빠진 김위승은 끝까지 자신이 범인이라는 사실을 숨기면서 조롱하듯 부하 수사관들에게 실마리와 미궁을 동시에 제공함으로써 수사는 한걸음도 진전되지 않는다. 또 자신들의 상사가 범인이리라고는 짐작도 못하는 부하 수사관들은 수사에 완전히 지쳐버림으로써 유골사건은 끝내 미제에 그친다. 환상적인 색채로 그려진 이 소설의 결말 장면은 그러한 완전범죄의 성립을 최종적으로 확인시킨다. 김위승과 부하 수사관들은 범인 검거를 위한 마지막 시도로 공중전화부스 여러 곳에 잠복근무 중이었다.

　　잠바 차림의 그자가 수화기를 들고 어디론가 전화를 걸고 있었다. 소형 무전기에서 지금 101-38번 공중전화에서 전화가 걸려오고 있다는 소리가 들렸다. 김위승은 몸을 날려 그자를 포박하였다. 순식간에 그자의 손을 등뒤로 낚아채 수갑을 걸었다. 그자는 잠시 기다려달라고 했다. 그자의 얼굴을 쳐다보려는데 피싯, 웃음소리가 들렸다.
　　"나는 범인이 아닐세, 이 사람아."
　　김위승은 수갑을 채우다 멈칫 했다. 자신의 손목에 차가운 금속성이 죄어졌다가 힘없이 풀어졌다. 뼈가 보일 듯 투명한 손목 위에 단지 차가운 느낌만이 남아 있었다. 스르르르, 어디선가 낙엽이 쓸려가는 소리가 들렸다.

　어떤 환각 속에서 김위승은 범인의 손목에 수갑을 채우려 하나 곧 그 손목이 자신의 손목임을 깨닫고 수갑을 풀어버린다. 그는 다시금 자기 심리 속으로 들어가 새로운 미궁을 쌓고 거기에 숨어서는 범죄사실을 망각함으로써 하나의 완전범죄를 성사시킬 것이다. 대개의 탐정소설이 범인의 손목에 수갑을 채우는 것으로 종결되는 구조적 양태를 보이는 것을 감안하면, 우리는 여기서 새삼 「고양이가 들어 있는 거울」이 일반적인 탐정소설과 두고 있는 거리를 가늠해볼 수 있다. 그렇다면 '풀어진 수갑'의 모티프가 조형한 완전범죄라는 범죄학적 소재를 놓고 이 작품이 말하고자 하는 바가 이제 궁금해지지 않을 수 없다. 작가가 그러한 소재를 가지고 '내부에 쌓은 미궁'이 외부적인 '현실사건의 미궁'을 야기하고, 그리하여 완전범죄라는 범죄학적 현상이 성립하게 된다는 재미있는 사유를 전달하고자 하는 것은 일단 명백하다. 이 소설의 범죄물(수사물)로서의 특색은 특히 거기에 있는 것이라 할 수 있다. 그러나 「고양이가 들어 있는 거울」은, 소설가 우태희의 말을 빌린다면, "수사물의 범주를 벗어나는 것 같"다. 김위승이 유골 발견현장에서 갑작스레 흘린 눈물도 그렇거니와 그가 여자를 치는 순간 "두번째 혹은 세번째 살해를 하고 있다는 생각이 들었다"는 것과 같은 소설적 디테일들은 의미론적 불일치를 야기하면서 뭔가 석연치 않은 구석을 남긴다. 김위승의 환각 체험 속에 되풀이해서 등장하는 '뼈가 보일 듯한 투명한 손목'은 또 무엇인지 잘 모르겠다. 우태희가 김위승의 미완성 원고에 대해 '현실사건의 미궁'이 '존재의 미궁'으로 전환되어 있다고 말한 대목을 눈여겨보게 되는 것은 이때다. 그의 말은 어쩌면 우리들의 독서를 향한 작가의 요구를 은연 중에 내비치고 있는지도 모른다. 여기서 이 소설의 도입부에 나오는 다음과 같은 장면은 의미심장해진다.

그에게 문제의 사건이 날아든 것은 2001년 11월 중순이었다. 그는 그때 무주에서 가족들과 함께 나른한 가을 휴가를 즐기고 있었다. 숙식을 하고 있던 콘도 앞에는 눈이 거대한 담요처럼 깔려 있었다. 11월에 눈을 본다는 것은 여간 신기한 일이 아니다. 측백수림이 둘러싼 산허리로부터 기슭까지 흰 솜을 깔아놓은 듯했다. 제설기로 뿌린 인공눈이다.

그는 객실에서 거실 창밖을 내려다보고 있었다. 수백 명쯤 돼보이는 관광객들이, 마치 설탕이 뿌려진 길바닥에 바글대는 벌레처럼 눈썰매장 위에만 온통 몰려 있었다. 공연한 짓인 줄 알면서도 그는 인파들 틈에서 아내와 아이들을 찾아보았다. 먼 거리 때문인 듯 모든 여자들은 아내처럼 보이고, 아이들은 죄다 아들 녀석을 닮아 있어서 구별하기가 여의치 않았다. 아내가 두 아이를 데리고 눈썰매를 타러 나간 것은 두 시간쯤 전이었다. 아이들이 썰매를 타러 가자고 그에게 졸랐지만 그는 혼자 객실에 남았다. 아이들은 인공눈에 뒹굴며 눈썰매의 추억을 만들고 있을 것이다.

　지난 여름 연쇄적인 강도사건으로 인해 휴가를 반납한 탓에 김위승 형사는 늦은 가을에야 무주로 가족 여행을 떠나게 된다. 이 부분은 바로 그가 휴가지 무주의 어떤 객실에서 아내와 아이들이 놀러나간 눈썰매장을 내려다보는 장면이다. 범죄물로서의 탐정소설의 문법과 구조를 차용한 소설치고는 다소 진부하고 또 상당히 엉뚱한 도입부 설정이라 하지 않을 수 없다. 그렇지만 눈썰매장 위에만 온통 몰려 있는 사람들이 '제설기로 뿌린 인공눈'에 뒹굴며 '눈썰매의 추억'을 만든다는 서술은 예의 완전범죄가 성립하는 논리와 결코 무관하지 않은 것처럼 보인다. 마음의 미궁이 현실의 미궁을 초래할 때 완전범죄가 성립한다는 논리는, 조금 확대해보면, 마음속 상념과 언어가 사물의 현실을 좌우한다는 표상적 세계인식의 전횡이 스스로를 정상적인 것으로 간주하는 범죄적 성격을 지닌다는 함의에 이어진다. 그리고 문법의 환상이 현실적 삶을 구축한다는 그러한 세계 인식은 현대에 이르면 표상적 허구와 환영이 사물의 실재를 총체적으로 은폐해버리는 '인공성의 현실'을 출현시킨다. 인공눈이 뿌려진 눈썰매장을 바라보는 김위승의 시선과 미궁에 빠진 사건을 두고 "공상의 세계가 현실을 대체하고 있단 느낌" 운운하는 김위승의 말은 사실 그렇게 이질적인 것은 아니었던 셈이다. 공상적인 허구와 환영이 참된 현실을 장악해버린 그런 존재론적 상황에 대해 『존재와 시간』의 저자는 이미 '죽음에 대한 망각'이 결과한 타락으로 파악한 바 있다. 그에게 죽음은 말하자면 자기보존을 위해 도구 유용성(욕망의 가상)을 획득하려는 영원한 욕망과 영원한 다툼의 세계로부터 추방되고 망각된 실재로서의 '존재'와 해후하는 실존적 계기에 해당한다. 그러니까 김위승이 유골사건의 유일한 단서인 '유골에 걸려 있던 목걸이'와 유골 복원 작업으로 일시 완성된 '움푹한 해골눈 아래 살아 있는 듯한 입술'을 놓고 '욕망의 영원성'을 명상하는 태도는 결국 이 소설의 진정한 관심과 의도 가 '죽음과 삶의 경계'라는 문제와 관련된 현실적 삶의 존재론적 상황에 있음을 결정적으로 뒷받침하는 증거가 분명하다. 목걸이와 입술이 환기 하는 영원한 욕망의 살덩어리 속에 은폐되어 있던 '움푹한 해골의 눈', 그 존재의 검은 '구덩이' 앞에서 김위승이 어색하게 흘린 눈물방울은 비 로소 일정한 소설적 의미론 안에 들어온다. 이 눈물은 실제로 은폐와 망 각으로 인해 실체와 현상이 분열되고 괴리된 존재론적 상황에 대한 멜 랑콜리한 감정의 액화인 것이다. 그런가 하면 그것이 고체화된 경우도 있다. 상징으로서의 '거울'이 그것이다.

그즈음 원고에 코를 묻고 있는 깊은 밤이면 아주 이따금씩 그의 내 부에 돌연한 반전의 기미가 감지되고는 하였다. 여자를 땅에 묻은 뒤 로 최근까지 느끼지 못하던 현상이었다. 김위승은 언제부턴지 글을 쓸 때마다 책상머리에 거울을 세워놓고 들여다보는 버릇이 생겼는 데, 심리 속의 미궁을 그리느라 백지에 스케치를 할 때면 거울에 비 친 자신의 얼굴을 골똘히 살펴보곤 했다. 그는 실제로 자기 속에 있 는 어떤 기이한 도형을 그대로 옮길 수만 있다면 원고가 완성되는 것 이 아닌가 여겨지기도 했다. 그런 어느 순간, 거울에 찌저적 금이 가 면서 미궁 속에 똬리를 틀고 있던 어떤 녀석이 튀어나오는 착각을 언 뜻언뜻 받고는 했다.

김위승 형사는 유골사건 수사 중에 현장수기의 원고를 써나가면서 언 제부터인가 '거울을 세워놓고 들여다보는 버릇'을 가지게 된다. 또 그 는 나중에 그 원고의 마무리를 거울을 도형화하는 쪽으로 정하고는 훗

날 간행될 자신의 수기 제목을 '거울 속의 단서'로 하겠다는 생각도 한다. 이때 거울의 의미는 김위승이 거울에 대한 명상을 '마경'에 대한 연상으로 옮겨갈 때 확실하게 드러난다. 왜냐하면 그 마경이란 "거울 속면에 음각을 해놓아 들여다볼 때는 비치지 않으나 빛을 반사하면 그 상(像)이 나타난다"는 고대의 신비한 거울로, 그것은 보이는 것과 은폐된 것이라는 존재론적 이분법을 고스란히 보여주기 때문이다. 그러므로 「고양이가 들어 있는 거울」에서 거울은 무엇보다도 죽음이라는 실재를 은폐한 현실적 삶에 있어 가상의 욕망과 허구적인 다툼을 상징하는 슬픈 존재론적 도상(아이콘)임에 틀림없다. 여기서 김위승의 환각 속에 반복적으로 등장하던 '뼈가 보일 듯한 투명한 손목'의 뜻이 뚜렷해진다. 그 '뼈'가 욕망의 살집 안에 은폐되어 망각된 실재로서의 죽음을 함의하고 있는 것이 아니라면 그것은 도대체 무엇이겠는가? 김위승이 포의 「검은고양이」라는 소설을 통해 상상하게 되는 '검은 고양이가 들어 있는 거울'도 역시 그런 맥락에서 이해할 수 있다. 그러나 포의 「검은 고양이」에서는 주검과 함께 벽 속에 갇혀 있던 고양이는 울음을 울어 죽음을 알리는 것과 달리, 엄창석의 '고양이가 들어 있는 거울'에서는 고양이는 아무런 소리도 내지 못한다. 이것은 실재로서의 죽음의 귀환이 최소한 포의 시대에는 가능한 것이었지만 엄창석의 시대에는 이미 불가능한 것이 되어버린 암담한 존재론적 상황을 나타낸다. 김위승이 여자를 치면서 "두번째 혹은 세번째 살해를 하고 있다는 생각이 들었다"고 한 표현은 그러니까 불가능한 것을 다시 가능한 것으로 만들려는 작가의 미학적 기도라고 볼 수 있다. 살해의 느낌이 반복되고 있다고 한 점과 그냥 죽음이아니고 '살해'라고한 점은 다름아닌 죽음을 망각에서 구해내어 죽음의귀환을 능동적으로 도모한다는 의미의 우회적 표현에 해당된다.

「고양이가 들어 있는 거울」은 삶이 은폐한 죽음이 존재의 중핵적 실재라고 말함으로써 결국 실재의 망각과 은폐가 팽배한 그러한 존재론적 상황에 대해 매우 윤리적인 태도를 보여주는 셈이다. 실제로 그와 같은 태도의 윤리성은 "실체는 속면에 웅크리고 있고 표면에 비치는 것은 한낱 헛된 그림자일 뿐이라니"라고 한 김위승의 씁쓸한 탄식 속에 압축되어 있다. 그런데 죽음을 은폐한 삶이 헛된 욕망과 부질없는 다툼의 장일 뿐이라는 윤리적 가치판단은 존재론적 상황에 대한 가치중립적 태도 속에서 생겨난 존재의 해석학으로 전이되면서 이 작품을 훨씬 뜻깊게 만든다. 이른바 존재의 윤리학은 요사이 젊은 작가들에 의해 반복적으로 형상화된 진부한 토포스이고 존재의 해석학은 존재론적 상황에 대해 진전된 사유를 내포한 새로운 토포스이기 때문이다. 우리가 '존재의 윤리학'이 '존재의 해석학'으로 심화되는 자리에서 이 소설의 '미궁' 이야기에 주목하는 것은 무엇보다도 존재의 해석학으로서의 미궁론에 접하도록 해주기 때문에 어색하지 않다. '아주 낯익은 감각, 혹은 전혀 낯선 감각의 끝없는 반복'만을 생성하고 또 카오스적인 '우연의 힘'이 다스리는 미궁은 한마디로 실재에 진입하는 실존적 계기로서의 죽음에 유사한 상징에 해당한다. 그래서 즉물적 공간으로서의 죽음의 미궁은 생명의 삶과 양립할 수 없는 공간이어서 그 미궁을 빠져나오지 않으면 안 되는데, 그것은 소설에서 '미궁의 지도'를 그리는 것으로 표현된다. '미궁의 지도 그리기'는 바로 카오스를 코스모스화하는 작업으로써 마치 수사관이 사건현장에서 필요한 것과 그렇지 않은 것이 뒤엉켜 있을 때 그중에서 무얼 버리고 취할 것인가를 조작적으로 판단해서 의미 있는 허구(내러티브)를 만들어내는 것과 같다. 우태희의 말마따나 미궁의 지도 그리기는 '일종의 거짓말하기'로서, 그것은 기만과 허위를 야기하는 윤리적 부정의 대상이 아니라 삶의 근본적 조건으로 '어떤 명분을 지닌 내부의 활동'으로 해석된다. 이를테면 김위승이 "나는 범인이 아닐세"라는 자기기만으로 범죄사실을 망각하고 범인이 아닌 일상인으로 "자기존재의 형질을 변형시키는" 것은 현실적 삶의 허구적 환영적 본질에 대한 하나의 알레고리 이외에 다른 아무것도 아니다. 김위승, 그의 이름이 위승(僞勝)일 것이라는 것을 짐작할 수 있는 이유는 아마도 거기에 놓일 것이다. '거짓과 허구 위에 기초하고 있는 삶'이라는 해석적 결론은 이로써 「고양이가 들어 있는 거울」의 실질적인 주제임이 마침내 드러난다.

3.

　　계속 이야기를 하란 뜻으로 김위승은 묵묵히 그를 바라보았다.
　　"나도 최근에 그런 생각을 해봤어. 요컨대 역사를 움직이는 동력 중에 하나가 거짓말이었다는 거지." 우태희는 잠시 미간을 찌푸렸다. "가령, 페르시아의 유명한 다리우스 대왕은 일출시간에 신성한 말(馬)의 울음으로 제국의 왕위를 승계받았지. 8세기의 교황 스티븐슨은 사백 년 전에 죽은 콘스탄티누스 대제의 기진장(寄進狀)을 들고서 교황령의 안정을 찾았네. 물론 위조된 문서고 앞엣것은 술책이야. 거짓말이 역사의 분기점이 된 경우가 수없이 많았어."
　　우태희는 찻잔을 들고서 말을 이었다.

　　엄창석의 「고양이가 들어 있는 거울」은 이 시대의 존재론적 상황에 대해 이미 스테레오 타입으로 굳어진 윤리적 태도를 벗어나고 있다. '거짓말'이 '역사'라는 인간의 시간을 움직이는 동력이라는 생각은 분명 이 소설이 갖는 가장 중요한 의미와 가치일 것이다. 지난 1990년대에 들어 흔히 '거울'이라는 문학적 도상으로 표현되곤 했던 허구와 환영의 존재론적 상황은 이탈불가능한 베버적 쇠우리로 인식되어 우리 삶과 현실의 근본적인 조건으로 간주되었다. 그러한 숙명적 제약과 한계에 대해 현실적 삶이 결국 기만과 허위의 허구적 체계라는 사실을 지적하는 가치 판단적 윤리학은 한동안은 의미 있는 것이었다. 제약과 한계가 근본적이고 숙명적인 것이어서 극복될 수 없는 것일 때 그와 같은 근본적 제약과 숙명적 한계에 대한 반성적 자각과 인식은 사실 중요한 것이라 하지 않을 수 없다. 그러나 동시에 존재의 윤리학이 되풀이되면서 수용되고 묵인되는 존재론적 상황의 근본적인 숙명성은 전망을 포기하도록 만드는 소위 '부정 변증법'의 악순환을 답습하게 된다. 이에 존재의 윤리학을 존재의 해석학으로 전환시키면서 이 시대의 존재론적 상황을 인정하고 수용하되 그 허구와 환영의 존재상황 자체를 진정성의 계기로 형질 변형시킬 수 있는 새로운 인식의 전환이 필요해진다. 허구의 거짓 안에서 어떻게 진실과 본질을 찾아낼 수 있을 것인가라는 질문은 이 순간 던져지지 않으면 안 된다. 「고양이가 들어 있는 거울」은 바로 존재론적 상황에 대한 해석적 태도를 제안함으로써 그러한 인식의 전환점을 보여주고 이후 소설 창작의 한 방향을 가리킨다. 엄창석의 소설이 제시하고 있는 '거짓이 진실이 되는 형질 변형의 연금술'을 이제 우리의 소설은 형상적으로 구체화하지 않으면 안 될 것이다.

끝으로 몇 마디만 더 덧붙이자면, 「고양이가 들어 있는 거울」이란 작품은 인식의 깊이를 지각의 대상으로 만드는 형상성에 대해 고민이 필요하다는 생각이 든다. 왜냐하면, 진부한 얘기가 되겠지만, 소설은 지각적 형상이 되어야지 논리적 설명이 되어서는 안 되기 때문이다. 그런 의미에서 이 소설의 관념적 성격을 하나의 약점으로 지적할 수 있다. '허구의 거짓 위에 기초하고 있는 삶'이나 '거짓이 진실이 되는 형질 변형의 연금술' 등의 테마들은 실제로 두 등장인물의 관념적 대화와 상념 속에 담겨 전달되지 소설적 지각형상들에 간접화되어 깃들어 있지 않다. 물론 소설의 관념성은 때에 따라서는 소설적 지각형상의 효과적인 보충물이 될 수 있는 것 또한 명백하다. 그러나 「고양이가 들어 있는 거울」은 관념성의 소설적 보충에 있어 주제의 형성에 효과적인 보조물이 아니라 주제 자체를 생성시키는 주된 관장자가 되어 있는 것으로 판단된다. 그런데 이 소설에 대해 반드시 지적해야 하는 약점은 사실 그러한 관념성에 있다기보다는 주제와 구조의 불일치에 있는 것 같다. 존재의 문제라는 현실적 삶의 실존적 상황을 다루기에는, 변형된 형태라고는 하지만, 탐정소설의 구조와 문법이 왠지 자연스럽지 않게 느껴진다. 이것은 냉정하고 치밀한 논리력을 갖춘 김위승이라는 수사관의 갑작스러운 눈물만큼이나 그렇다. 소설 속의 한 구절과는 다르게, '믿는다 혹은 믿을 수 없다라는 감각언어'는 아직 사라지지 않았다. 탐정소설적 구조와 문법에서 읽어낸 실존적 주제들은 이 소설 곳곳에 흩어져 있는 상징과 알레고리들을 다소의 비약을 통해 근접시켜 해독해낸 것에 지나지 않는다. 소설에서 보다 흥미로운 것은 상징과 알레고리들의 독서가 아니라 구조와 플롯의 독서가 아닐까 한다.

트래블 가이드의 수업 시대

— 작가 김영하의 문학적 연대기

물 위를 걸어갈 것 같은 남자, 기억을 축적하지 않는 인생의 사람, 사람이 된 뱀파이어, 그리고 그의 아내가 사이보그라고 부르는 금속성의 사람―이런 것들은 작가 김영하의 인상을 'The Metallic Blue'라는 색으로 기억하게 만든다. 만일 AB형이 겉으로는 냉정하지만 안으로는 혼란 그 자체인 이중인격자라면, 그는 절대 AB형이 될 수 없다. 사회적인 성을 무시하는 그는 적어도 남자로서는 한국인의 전형이 아니다. 또한 그는 유독한 헤비스모커인데도 불구하고 깔끔하고 단정하며, 충분히 차가워 보인다. 그런가 하면 콤플렉스를 가지기보다는 적을 만들기를 원하는 타입인 그는 이렇다할 죄의식도 없다. 그리고 그는 작업의 파격을 추구하면서도 정치적으로는 체제적응형의 인간에 속한다. 어쨌든 이런 인물이 갖고 있는 복잡함을 볼 수 있게 된 것은 또 한 사람의 예리한 작가 덕택이다.[1]

---

1 배수아, 「The Metallic Blue」, 『문학동네』, 1999년 가을호, 214~218쪽 참조. 물론 김영

김영하 소설에서 가장 중요한 문제들은 개인이 자신의 독립성과 자유를 그것에 필요한 무의식적 욕망을 억압하는 문명화의 압도적인 힘들로부터 방어하려는 요구로부터 온다. 그런 점에서 그의 소설에서 문학적인 결과라는 것은 언제나 소설쓰기가 경험적이고 역사적인 인간에게 미치는 무의식적 의미의 영향력이었다. 김영하는 자신의 출세작 『나는 나를 파괴할 권리가 있다』에서 '자살보조업자'의 입을 빌어 '창작'은 '완전한 신의 모습'을 갖추어가는 길이라 말한 적이 있다. 그렇다면 김영하에게서 '신'은 곧 '무의식'의 다른 이름일 것인데, 이것은 말하자면 김영하 소설이라는 이른바 '미학적 성소'에서 이루어지는 경배와 제사의 대상이라고 할 만하다. 만일 우리가 그 성소에서 개인과 사회 속에 감추어진 무의식의 '유령들'로 둘러싸인다면, 그것은 분명 작가가 바라는 바일 것이다.

그런데 '무의식'을 예배하는 사제, 김영하에게 성소의 바깥은 진실을 보여준다고 말하면서도 감추는 거짓된 '거울(mirror)'로 이해되고, 그래서 진실의 발견을 어렵게 하는 악몽과도 같은 '미로(labyrinth)'로서 파악된다. 따라서 김영하는 자신이 들려주는 이야기들 중의 하나가 '신'에 대한 믿음을 버린 세상을 어떤 무서운 계시, 즉 비밀스럽게 또 비밀스러운 장소에서 읊조려야 하는 무의식적 의미로 제대로 안내할 때까지 그러한 세상의 미러, 혹은 세상의 미로 속을 헤치며 미학적 성소에서 태연하지만 결연하게 예배를 주관할 수밖에 없다. 김영하는 다시 말해 '미로' 속의 '트래블 가이드'[2]가 되는 셈이다. 'Travel Guide in the Mirror.' 그러나 그가 과연 우리로 하여금 현실이라는 미로를 빠져나갈 수 있게 도와줄지 나

하는 2000년에 담배를 끊어 지금은 헤비스모커가 아니라고 한다.

2 김영하, 「자전소설-포스트잇」, 『문학동네』, 1999년 가을호, 249쪽.

로서는 확실하지 않다.

여기에서 김영하라는 '트래블 가이드'의 문학적 성장과 입신의 과정을 살펴보려는 것은 바로 그 때문이다. '작가 김영하'와 마찬가지로, '인간 김영하'도 자신의 삶을 통해서 현실의 미로로부터의 탈출을 추구했을 것이 분명하다. 물론 작가 김영하가 '무의식의 전파'를 통해 인간의 구원을 성취하는가의 여부는 그의 소설 자체가 보여주는 진화를 통해서 가늠되는 것이 아마도 맞는 것일 것이다. 그러나 어떻게 인간 김영하가 인간 조건을 수락하고 삶의 이해에 도달했는지 하는 경로를 통해서도 그것은 기대될 수 있을지 모른다. 한 인간이 삶과 현실을 헤쳐가게 되는 것은 단지 태어났다는 사실에 이어지는 필연성을 위해서일 뿐이다. 거기에는 사회적 일상이 있고 때로는 개인적 권태가 나타난다. 그러나 이 두 가지는, 특히 김영하에게서는 현실의 미로로부터의 '탈출'이라는 목표에 의해 지배된다.

유년기

김영하는 1968년 강원도 화천에서 태어났다. 본적은 경상북도 고령이지만 그곳에서 산 적은 없다고 한다. 그러나 이것은 한국인 일반의 특성이지 한 인간의 특성이라고는 할 수 없다. 즉 출생지와 본적지가 다른 것은 그만의 이력이 아닌 것이다. 나도 인천에서 태어났지만 본적은 충청북도 청원이다. 그런데 김영하가 초등학생이 되었을 때 그의 가족은 전국 각지를 전전해야만 형편이었다. 빈번한 이사 때문이었는데, 그의 아버지의 직업은 도대체 한 군데 진득하게 머물러 있을 수 있는 일이 아니었던 것이다. 김영하의 아버지는 바로 임지에 따라 거처를 바꿔야 하는 군인이었다. 그는 아버지를 따라 전국 각지를 전전하며 낯선 공간들에서 유년기를 보내야만 했다. 그러나 이것만은 한 인간의 특성을 결정하는 특별한 경험이 된 것으로 보인다. 그는 이렇게 말한다.

> 낯설음이야말로 그간의 내 삶을 지탱해온 힘이었다는 사실을 나는 잊지 않고 있다. 아마도 초등학교 시절부터 시작된 잦은 이주의 경험 때문일 수도 있겠다. 돌이켜보건대 그 시절의 나는 언제나 어디론가 떠날 채비를 하고 있었던 듯싶다. 전학을 가고 보면 모든 게 달랐다. 구슬치기, 딱지치기의 규칙부터 생소했다. 그러나 가장 적응하기 힘들었던 것은 그 지방의 방언이었다. 화천에서 대구로, 광주에서 진해로, 다시 양평으로 떠도는 동안 생경한 언어들은 끊임없이 나를 괴롭혔다. 그 시절의 경험 때문에, 나는 어디에도 쉽게 적응하지만 결코 스며들지 않는 사람이 되어갔던 것 같다. 언젠가 떠날 곳이라는 인식은 사람을 방관자로 만든다. 그리고 다른 어딘가를 그리워하거나 동경하는 몽상가로 만든다. 구릿빛 피부의 시골 아이들이 자치기를 하거나 축구를 하며 놀고 있을 때, 나는 그들의 마을과 멀리 떨어진 사택에서 이야기를 읽거나 지어내며 하루하루를 보냈다. 그들이 골키퍼라도 시켜주었더라면 아마 내 인생은 조금 달라졌을지도 모르겠다.[3]

이 "낯설음"은 문학적 영혼의 형성에 반드시 필요한 것은 아니다. 현실에서 괴로움을 당하고 불만을 품게 되는 영혼은 그 반작용으로 다른 길을 통해 이른바 '불행한 의식'으로부터의 구원을 찾고자 하는데, 그것이 항상 성공하지는 못한다. 그러나 여기서 나타나는 '불행한 의식'은 그것을 발견하고 있는 것 같다. 김영하는 "화천에서 대구로, 광주에서 진해

---

3 김영하, 「수상소감—소설쓰기는 나로 하여금 꿈을 꾸게 한다」, 『나는 나를 파괴할 권리가 있다』, 문학동네, 1996, 144~145쪽.

로, 다시 양평으로 떠도는 동안" 겪어야 했던 '불행한 의식'을 어떤 점에서 다행스럽게 여기고 있는 듯하다. 작가가 되기 위해서는 우선 "어디에도 쉽게 적응하지만 결코 스며들지 않는 사람"이 되어야 한다. 그리고 세상에 대한 무심한 '관조'와 세상 너머를 꿈꾸는 '몽상'의 힘을 길러야 한다. 이것이 아마도 그의 생각일 것인데, 여기서 '그'는 물론 작가가 된 '성인 김영하'이지 '어린이 김영하'는 아니다.[4] 어쨌든 나는 군인 아버지를 둔 덕분에 얻은 "잦은 이주의 경험"에 대한 상상적인 기억에서 괴로웠던 유년의 기억과 더불어 인생에 문학적인 전환을 가져오는 국면을 보게 된다.

김영하는 유년기에 대한 기억이 별로 없는 편이다. 사실 그는 초등학교 3학년 때 연탄가스를 마셔서 죽을 뻔하였으나 고압 산소통에서 다량의 산소를 마시고 살아나게 되고, 따라서 그 후로는 그 이전에 대한 기억을 모두 잃어버렸다고 한다.

나는 열 살 때 연탄가스를 마셔서 그 전의 기억이 없어요. 그리고 과거의 기억이 없다고 생각할 때마다 기묘한 느낌이 들어요. 과연 나는 누구냐 하는 생각과 함께 마치 내 과거로부터 버림받은 느낌이 들어요. 세 살 때는 어땠고, 여섯 살 때는 어디서 넘어져서 다쳤고……, 이런 기억이 있는 사람들은 닻을 내린 배처럼 안정감이 있는 것 같아요. 그런데 열 살 이전의 기억이 없으니까 버림받은 느낌이 있어요. 지금의 삶도 불안정하게 느껴져요. 이것도 지워지고, 소거될 수 있다고 느끼는 거 같아요. 기억할 수 없다는 거, 잊혀졌다는 거, 그런 게 중요하게 생각돼요. 예를 들어 우뇌를 다쳐서 단기 기억만 갖고 있는

---

4 이러한 기억은 물론 사후적으로 상상된 또 하나의 허구일지도 모른다. 희미하게 마련인 유년의 기억이라면 더욱 그러할 것이다.

사람들은 끊임없이 불안정할 수밖에 없어요. 왜냐하면 계속해서 새로운 기억이 생기니까, 과거의 기억을 알 수 없으니까…… 나도 비슷한 감정을 느끼고 있는 거 같아요.[5]

나도 고등학교 2학년 때 연탄가스에 중독돼 병원 응급실에서 산소통을 끼고 반나절을 누워 있었던 경험이 있다. 그러나 가스를 덜 마셔서 그랬는지는 모르지만, 나는 과거의 기억을 모두 상실하거나 하지는 않았다. 나에게 그것은 위험천만한 경험이긴 하였지만, 누구나 일생에 한 번은 겪게 마련인 일반적인 기억의 하나로 분류되었다. 그런데 김영하에게 그 경험은 한 사람의 작가가 거기서 일종의 '자기 형성'을 성취하는 계기가 된다. 물론 그가 그 "열 살 때"의 경험에서 작가가 될 작정 같은 것을 한 것은 아닐 것이다. 그러나 그는 상실의 경험에서 오는 '기억의 가난'을 재빨리 자신에게 고유한 것이 될 문학적 재능으로 반전시키는 민첩함을 발휘한 것으로 보인다. 그러니까 우리가 알고 있는 작가 김영하는 바로 여기서 탄생한 것이라고 할 수 있다. 그는 실제로 이렇게 적는다. '그들은 기억의 불멸을 꾀하느라 찰나의 현존을 희생한다. 처량하지만 인간의 숙명이다.'[6] 이 '기억에 대한 반대'는 이미 어린 김영하에게서 싹이 터 어른 김영하에게 이르게 되는 것이었다.

　　나는 결벽증은 아니지만 닦는 데는 일가견이 있다. 키보드 글자쇠와 글자쇠 사이의 빈틈은 칫솔로, 전등 스위치에 묻은 손때는 지프

5　김영하의 이 발언은 나의 '문학적 연대기'와 함께 『작가세계』(2006년 가을호)에 실리게 되는 김이은의 「작가 인터뷰―그가, 몸을 바꾸다」라는 원고를 미리 보고 거기서 인용한 것이다.

6　김영하, 『나는 나를 파괴할 권리가 있다』, 문학동네, 1996, 68쪽.

(찌든 때 전문 세제다)로, TV처럼 정전기가 먼지를 빨아들이는 것에 는 정전기 방지제로, 옷을 헹굴 때는 피죤으로, 드레스 셔츠 깃에 묻 은 때는 부분 세척제로, 세면대는 락스로, 구두는 구두약으로(물론 굽과 가죽 사이는 칫솔로, 구두코는 1차 양말, 2차는 융으로, 구두 옆 구리는 구둣솔로), 스티커 자국은 라이터 기름으로, 거울과 유리창은 신문지로, 잘 닦이지 않는 나무무늬 장판의 틈새에 낀 때는 바닥용 지프로 닦는다.

그래서인지 나는 불필요한 기억도 잘 지운다. 컴퓨터에 널려 있는 쓸데없는 파일들을 찾아 삭제하기를 즐긴다. 그러나 잘 지워지지 않 는 것도 있다. 일테면 벽지에 침착된 담배 연기, 허리의 튼 살, 야멸 차게 떠나간 이들의 기억 따위. 내 소설쓰기가 그런 것들을 말끔히 씻어내는 세제였으면, 때와 한 몸이 되어, 스스로 더러워져서 더 더 러운 것들과 엉겨, 후루룩, 씻겨 내려가 준다면, 얼마나 좋겠는가, 하 는 꿈을, 가끔 꾼다.[7]

유년의 기억을 대부분 상실한 경험이 작가 김영하의 인생에서 중요한 역할을 하였던 것은 분명한 것 같다. 왜냐하면 '기억 상실의 경험'이 이 처럼 '기억을 빨리 소거하는 재능'으로 전환되는 지점에서 또 한 번의 문 학적 전환을 보게 되기 때문이다. '망각의 재능'이라는 이 모던한 능력을 통해서 우리는 현재에 이른 작가의 모습을 미리 그려볼 수도 있다. 그러 나 기억 상실로 인해 '버림받은 느낌'과 '불안정한 감정'을 가지게 된 김 영하라는 어린이는 자신이 작가로서의 사명을 띠고 있다는 것은 느끼지

---

7 김영하, 「자전소설-포스트잇」, 앞의 책, 246쪽. '기억에 대한 반대'는 인간관계를 형 성하는 데에도 그대로 작용해 다음과 같은 소망을 낳는다. '아무 흔적 없이 떨어졌다 별 저항 없이 다시 붙는 포스트잇 같은 관계들. 여태 이루지 못한, 내 은밀한 유토피아 이즘.'(앞의 책, 249쪽).

못한 채 이후 '자기 형성'의 과정을 지속하게 된다. 미래의 모든 작가들에게 다 그렇지만, 여기서 독서 체험을 빼놓을 수 없다. 그는 사라진 기억을 대신할 만한 것을 찾다가 점차 활자들의 세계 속으로 빠져드는데, 물론 김영하에게 허용된 유년기의 독서는 아직 최상급의 독서가 되지는 못했다. '가장 많이 본 책, 성서, 그 다음으로 많이 본 책, 삼국지였다. 성서 독서는 강제된 것이었고, 삼국지는 성서가 싫어 읽기 시작한 책이었다.'[8] 유년 시절 그의 읽을거리는 평범한 편이었다.

소년기

김영하는 '기억의 가난'을 보상 받고 자신에 대해 안심하기 위해서는 좀 더 고급한 독서가 필요했다. 초등학교 6학년 때 서울 잠실로 올라와 정착하여 한강변과 아파트 숲, 종합운동장 등을 쏘다니며 소년기를 보내었는데, 무심히 흐르는 표정 없는 한강물과 삭막한 콘크리트 숲은 여전히 어떤 '안정감'과는 거리가 먼 것이었다. 유년기에서 소년기로 넘어가는 과정에서 그가 원한 '그것'은 오로지 백지 위에 촘촘히 박힌 검은 활자들의 숲에서만 느낄 수 있을 뿐이었다. 그는 주로 계몽사 판 『세계문학전집』과 여러 가지 『백과사전』들을 탐독하였다고 한다. 내 방에 있었던 『세계문학전집』과 『백과사전』이 한낱 장식용이었던 것을 생각하면, 이것은 내 편견일지 모르지만, 작가의 탄생에는 분명 무언가 특별한 것이 필요한지도 모른다. 어쨌든 그의 조숙한 독서경향은 틀림없이 여기에서 그치지는 않았을 것이다. 그러나 소년 김영하가 그 많은 활자들

---

8 김영하, 앞의 글, 245쪽.

가운데서 유독 예민하게 반응한 것은 '카프카'의 것이었다.

> 중학교 일학년 때 읽은 카프카의 『성』이 오래 기억에 남아요. 거기
> 엔 시스템을 향해 나아가는 인물이 나오잖아요. 시스템의 호출을 받
> 고 시스템에 자꾸 접속하려고 하지만 계속해서 그 주변을 맴돌기만
> 할 뿐, 그 핵심으로 나아가지 못합니다.[9]

그런데 우리가 여기서 보게 되는 것은 철없는 문학적 낭만이 아니라
거대 도시의 '시스템'이 주는 낯선 공포와 불안정한 외로움이다. 이 점
은 어느 날 까까머리 김영하가 꾸었던 '악몽'에서 곧바로 엿볼 수 있다.
'중학교 2학년 무렵, 이렇듯 더운 여름날이었다. 짧은 낮잠을 자는 동안
악몽을 꾸었다. 검은 말의 등에 올라타고 질주하는 꿈이었는데 그게 악
몽이었던 까닭은 그 말이 거꾸로 뒤집힌 채 달리고 있었던 탓이다. 나는
떨어지지 않기 위해서 말의 갈기를 꼭 부여잡고 있었다. 그 가위눌림에
서 깨어나 하늘을 보았을 때, 어둡고 음울했던 그 빛깔은 내 유년의 모
습 그대로였다. 어쨌든 그 악몽이 하도 생생하여 나는 지금까지도 그 장
면 하나하나를 잊지 않고 있다./그 악몽을 꾸는 내내 내가 바라 마지 않
았던 것은 그 말에서 내리고 싶다는 것이었는데 내린다 해도 나는 거꾸
로 추락할 것이었기에 이중의 공포에 시달려야 했다.'[10] '말의 악몽'으로
상징되는 '시스템에 대한 공포'가 얼마나 심각한 것이었는지는, 그가 한
해 뒤 가지게 된 '수사(修士)에의 꿈'으로 증명된다.

---

9   김영하의 이 발언도 『작가세계』(2006년 가을호)에 실리게 되는 김이은의 「작가 인터
    뷰-그가, 몸을 바꾸다」라는 원고를 미리 보고 인용한 것이다.
10 김영하, 「수상소감-소설쓰기는 나로 하여금 꿈을 꾸게 한다」, 앞의 책, 143~144쪽.

로사리오. 묵주. 성모송을 반복 암송하기 위한 구슬꿰미.

한때 나는 프란체스코 회의 수사가 되고 싶었다. 그래서 며칠씩 수도원에 들어가 수사들과 똑같은 생활을 했다. 수도원의 모든 것이 좋았다. 둥글고 커다란 식탁. 짙은 밤색의 수사복. 식사는 일제히 시작해 마지막 사람이 끝낼 때까지 계속되었다. 단출하지만 장엄한 미사. 단선율로 깔리는 그레고리안 성가. 저녁식사 후부터 아침까지 이어지는 대침묵. 적막. 고요.

왜 그렇게 수사가 되고 싶었던 것일까? 이유는, 글쎄 공포였다고 말할 수밖에 없다. 가장이, 아버지가 된다는 일의 두려움. 그저 기도하고 일하고 공부하면 그만이라고 생각했다. 그럴 만했다. 그때 내 나이 열여섯이었으니까.[11]

이 "아버지가 된다는 일의 두려움"이란 서울이라는 삭막한 도시의 '시스템'이 주는 공포의 비유적 표현일 것이다. 그러니까 그는 잠시나마 '수도원 생활'을 통해 그처럼 낯설고 불안정한 감정을 진정시키고자 한 것으로 보인다. "단출하지만 장엄한 미사", "단선율로 깔리는 그레고리안 성가", 그리고 "저녁식사 후부터 아침까지 이어지는 대침묵. 적막. 고요"는 그를 매혹시켰다. 누구보다도 그에게서 '수사라는 직업의 매력은 가장이 되지 않아도 된다는 것이었'[12]기 때문이다. 그러나 이와 같은 종교적 생활은 문학적 영혼에 깊이 사로잡힌 이 소년에게서 오래도록 지속될 수는 없었다. 여기서 우리는 유년기 이래 서서히 자리 잡아온 김영하의 문학적 뿌리와 더불어 종교적 억압으로 보이는 것에 대한 그의 분노를 떠올릴 필요가 있다. 후일 소설가가 된 그는 '도마뱀'을 숭배하는 종교적

---

11 김영하, 「자전소설-포스트잇」, 앞의 책, 243쪽.

12 위의 글, 같은 쪽.

이단에 대해서는 기대 어린 시선을 보내는 반면, 엄숙하고 경건한 성직자의 '설교'에 대해서는 심한 냉소를 퍼붓는다.[13] 따라서 이런 종교의 위기가 '가출'이라는 형태로 나타나는 것은 대단히 의미심장하다.

중학교 3학년 때 이 책을 처음 읽었다. 소풍 전날이어서 오후가 되자 학교는 묘지처럼 텅 비어버렸다. 나는 혼자 도서실에 가서 소설을 읽었다. 그러자 뿔테안경을 쓴 국어선생이 다가와 나를 귀순용사 보듯 들여다보았다. "소설 좋아하니?" 내가 고개를 끄덕이자 그는 내게 한 권의 소설을 건네주었다. 『달과 6펜스』. 증권거래인 스트릭랜드는 어느 날 아름다운 아내와 아이들, 그리고 직장을 버리고 홀연히 떠난다. 그리고 그림을 그린다. 고갱을 모델로 한 이 소설에 나는 매료되었다. 그리고 계시처럼 어떤 예감에 휩싸였다. 그건 내 삶의 행로가 스트릭랜드의 그것처럼 드라마틱하게 바뀌리라는 것이었다. 나는 경영학과의 학부와 대학원을 멀쩡히 졸업하고 갑자기 소설가가 되어버렸다. 어쩌면 그 전환의 1퍼센트쯤은 서머셋 몸, 혹은 그 국어선생의 탓이다.[14]

때는 "소풍 전날"이었다. "학교는 묘지처럼 텅 비어 버렸다." 중학교 3학년생 김영하는 여느 때와 마찬가지로 "혼자 도서실에 가서 소설을 읽었다." 그런데 "뿔테안경을 쓴 국어선생"이 나타나서 그를 신기한 듯 내려다보았다. 그리고 선생은 그에게 서머셋 몸의 『달과 6펜스』라는 소설 한 권을 말없이 건네주었다. "어느 날 아름다운 아내와 아이들, 그리고 직장을 버리고 홀연히" 떠나는 "증권거래인 스트릭랜드"가 그에게 있어

---

13 김영하, 「도마뱀」, 『호출』, 문학동네, 1997, 17~23쪽 참조.

14 김영하, 「자전소설─포스트잇」, 앞의 책, 240쪽.

서 진정한 문학적 영혼의 모델로 떠올랐다. 그는 이 소설 속 주인공의 '가출'을 따라가면서 마침내 작가의 비밀을 엿볼 수 있었던 것이다. 그 비밀은 신비한 연금술처럼 소년 김영하를 단숨에 예술가로 만들어버렸다. 그는 아마도 타히티 섬 어느 바닷가에 배를 대어놓고 '계시처럼 어떤 예감에 휩싸'여서 다음과 같이 자문했을지 모른다. '나도 언젠가는 정말 저렇게 될 수 있을까?' 이것은 김영하가 자신의 문학적 소명을 인식하는 사실상의 첫 계기였다. 그렇다면 가출한 '고갱'이 도착하게 된 타히티 바닷가에서 한 사람의 작가가 탄생하게 된 것이다.

청년기

그러나 김영하는 좀처럼 자신의 능력을 확신하지 못했던 것 같다. 아마도 글을 쓰고 싶어 했을 것이지만, 그는 한동안 질풍노도기의 다른 청춘들과 마찬가지로 '대중문화'에 접속한다. 이것은 단지 '모범생'의 대중문화일 뿐이기는 했다. 그는 '산울림'의 음악을 닳을 때까지 반복해서 들었다. '독백, 청춘, 더더더, 회상, 웃는 모습으로 그냥 간직하고 싶어. 그 노래들을 무수히 들으며 또 권하며 살았다. 고등학교 때의 나를 혹시 기억하는 사람이 있다면, 특히 그가 여자라면, 아마 자동적으로 산울림을 떠올릴 것이다.'[15] 또 들리는 바에 의하면, 동갑인 '소피 마르소'를 흠모하여 사진을 모으는 취미를 갖고 있었다고도 한다. 물론 그와 실제로 가깝게 된 여자는 '김수영'을 흠모하는 동갑내기 문학 소녀였다. '만남의 빈도는 일주일에 한 번. 그것도 일요일 아침 일곱 시였다.' 그러나 고등학교 모

---

15 김영하, 「자전소설–포스트잇」, 앞의 책, 240쪽.

범생의 연애가 흔히 그렇듯 '대학 입학시험' 이후 싱겁게 끝나는데, 대신 그에게는 한 시인이 다가오게 된다.

난 그녀를 생각하면 김수영이 떠오른다. 그녀는 민음사에서 나온 김수영의 시집 『거대한 뿌리』를 내게 선물했다. 그러나 나는 한자가 어려워 읽지 못했다. 한자를 다 해독하고 나서도 이해할 수 없었을 때, 나는 진심으로 절망했다. 그녀는, 지금 생각해보면 당시의 고등학생치고는 문학적 소양이 깊었다. 황석영 원작의 연극, '한씨연대기'의 표를 끊어와 연우무대로 나를 끌고 간 것도 그녀였다. 늘 맑고 명랑했던 그녀는 그러면서도 차분하고 일정하게 삶의 톤을 유지할 줄 아는 재능이 있었다. 그런 그녀와의 만남은 고3 내내 이어졌다. 모범생들이 으레 그렇듯, 모의고사 시험지를 교환하고 대학생활에 대한 환상을 나누어 먹으면서, 만남의 빈도는 일주일에 한 번. 그것도 일요일 아침 일곱 시였다. 대학 입학시험을 보고 나서, 미안하다, 나는 돌연 그녀와의 모든 연락을 끊었다. 한 달 후, 그녀가 내게 편지 한 통을 보내왔다. 촛농으로 밀봉된 편지 안에는 달랑 김수영의 시 한 수(「거미」—인용자)만 적혀 있었다. (…중략…) 내 평생 최초로 시적 에피파니를 경험하는 순간이었다. 그렇게도 어렵던 김수영의 시가 단박에 이해되었고 동시에 소름이 저르르 끼쳤다. 나는 시는 아름다운 거라고 배웠다. 그런데 몇 줄의 시가 저렇게 한 인간을 두려움에 떨게 할 수 있다니! 그러니까 그날 나는 비로소 시의 현대성에 눈을 뜬 셈이었다. 나는 김수영을 다시 읽기 시작했다.[16]

"김수영"이라는 시인은 김영하의 영혼에 다시 한번 문학적 소명을 불어넣고 있다. 이미 '망각'이라는 모더니즘을 체득한 그가 문학적 모더니즘에 다가가는 순간이었다. 문학은 "아름다운 거"라고 배웠던 그에게

---

16 김영하, 앞의 글, 240~241쪽.

"김수영의 시 한 수"가 그것을 가능하게 만들었다. 우리는 머지않아 이 것을 작가 김영하에게 고유한 공포와 전율이라는 '현대성의 미학'에서 발견하게 될 것이다. 그러나 "한 인간을 두려움에 떨"게 했던 문학적 영 감의 빛은 얼마 뒤 사그라지고 만다. 1986년 김영하는 연세대 경영학과 에 입학하였다. 그리고 학과 공부보다는 동아리 활동과 학생운동에 열 중하였다. 대학교 2학년 때, 같은 과 동기였던 이한열의 죽음을 목도한 후로 서서히 마르크시즘에 관심을 가졌고, 대학교 4학년 때부터는 동아 리연합회 총무부장으로 활동하면서 가투를 나가기도 했다. 암울한 시절 이었다. 그는 3학년 때 ROTC 후보생이 되어 전방입소훈련을 참어하기 도 하였지만, 암울함은 더해갔다.

> 성서를 자발적으로 읽은 건 대학교 3학년 때, ROTC 전방입소훈련 때문이었다. 입소시에 허용된 책은 성서와 불경밖에 없었기에 나는 성서라도 집어들고 가지 않을 수 없었다. 신병교육대에서 진행됐던 그 혹독한 훈련이 끝나고 취침시간이 되면 담요를 뒤집어쓰고 플래 시에 빨간 셀로판지를 끼워 광도를 줄이고 성서를 읽었다. 그러니 그 시절은 나의 중세였다.[17]

이 "성서"는 무엇보다도 어둡고 음울했던 유년 시절의 상징이었다. 집 안의 종교적 분위기는 『성서』의 독서를 강제하였는데, 그는 성서가 읽 기 싫어 『삼국지』를 집어 들어야만 했다. 그는 '성당에 가라고 내몰린 날 이면 아파트 놀이터에 앉아 삼국지를 읽었다.'[18] 그런데 청년기의 김영

---

17 김영하, 앞의 글, 246쪽.
18 위의 글, 같은 쪽.

하에게도 그 성스러운 책은 마찬가지로 암울한 시절의 징표였다. 물론 "ROTC 전방입소훈련"에서 "성서"는 "자발적으로" 읽혀진 것이었고, 또 '그가 일생동안 싫어했던'[19] 바로 그 군사문화적 분위기에서 작은 빛으로 다가온 것이었다. 그러나 그 빛은 "담요를 뒤집어쓰고 플래시에 빨간 셀로판지를 끼워" 만든 희미하고 참담한 "광도"를 가진 것에 불과했다. 이 시절은 그의 "중세"였지만, 아마도 '마르크시즘'과 '가투'가 범람하던 청년 시절 전체가 그러하였을 것이다. 어둡고 음울했던 유년기를 지난 이후 그에게는 다시 '새로운 중세'가 시작된 셈이다. 그러나 사소하지만 그 시절 내내 그를 위로한 것이 있었으니, 그것은 바로 '대금'이었다.

1986년 3월 2일. 신입생 수강신청 날이었다. 나는 학생회관 1층에서 신입생을 상대로 열린 국악기 전시회를 보러 갔다. 난생 처음 보는 희한한 악기들 중에서 대금을 발견했다. 대나무에 구멍을 몇 개 뚫은 지극히 단순한 그 악기를 불어보고 싶어서 국악연구회라는 동아리 가입원서에 이름을 적었다. 가입번호 2번이었다.

대금 불기는 쉽지 않았다. 손가락은 구멍을 막지 못하고 아무리 거센 숨을 불어도 소리가 나질 않았다. 5월이 돼서야 내 대금에선 소리가 났다. 공강시간마다 달려가 그 대나무 막대기를 어깨에 얹었지만 모든 음을 낼 수 있었던 것은 그로부터 한 달이 더 지나서였다. 그로부터 삼 년 간을 대금과 함께 살았다.

2학년 때 어느 젊은 장인으로부터 산 내 대금은 동아리에선 명기라는 소리를 들을 정도로 맵짠 소리를 내질렀다. 청의 떨림도 경쾌했고 음의 파장도 깊고 길었다. (…중략…)

갈대의 단면을 잘라보면 얇은 막 한 겹이 숨어 있는 것을 볼 수 있다. 그것을 잘 발라내어 말리면 대금의 청공을 막는 청이 된다. 청을

---

19 배수아, 「The Metallic Blue」, 앞의 책, 214쪽.

청공에 붙여 대금을 불면 저음과 고음에서 음이 떨린다. 풀피리의 원리와 비슷하다. 입김의 수증기가 청에 젖어들어 평상시의 소리에 파동을 얹어준다. 그 청은 너무도 약해서 오로지 입김만을 견딘다. 누군가 손가락으로 조금만 힘을 주어 누르면 힘없이 파열되고 만다.[20]

김영하는 언제나 음악을 좋아했었다. 청소년기에 그는 반복해서 '산울림'의 음악을 들었으며, 서른 살 무렵에 생일선물로 받은 '한영애'는 지금까지도 그가 즐겨듣고 있는 음악이다.[21] 그의 소설 속에 등장하는 이러저런 음악적 소재들도 틀림없이 그가 좋아하는 것일 것이다. 그런데 그 가운데서도 "대금"이라는 악기는 단번에, 그러나 지속적으로 그를 사로잡는다. 나 역시 대학 신입생 시절 그 악기보다 작은 단소를 배운 적이 있다. 사실은 PVC 파이프로 만든 단소 대용의 악기였는데, 나는 그것으로 소리를 만들어보지도 못하고 포기하고 말았다. 그러나 그는 무엇 때문인지 아주 오래도록 그 악기에 이끌린 것으로 보인다. 그에게는 "대나무에 구멍을 몇 개 뚫은 지극히 단순한" 형태의 악기가 방황하는 청춘의 혼란스런 고통의 무게를 분담해주는 일종의 도피처였던 모양이다. 그러나 그 악기는 다른 한편으로 그러한 혼란과 고통을 더욱 가중시키기도 했던 것 같다. 이 점은 그의 단편소설 「도드리」에 나오는 혼란스럽지만 매혹적인 '동아리방'에서 은밀히 엿볼 수 있다.

스물한 살의 당신. 술을 몹시도 많이 마신 어느 날, 동아리방에서 침낭을 덮고 잠든다. 지퍼를 끝까지 올리고 그 속에 웅크린 채 당신

---

20 김영하, 앞의 글, 240~241쪽.
21 위의 글, 250쪽 참조.

은 날이 훤하게 밝도록 계속 잠들어 있다.

콧날이 오똑한 선배와 단발머리 동기는 동시에 동아리방으로 들어온다. 당신은 설핏 잠에서 깨어난다. 그러나 그들은 당신이 잠들어 있는지 알지 못한다. 18세기 오페라 같은 장면이다. 그들은 자판기 커피를 마시면서 이야기를 나눈다. 당신은 생각하기 시작한다. 어제는 늦게까지 함께 술을 마셨다. 당신은 단발머리 동기가 집에 가야한다고 일어났던 때를 기억한다. 그리고 잠시 후 선배도 어디론가 사라졌다. 그리고 그들은 지금 함께 나타났다. 당신은 몸을 뒤척이고싶다. 지퍼를 열어 목을 내놓고 싶어한다. 그러나 참는다. 두 사람은 자판기 커피를 다 마신 후에 마룻바닥에 내려앉는다. 두 사람은 당신이 처음 듣는 곡을 연주하고 있다. 대금과 거문고의 병주다. 다른 악기가 끼어들 틈이 없다. 처음부터 두 악기를 위해서 만들어진 곡인 것쯤은 당신도 이젠 알 나이가 되었다. 가끔 그녀가 음을 틀리고 그때마다 선배가 대금을 내리고 그 부분을 지적해준다. 그녀는 금세 알아듣고 다시 현을 탄다. 어느 새 둘의 병주는 아주 빠르게 전개되기시작한다. 박자도 빨라지고 음도 높아진다. 뒤척일 수 없는 당신은피가 몰리면서 몸이 굳어가는 걸 느낀다. 누에처럼 말이다.[22]

여기서 "동아리방"은 음악이 고통과 쾌락의 "병주"가 되는 장소로 묘사된다. 말하자면 그곳은 고통을 위안하는 곳이었다가 그 위안을 다시 고통으로 파기하는 곳이었다. 그러나 김영하에게 '그곳'은 궁극적으로 창조적 상상력이 활발하게 작용할 수 있는 원천이 되었던 것으로 보인다.[23] "동아리방", 그것은 분명 그가 작가의 소명에 필수적으로 요구되는 '정신의 고독'을 확정적으로 부여받게 된 운명적 장소였음에 틀림없다.

---

22 김영하, 「도드리」, 『호출』, 문학동네, 1997, 57~58쪽.
23 아마도 '동아리방'에서 그는 타히티 섬 어느 바닷가에 외로이 서 있었던 '스트릭랜드'에 자신을 견주고 있었을지도 모른다.

물론 '그곳'은 실제로는 '굵디굵은 쌍골죽'이 자라는 '음습한 곳'으로 나타났다. '내게 대금을 배웠던 여자였는데, 어느 날 내게 황동규의 시를 적어주었다. "당신이 나에게 바람 부는 강변을 보여주면은 나는 거기에서 얼마든지 쓰러지는 갈대의 자세를 보여드리겠습니다." 그녀는 갈대의 속으로 만들어진 청이었고 나는 음습한 곳에서만 자라나는 굵디굵은 쌍골죽이었다. 나는 바람 부는 강변을 보여주지 않았고 그래서 그녀도 쓰러지는 갈대의 자세를 보여주지 못했다.'[24] 드디어 청년 김영하는 이 '음습한 곳'에서 좌절된 관계에서 오는 수동적인 외로움을 버리고 관계에 대한 거절을 통해 외로움을 능동적으로 선택한 것이었다.

소설가

김영하는 예술가에게 필수적으로 요구되는 '정신의 고독'을 선택함으로써 마침내 '문학적 운명'을 수락하였다. 그는 별 의욕도 없이 연세대 경영학과 대학원 석사과정에 입학하게 되지만, 이제 글을 쓰는 일은 그의 진정한 운명이며 거의 유일한 욕망이 될 것이다. 따라서 '동아리방'을 나온 그가 '오늘예감'이라는 모임에서 활동하게 된 것은 전혀 우연만은 아니었다.

반지는 전통적으로 구속을 뜻하지만 한때 내게 있어 링은 해방이라든지 퇴폐의 의미가 강했다. 귀를 뚫은 적이 있었는데 그때는 취직할 생각도 없었고 그저 인생을 퇴폐해보자는 느낌이었다. '오늘예감'이라는 그룹이 있었는데 지금은 없어졌지만 펑키한 잡지를 만들던

---

24 김영하, 「자전소설-포스트잇」, 앞의 책, 241쪽.

친구들이었다. 환각의 자유라든지, 게으를 권리를 특집으로 잡아서 했는데 그 특집 중 하나가 '나에게는 나를 파괴할 권리가 있다'였다. 나중에 내 소설 제목이 되었는데 그 특집은 이른바 환각의 자유를 이야기하는 기획이었다. (…중략…) 물론 간행물윤리위원회에서 경고를 받았다. 투표하지 않을 권리, 정치에 무관심할 권리, 그런 것을 내세웠다. 그 친구들과 함께 활동한 적이 있다. 그때 내게 있어 귀걸이나 액세서리는 정상적인 삶을 살지 않겠다는 표징이었다.[25]

그가 몇몇 친구들과 함께 일종의 동인 "그룹"을 이루어 활동했다는 것은 특별한 의미가 있다. 그들은 "펑키한 잡지를 만들던 친구들"이었고, 그 잡지는 "오늘예감"이라는 이름으로 불렸다. "환각의 자유라든지, 게으를 권리를 특집으로 잡아" 활동을 시작했는데, 그의 소설 제목이 되기도 하는 "나에게는 나를 파괴할 권리가 있다"는 그런 특집 가운데 하나였다. "오늘예감'의 주장을 간략히 요약하자면, 집에서 광선총을 쏘는 것은 나라가 간섭할 일이 아니라는 것이다. 그것 때문에 사람을 죽이고 차량을 탈취하거나 하는 경우엔 형법으로 다스리면 될 일을 단순히 환각을 보았다는 이유만으로 처벌해서는 안 된다는 것이다.'[26] 결국 "간행물윤리위원회"가 경고를 하였다. 그러나 이 '토니오 크뢰거들'과 '제도적 시민들'의 대립은 김영하의 문학적 방향을 결정하는 데 크게 기여했던 것 같다. 이것은 그의 주된 문학적 테마인 '반시민성'를 거의 처음으로 드러내었다. 물론 그의 주제는 이미 '학창 시절' 글쓰기 경험에서 마련되고 있었다. 그의 말을 들어보자.

---

25 김영하, 앞의 글, 247~248쪽.
26 위의 글, 같은 쪽.

'우연히'였다. 학창 시절, 당시의 정치적 현실을 무협지에 빗댄 우스갯소리를 하이텔에 올렸고, 이것이 글을 쓰게 된 직접적인 계기가 되었다. 하이텔에 올린 글이 하이텔에 참여했던 여러 사람들에게 회자되고 이것을 본 출판업자가 장편으로 늘릴 것을 제안했다. 그리하여 만들어진 것이, 발표 당시 세간을 떠들썩하게 했던 『무협학생운동』(1992)이었다. 이후 『월간중앙』 『뉴스메이커』 등에 당시의 정치현실을 빗댄 「거대한 뿌리」 등의 작품을 발표하게 되었고, 이러한 일련의 글들을 쓰면서 이와는 다른 글을 쓰고 싶다는 자의식이 생겼다.[27]

이른바 '정치소설'을 쓰면서 그는 자신이 진정 '쓰고 싶은 것'을 확인하게 된다. 그의 말에 따르면, '정치소설에는 주문한 것 이외에 쓸 수 없었으며, 또한 금기사항이 너무나 많았다. 게다가 이러한 글을 쓰는 동안, 현재 내가 쓰고 있는 글은 근대소설이 아닌 근대소설 전단계의 이야기거나 로망에 불과하다는 회의가 들었다. 글을 써야겠다는, 쓰고 싶은 글을 써야겠다는 자의식이 생겼다. 정치소설의 주문생산이 결국 지금, 이곳을 살아가는 인간들 사이에서 일어날 수 있는 일들을 써야겠다는 의지를 만들어준 셈이다.'[28] 만약 그의 소설 「어디에도 있고 어디에도 없는」에 나오는 라디오 PD가 김영하의 한 분신을 나타내준다면,[29] 당시의 그는 그러한 직업적 환경을 탈출하고 비로소 '진정한 생활'을 시작하고 싶은 문학적 욕망을 느끼고 있었던 것이다. 이것은 시민적 직업을 버리

---

27 류보선, 「인터뷰—죽음, 그 아름답고도 불길한 유혹」, 『나는 나를 파괴할 권리가 있다』, 문학동네, 1996, 168~169쪽.

28 위의 글, 169쪽.

29 김영하, 「어디에도 있고 어디에도 없는」, 『엘리베이터에 낀 그 남자는 어떻게 되었나』, 문학과지성사, 1999, 194~195쪽 참조.

고 문학적 영혼에게 적합한 '참된 직업'을 얻겠다는 결심이기도 했을 것이다. 그는 실제로 김승옥, 오정희, 최윤, 장정일, 쿤데라 등을 통해 본격적으로 문학 수업을 행한다.[30]

> 내 사주를 보면 나무가 나온다고 한다. 나무, 그런데 그 나무는 커다란 바위에 짓눌려 있다는 것이었다. 점쟁이는 덧붙이기를, 바위가 짓누르고 있으니 세상에 대해 원한이 많겠다, 하지만 걱정하지 말아라. 나무는 자라게 마련이고 바위는 부서지게 마련이니, 서른이 넘으면 부드러워지겠다. 그 얘기를 들었을 때, 내 나이 스물 셋이었다. 점집을 나와 길을 걷는데 어깨가 무거웠다. 하늘을 보았다. 달리의 그림처럼 하늘에 떠 있는 거대한 바위. 그 무게를 느꼈다고 하면 좀 심한가? 어쨌든 그날부터 난 내가 나무라는 걸 한시도 의심하지 않았다.[31]

'커다란 바위에 짓눌려 있던' 이 김영하라는 "나무"는 이제 서서히 자라나서 그 "바위"를 부수고 솟아나게 된다.

1995년 그는 계간 『리뷰』 봄호에 「거울에 대한 명상」을 발표하며 작품 활동을 시작한다. 어쨌든 그는 집요한 방법으로 작가로서의 수련을 끝낸 것이었다. 「나는 아름답다」와 「호출」 등의 짧은 작품을 몇 편 쓴 다음, 그는 자신의 출세작 『나는 나를 파괴할 권리가 있다』라는 장편소설을 썼다. '제1회 문학동네신인작가상'을 타게 된 이 소설은 그에게 소위 '신세대' 작가의 대표자라는 호칭을 부여해주었다. 이 작품은 그의 세대

---

30 류보선, 앞의 글, 같은 쪽 참조.
31 김영하, 「자전소설─포스트잇」, 앞의 책, 242~243쪽.

가 가진 '감수성의 실체를 확인시켜줄 뿐만 아니라 동시에 신세대적 감수성이 기존의 담론질서와는 다른 새로운 담론질서를 형성할 정도로 성장했음을 여실히 보여'[32]주는 기념비적인 소설이었다. 『나는 나를 파괴할 권리가 있다』에서 드러난 새로운 재능은 일종의 '고전주의'였는데, 엄밀히 말하자면 고전주의적으로 통제된 '낭만주의'였다.

김영하는 유소년기와 청년기를 통해 자신의 내부에서 낭만적 불안의 요소를 발견했다. 아마도 모든 것에 무관심한 그의 표정은 그 당시 겉으로 드러난 것만으로 인물을 관찰하는 사람들을 속여 넘겼을 것임에 틀림없다. 그러나 세상사에 무관심한 그의 표정은, 불안하면서도 활력 넘치는 내면을 엄정하게 통제할 수 있는 힘을 지니고 있었다. 이 점은 바로 『나는 나를 파괴할 권리가 있다』에 잘 드러나 있다. 자신의 낭만적 불안을 고전주의적 단순함을 통해서 통제할 수 있게 된 김영하는 이후 자신의 문학적 개성을 획득할 수 있었다. 안목 있는 평론가들은 그의 작품을 가리켜 '신고전주의적'이라고 평가했다.[33] 나는 대개의 김영하 소설들이 지닌 비밀은 바로 그 점에 놓여 있다고 생각한다. 그리고 이것은 이후 김영하의 문학적 발전에도 항시 지속되는 특성이 된다고 생각한다.

어쩌면 그는 자신의 삶을 훌륭히 제어함으로써 문학적으로 놀랄 만한 그와 같은 결과에 이르게 되었는지도 모른다. 그는 등단 이후 현재까

---

32 류보선, 앞의 글, 166쪽.

33 가령 최윤은 김영하의 『나는 나를 파괴할 권리가 있다』라는 작품을 두고서 다음과 같이 날카롭게 정의하였다. '오히려 주목할 것은 이런 것이 아닐까 싶다. 이 작품의 서두와 말미를 장식하는 신고전주의 회화와 낭만주의 회화는 하나의 글쓰기 기획을 드러내주는 독특한 장치로 작용해 단순한 소재를 뛰어넘는 장점이 된다. 낭만주의적인 현실을 신고전주의적 절제로 표현하겠다는 기획,……'(최윤, 「본심 심사평」, 『나는 나를 파괴할 권리가 있다』, 문학동네, 1996, 162쪽.)

지 산문집을 포함해 대략 열 권의 책을 냈다.[34] 그리고 그는 등단하고 '현대문학상'을 비롯해 국내 유수의 문학상을 거의 다 수상하였다.[35] 이러한 문학적 결과들은 역으로 그가 자신의 삶을 제어하는 데 도움을 주기도 하였다. 그의 소설들은 영화를 통해 대중들과 좀 더 폭넓게 만나고 있다. 그는 라디오 방송도 진행한다고 한다. 또한 그는 얼마 전 한국예술종합학교 연극원의 교수가 되기도 하였다. 최근에 그는 새 장편소설 『빛의 제국』의 탈고 때문에 거의 집과 학교 연구실을 오가며 생활하였다고 한다. 이 소설은 출간을 며칠 앞두고 있고, 그는 요즘 해외에 자신의 책이 출판되는 문제들을 협의하며 하루를 보낸다고 한다.[36] 그는 '행복한 작가'가 된 것인가?

방향을 잃은 사람만이 방향을 찾고자 한다. 다시 말해 상실감을 경험한 사람만이 그것으로부터 자유로워질 수 있다. 그러나 방향을 찾은 사람은 다시금 방향을 잃게 마련이다. 바로 이런 점에서 가능성과 한계가 공존한다. 미로 속에 들어서면, 그곳에서 사람들은 절망하고 포기할 것이다. 그러나 미로의 세상에서 우리를 정작 무기력하게 만드는 것은 우

34　소설로는, 『나는 나를 파괴할 권리가 있다』(문학동네, 1996); 『호출』(문학동네, 1997); 『엘리베이터에 낀 그 남자는 어떻게 되었나』(문학과지성사, 1999); 『아랑은 왜』(문학과지성사, 2001); 『검은 꽃』(문학동네, 2003); 『오빠가 돌아왔다』(창작과비평사, 2004)가 있다. 그리고 산문집으로는, 『굴비낚시』(마음산책, 2000); 『포스트잇』(현대문학, 2002); 『김영하·이우일의 영화이야기』(마음산책, 2003); 『랄랄라 하우스』(마음산책, 2005)가 있다.

35　김영하가 지금까지 받은 문학상을 보면 다음과 같다. '제16회 이산문학상'(2004); '제4회 황순원문학상'(2004); '제35회 동인문학상'(2003); '제44회 현대문학상'(1999); '제1회 문학동네신인작가상'(1996) 등이다.

36　『작가세계』(2006년 가을호)에 실릴 예정인 김이은의 「작가 인터뷰―그가, 몸을 바꾸다」라는 원고를 미리 보고 참고하였다.

리가 미로의 세상 속에 있다는 사실이 아니다. 그보다는 우리가 미로의 세상 속에 있다는 것을 모른다는 사실이다. '인간 김영하'는 이 사실을 잘 몰랐다가 '작가 김영하'가 되고 나서야 확실히 알게 된 것 같다. 그는 그 미로 속에서 방황했고, 또 작가가 되어서는 그런 방황이 가져온 실수를 토대로 미로의 '트래블 가이드'가 되었다. 그러나 그는 아마도 계속 쓸 것이다. 삶에서든 소설에서든 또 길을 잃게 될 것이므로.

시적 모호성, 그 난해성과 평이성 사이

— 김광규, 고진하, 이진명, 김기택, 이성복의 시에 대하여

1.

현대의 시에서 모호성의 증가는, 모든 현대예술이 일반적으로 그러하지만, 평범하고 상투적인 관습과 습관에 대한 일종의 적대감에서 비롯된다. 현대시가 숭배하는 '시적 모호성'의 경우에 국한해서 보다 엄격하게 말한다면, 그러한 적대감은 평범하고 상투적인 일상 언어의 궁핍과 빈곤에 겨냥되어 있다. 이것은 물론 오늘날의 많은 비평가들이 예외 없이 인정하고 있는 것처럼 무슨 대단히 새로운 견해는 아니다. 시적 언어의 모호성은 분명 현대시에서 미적으로 정당화되어 있을 뿐만 아니라 아울러 어떤 깊이의 양상으로 존승되는 일조차 있다. 그러나 현대시의 모호성은 미적인 기획으로서의 그 출발과 의도는 정당한 것임에도 불구하고 종종 극단적인 지점에 이르러서는 방만하고 혼란스런 난해성의 언어들에 대한 저속한 알리바이를 제공하는 경우가 많다. 즉 현대시란 향수되기 어렵다는 모호성의 알리바이를 근거로 해서 지적 무능과 나태 속에서 씌어진 시들이 새로운 감정 표현과 언어 실험으로 버젓이 행세

하는 것이다. 물론 그렇다고 시적 모호성을 악용하거나 남용하는 사례를 두고 산문적인 성격의 따분하다 못해 공허한 직설법의 시편들을 두둔하고자 하는 것은 아니다. 그러한 평이한 시들은 오히려 궁핍하고 빈곤한 일상어 체계에 편승함으로써 지적 무능과 나태를 보여주는 것은 마찬가지다. 사실 일상 언어의 단조로운 성격 속에서는 의사소통의 양적인 결과에 의해 미적 언어라는 질적인 표현수단이 심각하게 훼손되기 일쑤이다. 여기서 문제는 결국 지적인 기율의 부재로 수렴되고 있음이 드러난다. 아마도 현대시의 모호성은 엄격한 지적 기율 속에서 발휘될 때만이 평범하고 상투적인 관습과 습관에 대한 그것의 적대감을 비로소 깊이 있는 미적 저항의 형태로 구현할 수 있을 것이다.

이런 맥락에서 이 글에서는 다섯 편의 시가 거론되고 분석될 것이다. 김광규의 「높은 곳을 향하여」(『문학사상』, 2002년 12월호), 고진하의 「은행털기」(『문학사상』, 2002년 12월호), 이진명의 「나뭇잎 몇 장을 주워본다」(『문예중앙』, 2002년 겨울호), 김기택의 「소」(『현대문학』, 2002년 12월호), 이성복의 「달밤」(『창작과비평』, 2002년 겨울호)이라는 작품이 그 시편들이다. 이 밖에도 물론 각기 개성적인 언어와 화법을 통해서이긴 하나 시적 모호성을 일정한 지적 기율의 제어하에 두는 읽을 만한 시편들이 없는 것은 아니다. 다만 특히 그 다섯 편의 시에서 지적 엄격성의 요구는 어느 정도 불만 없이 충족되어 있기에 각별한 검토의 대상이 되고 있는 것이다. 한편 그 다섯 편의 시들은, 평이한 언어와 화법을 취함으로써 야기될 의미의 궁핍과 빈곤을 손쉽게 간파 당하는 산문적인 성격의 시들도 아니다. 그러니까 지적 엄격성 속에서 시적 모호성의 광휘를 이룩한 시들이라고 해서 그 시들에서 해석에 저항하는 난해성 시편들의 반의사소통적 성격을 볼 수 있는 것으로 생각해서는 안 된다. 우리는 곧 다섯 편의 시들에서 이러저러한 삶의 진실들을 읽어내고 이해하게 될 것인데, 그런 의미에서 시적 모호성은, 약간 오해의 소지가 있기는 하지만, 여전히 의사소통적 성격 안에 있다. 그러나, 보다 정확히 말해서, 시적 모호성의 궁극적 지향과 목표가 의사소통적 성격의 효과적인 변형과 갱신이라는 점에 대해서는 지속적으로 유의해야 한다. 어쨌든 시적 명징성 혹은 시적 논리성이 대개 우리에게 시적 모호성과 동일한 의미로 간주되는 이유는 바로 거기에 있다.

2.

김광규의 시는, 상대적인 의미에서이기는 하지만, 일정한 지적 기율 속에서 냉정한 관찰과 그에 따른 객관적인 사실의 묘사를 보여주는 경우가 많다. 그리하여 그의 시는 대개 시적인 느낌보다는 산문적인 느낌을 준다. 「높은 곳을 향하여」라는 시도 예외는 아니다. (이 시에서 주관적인 감정의 토로라고 할 수 있는 것은 2연 마지막 행에 나타나는 '부끄러움' 정도가 전부다.) 실제로 이 시가 공들여 관찰하고 또 묘사하는 대상과 사태들은 이른바 객관적인 사실들이라고 할 만한 것들이다. 그것은 이 시에서 일종의 '주거 지형학'이라고 부를 수 있을지도 모르는 형태로 등장한다.

중세의 기사와 영규들이 살던 고성(古城)은 높은 산꼭대기나 강변의 절벽 위에 자리잡고 있다. 하느님은 천국에 계시고, 속세의 지배자는 땅 위의 가장 높고 든든한 곳에서 군림하고자 했다.

요즘도 시장과 도심에서 멀리 떨어진 강가의 산기슭에 별장이나 저택을 소유하고 있는 부자들이 많다. 그러나 인구의 도시 집중이 가속화되면서, 가난한 일용근로자들이 도시 주변의 산비탈 달동네에 모여 살게 되었다. 반정부 게릴라가 출몰하는 나라에서는 산 위의 빈민촌에 경찰도 출동을 꺼린다. 바로 이러한 변두리로 산성처럼 둘러싸인 도심에서 밤중에 바라보면, 산비탈 달동네의 불빛이 보석을 뿌려놓은 듯 찬란하다.

눈이 부셔 부끄러울 정도다.

(…중략…)

높은 꿈을 키우며, 높은 곳을 향하여 기도하는 사람들은 산비탈 꼭대기나 지붕 밑 방에 살지 않는다.

— 김광규, 「높은 곳을 향하여」 부분

우선 1연은 옛날의 주거 지형학을 간단하게 말해준다. 가령 중세에 기사들이나 그의 부인들과 같은 속세의 지배자는 자신의 성을 "땅 위의 가장 높고 든든한 곳"에 쌓고자 했다고 말한다. 과거의 지배자들은 항상 높은 곳에 살고자 했고 또 살고 있었다는 것이다. 그런데 2연에서는 요즘 현대 도시의 주거 지형학이 그와는 다른 양상을 띠고 있음을 보여준다. 오늘날의 지배자라 할 수 있는 부자들은, 2연 1행에서처럼 예외가 없는 것은 아니지만, 높은 곳에 살고자 하지도 또 살고 있지도 않은 것으로 제시된다. 현대 도시에서 산 위나 산비탈 같은 높은 곳은 옛날과 달리 달동네나 빈민촌이 형성되어 가난하고 소외된 사람들이 묘여 사는 곳이 되어버렸다는 것이다. 그러나 우리는 여기서 몇 가지 의문을 품지 않을 수 없다. 중세의 계급인 영주나 기사들과 현대의 한 계층인 부르주아나 부자들이 과연 대비될 수 있는가 하는 의문이 그 하나라면, 현대 도시의 가난한 소외 계층이 항상 도심 주변의 산비탈 달동네에만 거주하고 있는가 라는 의문이 또 다른 하나이다. 3연은 바로 그러한 의문들에 대해 차례로 대답하고 있는 것으로 보인다. 3연 1행에서 시인은 먼저 중세적 계급과 현대적 계층의 그 역사적 개념적 차이에도 불구하고 오늘날 현대 도시의 "부유층 시민들은 의상만 바꾸면 옛날의 귀족으로 돌아갈 수 있을 것 같다"고 말한다. 왜냐하면 그들이 "높은 천정에 샹들리에가 매달린 고풍 거실과 발다힌[天蓋]이 있는 침실에서 기거하"고 있는 것을 보면 중세의 영주들과 다를 바가 없기 때문이라는 것이다. 다음으로 같은 연 2행은 좀더 미시적인 시야 속에서 주거 지형학을 주거 양태학으로 변형시켜 두 번째 의문에 답하는데, 거기에서 시인은 변두리 산동네가 아닌 도심 "대로변의 오래된 건물들"을 살펴보더라도 "지붕 밑 방들"처럼 높은 곳에 사는 사람들은 역시 "생계가 어려운 봉급 생활자나 장기체류 외국인들"과 같은 가난한 사람들이라는 것을 확인시켜 준다. 이처럼 「높은 곳을 향하여」라는 작품은 옛날의 지배자인 귀족들과 대비해서 현대의 지배자인 부자들이 도시 어느 곳에서든 이제 더 이상 높은 곳에 살고자 하지 않고 또 살고 있지 않다는 사실을 계속 강조하고 있다. 이 시의 마지막 4연은 그러한 사실을 다시 한번 이렇게 표현한다. "높은 꿈을 키우며, 높은 곳을 향하여 기도하는 사람들은 산비탈 꼭대기나 지붕 밑 방에 살지 않는다."

우리는 지금까지 이 시가 관찰하고 묘사하는 객관적 사실들을 통해 시인이 말하고자 하는 것에 어느 정도 근접했다. 과거와 현재는 상반된 주거 지형학을 보여준다는 것이 그것이다. 그러나 그것은 현상의 기술일 뿐 그 이면의 숨은 의미는 아니다. 시인이 유일하게 노출한 감정인 '부끄러움'에 우리가 특별히 주목해야 하는 것은 바로 이 지점이다. (이 시에서 유일하게 토로된 감정인 부끄러움이 무엇으로부터 야기된 것인지를 해석하는 것이 결국 이 시의 진정한 전언에 도달하는 결정적 열쇠다.)
일단 시인의 부끄러움이 과거와 다른 현대 도시의 주거 지형학을 향해
있다는 것은 논란의 여지가 없다. 시인은 현대의 지배자들이 옛날의 지
배자들과 달리 더 이상 높은 곳에 살지 않는다는 것에 부끄러움을 느끼
고 있음은 명백하다. 그렇다면 시인은 도대체 왜 그것이 부끄럽다는 것
일까? 다시 1연을 주목해보자. 중세의 지배자들이 땅 위 높은 곳에 군림
하고자 했을 때 하느님은 천국에 계셨다는 구절이 있다. 이 말은 신에게
나 인간에게나 "높은 곳"은 항상 지배와 군림의 의미를 띤다는 것이 아
니다. 현대가 신성의 상실로 옛날과 구분된다는 것을 상기할 때, 그 구
절에는 아마도 과거 지배자들의 높이에 대한 탐욕에는 신이라는 어떤
초월적인 원리에 의한 규제가 작동하고 있었다는 뜻이 담겨 있을 것이
다. 중세의 지배자들이 높은 곳에 살고자 했던 것은 사실 군림에 대한
욕망을 신성의 보장 속에서 성취하려는 탐욕의 자세라기보다는 자신보
다 우월한 신성의 존재를 늘 실감하고 확인함으로써 자신의 욕망과 탐
욕을 제어하려는 겸허의 태도라는 성격이 짙다. 그런 의미에서 시인에
게 현대의 지배자들이 더 이상 높은 곳에 살지 않는다는 사실은 인간의
욕망과 탐욕을 제어할 신성이라는 초월적 원리의 규제성이 이제 상실되
었다는 표징으로 절망스럽게 다가온 것으로 보인다. 즉 시인의 절망은
현대의 지배자들이 과거의 지배자들보다 더 탐욕스럽다는 이유에서 오
는 것이 아니라 신적 초월성이라는 규제적 원리의 상실로 인해 현대적
탐욕이 과거의 탐욕과 달리 제어가 불가능하고 그래서 보다 위험한 것
이 되었다는 이유에서 오는 것 같다. 이때 비로소 "전망 없는 창가에 비
둘기만 찾아와 구구거린다"라는 3연 마지막 행이 환기하는 의미가 구체
적이 된다. 여기서 비둘기는 물론 현대 지배자들인 부유층의 비유이다.

시인이 보기에, 하늘이 바라다 보이는 창가가 "전망 없는" 절망적인 창가가 되고 만 것은 더 이상 "높은 곳을 향하여" 날지 않는 새 "비둘기"들에 기인한다. 시인의 부끄러움은 바로 그러한 절망의 감정과 연관되어 있다. 자신도 부유층 비둘기들 가운데 하나라서 현대적인 절망의 생성에 기여한 바 있을지 모른다는 자기 반성이 시인으로 하여금 부끄러움을 느끼도록 만든 것이다.

「높은 곳을 향하여」라는 시는 결국 현대적인 지배자들의 탐욕이 규제의 원리를 모르게 되었다는 절망적인 우려와 심각한 비판을 냉정하고 건조한 기술을 통해 효과적으로 전달하고 있는 시이다. 나아가 자신이 혹여 현대적인 삶의 조건 속에 부유한 편에 서서 가담하고 있는 것이 아니냐는 반성적 부끄러움을 그러한 기술에 포함시킴으로써 그 나름대로의 진정성을 확보하고 있는 시이기도 하다. (시인은 이제 "높은 곳을 향하여" 있게 된 것일까? 초월성보다는 일상성 쪽에 무게중심을 두었던 김광규의 시세계에 어떤 변화의 조짐이 있는 것일까? 아닌 것 같다. 김광규가 말하는 초월적 신성이 역사적 규정 속에서 등장한다는 것은 그가 여전히 생활세계 바깥을 상정하지 않는다는 사실을 증거한다.)

3.

고진하의 시는 일반적으로, 종교적 구원론이라는 구도 속에서이기는 하지만, 순결하고 풍요로운 자연의 신성에 견주어 타락하고 오염된 세속 도시의 일상을 질타하고 비판하거나 반대로 그러한 세속적 일상의 황폐한 현장에서 신성하고 순수한 자연과 생명의 불가능한 세계를 갈망하고 동경하는 양상을 보여준다. 그래서 고진하는 전자의 시편을 제작할 때 시니컬해지고 후자의 시편을 노래할 때 멜랑콜리에 젖는다. (초월성과 절연된 자리에서 일상성에 천착하는 김광규의 시에서 감정은 자기반성적 의미에서가 아니라면 거의 드러나지 않는 것에 비해, 비판을 위한 신적 초월성이라는 비교적 안정된 기반을 가진 고진하의 시에서 시니컬하거나 멜랑콜리한 감정의 토로가 어느 정도 자유롭다는 것은 흥미있는 고찰의 대상이다. 이것은 물론 고진하의 시가 감정적이라는 말은 아니다.) 여기서 고진하의 「은행 털기」는 시니컬한 시편으로 제작되어 있다. 이 시에서 냉소적인 조롱의 대상이 되고 있는 것은 풍요로운 자연과 순수한 생명의 세계마저 세속 도시에서는 비속한 인간적 탐욕에 의해 훼손되고 있다는 안타까운 현실이다.

> 은행을 털기 위해서는 복면과 총 따위가 필요하지만
> 은행을 털기 위해 그는
> 모자와
> 고무장갑과
> 비닐 깔개를 준비했다.
>
> (…중략…)
>
> 은행을 털기 위해서는
> 위험을 감수해야 한다.
> 한 가마니 빛나는 은행을 얻기 위해
> 열 가마니 똥물을 뒤집어써야 한다.
>
> (…중략…)
>
> 은행을 다 턴 은행털이가

주르르 나무를 타고 내려오다 털썩 엉덩방아를 찧는다.
황금방석이 얼른 그를 받쳐준다!

　　　　　　　　　　　　　　　　― 고진하, 「은행 털기」 부분

　이 시는 무엇보다도 유사성의 인식을 통해 비속한 인간적 탐욕에 접근한다. 1연과 2연에서는 우선 은행 강도의 '은행 털기'와 은행나무의 '은행 털기'라는 기표의 유사성이 제시된다. 그러나 기표의 유사성에도 불구하고 일단 거기서 강조된 것은 아직 그 둘 사이의 기의적 차이성이다. 총을 든 복면 강도가 은행에 들어가 금화와 황금을 터는 일은 기본적으로 모자와 고무장갑과 비닐 깔개를 준비하고 은행나무 위로 "다람쥐처럼 뽀르르 기어올라가" 은행 알을 터는 일과 다르다. 그러나 3연에서부터 '은행 털기'라는 기표의 유사성은 기의적 차이성을 서서히 지우면서 기호의 유사성으로 바뀐다. "은행을 털기 위해서는/위험을 감수해야 한다"는 점에서 그 두 개의 은행 털기는 다르지 않다. 금화와 황금이 저축되어 있는 은행 털기란 체포와 구금을 감수해야 하는 위험한 일인 것처럼 "한 가마니 빛나는 은행"을 얻기 위한 은행 털기는 "열 가마니 똥물"을 뒤집어써야 하는 위험을 무릅써야 하기 때문이다. 은행나무 근처에 떨어져 있는 은행 알들에서 진동하는 구린내를 맡아본 사람은 그러한 사실은 누구나 알 수 있다. 그리고 마지막 5연과 6연은 은행 강도가 은행 털기 끝에 금화와 황금을 잠시나마 손에 쥐게 되는 것과 같이, 은행나무의 "은행털이"는 마침내 노오랗게 익은 은행 알들의 "황금방석"이 그를 받쳐주게 된다고 말함으로써 두 개의 기호에 대한 유사성의 인식을 완료한다. 그러나 시인은 왜 하나의 은유 체계 속에 은행나무의 은행 털기와 은행 강도의 은행 털기를 결합하고 있는 것일까? 그것은 아마도 설사 은행나무의 은행 털기라는 사소한 행위라도 기만과 폭력의 기술을 수반하는 은행 강도의 심각한 불법 행위와 그다지 다를 바 없다는 비판적 인식에 기인한 수사학적 책략일 것이다. 우리는 「은행 털기」라는 시를 작동시키고 있는 유사성의 인식에서 분명 하나의 방향을 선택하지 않으면 안 된다. 즉 이 시에서 유사성은 은행나무의 은행털이가 진짜 은행털이에 비유됨으로써 그 사소한 행위의 심각한 불법성을 가리키는 것으로 이해해야지 거꾸로 진짜 은행털이가 은행나무의 은행털이에 비유되어 그 심각한 불법성이 사소한 행위로 정당화되는 것으로 이해해서는 안 되는 것이다. (물론 이때의 정당화에는 자연의 고귀한 도덕이 갖는 "금화" 부분, 즉 자신을 위해한 인간에게 오히려 "황금방석"을 받쳐주는 넓은 아량과 관용의 태도라는 의미가 숨겨져 있다.) 그런 의미에서 시인은 바로 그 유사성의 방향이 결정되지 않는 데서 오는 오해를 방지하기 위해 일종의 풍자적 어법을 선택한 듯하다. 은행 한 가마니를 공짜로 얻기 위해 똥물을 뒤집어쓴 듯 구린내를 풍기는 사람은 일단 더러운 탐욕을 효과적으로 실감하게 만들기도 하지만, 그것으로 결국 일종의 도덕적 쾌감을 느끼게 되는 것은 그 때문이다. 비속한 인간적 탐욕에 똥물과 구린내를 뒤집어씌우는 자연의 복수는 냉소적 웃음을 불러일으키기에 충분하다.

요약해보자. 이 시의 이해는 커다란 은유의 체계 속에서 씌어지고 있다는 사실에 유의하는 것으로부터 출발해야 한다. 일종의 유사성의 인식이라고 할 만한 것이 이 시를 작동시키고 있기 때문이다. 그러한 인식이 동음이의어에 관련된 재치 있는 직관에 의해 뒷받침되고 있다는 사실은 말할 것도 없다. 시인은 아마도 늦가을 도시의 어느 거리를 걷다가 흔한 가로수 가운데 하나인 은행나무에서 은행을 털고 있는 사람을 목격했을 것이고, 그때 은행 털기라는 말의 상기 속에서 우리가 돈을 찾거나 예금하는 은행을 터는 복면 강도와의 재미있는 유사성을 발견했을 것이다. 그러나 동음이의어에 관련된 말놀이는 사실 평범하고 진부한 것이고 또 누구나 가끔 그런 재치쯤은 발휘할 수 있을지도 모른다. 시인의 창조적인 일은 그런 재치 있는 말놀이에서 더 나아가 누구나 종종 무심코 지나치고 마는 숨은 의미나 삶의 진실을 우리 생각의 지평에 떠오르도록 해주는 데서 특별하다. 고진하의 「은행 털기」가 하나의 시편으로 읽을 만한 가치가 있는 이유는 바로 거기에 있다. 이 시에서 얼핏 얄팍한 재치로만 보이는 유사성의 직관은 실제로 말놀이에서 그치지 않고 은행나무에서 은행 알을 터는 사람에게서 비속한 인간적 탐욕을 보도록 만드는 진지한 비판적 인식으로 나아간다. 은행나무가 제유하는 순수하고 풍요로운 자연의 세계마저 비속한 탐욕으로 더럽히고 마는 타락한 인간이 그 비판의 과녁임은 물론이다. 「은행 털기」란 시에 나타나는 기호 놀이에 비판적 냉소와 풍자가 숨겨져 있다는 사실을 아는 것으로 시에 대한 이해는 마무리된다.

4.

이진명의 시는 대개 상처와 결핍 투성이 불만스러운 삶을 두고 강한 열정으로 그 삶의 바깥을 동경하지도 않고, 그렇다고 냉철한 의지로 그러한 삶에서 불만을 해소하려는 싸움을 전개하지도 않는다. 시인은 고통스럽고 절망적인 삶의 조건들을 무모한 희망과 격한 분노로 부정하거나 외면하지 아니하고, 그 조건들을 돌이킬 수 없는 사실로 겸허하게 수긍하고 그에 따른 내면의 아픔은 인고의 자세로 조용히 삭여낸다. 물론 이진명의 시에서 인고의 자세가 어렵게 유지하는 평정심은 간혹 헛된 인간적 열망에 의해 잠시 흐트러지기도 한다. 그러나 그것은 시인의 평정심이 한갓 포즈가 아니라 진정한 태도임을 실감하게 하는 것일 뿐이다. 「나뭇잎 몇 장을 주워본다」라는 시도 그러한 이진명의 시세계에서 그다지 멀리 있는 것은 아니다.

> 나는 나뭇잎 주울 나이는 아니다
>
> '나뭇잎 주워 책갈피에 끼우기'의 소녀는 날아갔다
> 유리창 앞
> 아아, 늬는 山ㅅ새처럼 날러 갔구나!
>
> (…중략…)
>
> 나는 이제 다른 의미의 나뭇잎을 주울 나이인가 보다
> 샛노랗고 새빨갛게 타는 불은 날아간 저 먼 설악(雪嶽)의 일
> 어두움이 낀, 흐린 나뭇잎을 주울 나이인가 보다
>
> (…중략…)
>
> 엘리베이터 안
> 아아, 늬는 산ㅅ새처럼 다시 날러 왔느냐
> 날러 와서는
> 차가운 거울에 부딪치느냐
>
>   — 이진명, 「나뭇잎 몇 장을 주워본다」 부분

우선 이 시에 나타난 시적 정황을 극적으로 구성해보자. 계절은 바야흐로 가지각색으로 물든 낙엽이 거리를 뒹구는 가을날이다. 시인은 지금 아파트 유리창 앞에 서서 아파트 내 공원에 물든 나뭇잎들을 바라보

고 있다. 무슨 소녀적 감상 때문이 아니라 초등학교 2학년 딸아이가 못 하는지 안 하는지 미루고 있는 '나뭇잎 주워 책갈피에 끼워 오기'라는 숙제를 대신 해줘야 하나 마나라는 가벼운 근심 때문이다. 시인은 결국 아파트 내 공원으로 나가 나뭇잎 몇 장을 주워들고 엘리베이터를 탄다. 그런데 거기 엘리베이터 안 거울에서 시인은 나뭇잎을 든 자신의 야릇한 모습을 보고 심각하게 서글프고 쓸쓸한 심경이 된다. 도대체 왜? 말할 것도 없이, 딸아이의 숙제를 대신 해주기 위해 나뭇잎을 주우러 나갔다가 서글프고 쓸쓸한 심경이 되는 이유를 해명하는 것이 곧 이 시의 전언을 이해하는 길이다.

1연에서 중년의 나이로 보이는 시인은 "나는 나뭇잎 주울 나이는 아니다"라고 급작스럽고 단호하게 말한다. 시인은 지금 초등학교 2학년 딸아이의 숙제 "나뭇잎 주워 책갈피에 끼워 오기"를 대신 해줘야 하나 마나로 가벼운 근심에 싸여서는 유리창 앞에 붙어 아파트 내 공원의 물들고 또 대부분은 낙엽이 되어 있는 나뭇잎을 바라보며 그렇게 말한 것이다. 아마도 시인은 딸아이의 숙제를 계기로 잠시 소녀적 감상에 빠졌는지도 모른다. 2연과 6연과 7연을 참조해보면, 일단 그러한 시적 정황은 쉽게 짐작된다. 그런데 시인의 그러한 소녀적 감상과 어조의 단호함은 쉽게 납득되지 않는 결합이다. 분명 시인의 단호한 자기 인식에는 그 단호한 어조로 인하여 "나뭇잎 주워 책갈피에 끼워 오기"라는 유년기의 철없는 감상이 중년의 나이에는 어울리지 않는다는 단순한 의미 이상의 뜻이 내포되어 있는 것처럼 보인다. 거기에는 사실 딸아이의 숙제를 계기로 생각하고 깨닫게 된 어떤 삶의 진실이 숨겨져 있다. 그것은 먼저, 2연에서 보듯, "나뭇잎 주워 책갈피에 끼워 오기'의 소녀"가 환유하는 유년기의 돌이킬 수 없는 상실을 안타깝게 회고하고 있는 데서 명백히 확인된다. 2연이 정지용의 한 시 「유리창 I」의 마지막 행을 인유하면서 드러내게 되는 것은 "날러 갔구나!"로 암시되는 유년기의 상실에 따른 슬픔의 감정이 명백하다. 그러나 3, 4, 5연을 유의해서 보면, 시인의 안타까운 회고 속에서 자라나는 슬픔의 실질적인 이유는 유년기의 상실 그 자체에 있는 것이 아니다. "'나뭇잎 주워 책갈피에 끼워 오기'의 소녀"라는 시구는 단순한 유년기의 환유가 아니라 3연에서처럼 "샛"이라는 접두사에 의한 색감의 화려함이나 선명함과 4연에서처럼 민활한 동사와 형용사들의 연접에 의한 명랑성의 의미론적 보충 속에서 실패를 가정하지 않는(모르는) 유년 시절의 화려하고 선명했던 꿈과 희망까지를 뜻하는 것으로 드러난다. 그리고 5연은 바로 그러한 유년기의 화려한 꿈과 선명한 희망이 어느덧 초라하고 보잘 것 없는 중년의 현재 처지 속에서 회복할 수 없게 좌절되어 있음을 알려준다. 중년의 시인은 이제 "그냥 뜬 눈과 그냥 다문 입으로/아파트 동과 동 사이를 빠져/벽을 벽으로 보며 하루를 오르고 내릴 뿐"이다. 이것은 분명 좌절과 한계는 좌절과 한계 그대로 "그냥" 말 없는 응시를 통해 받아들일 수밖에 없다는 서글픈 뜻일 것이다. 시인은 결국 그러한 슬픔의 감정을 첫 연의 나뭇잎 주울 나이가 아니라는 단호한 자기 인식 속에 억제하고 내면화함으로써 그것을 효과적으로 표현한 것으로 보인다.

8연에서 1연의 그러한 서글픈 자기 확인은 이제 표면으로 가시화된다. "나는 나뭇잎 주울 나이가 아니다"라는 시인의 진술이 가진 단정의 느낌이 여기서는 자신이 "다른 의미의 나뭇잎"을 주울 나이인지 모른다는 주저의 느낌 속에서 퇴거하고 있다. 그 다른 의미의 나뭇잎이란 무엇보다도 "어둠이 낀, 흐린 나뭇잎"으로 나타난다. 즉 "샛노랗고 새빨갛게 타는" 나뭇잎이 환기시키던 유년기의 화려한 꿈과 선명한 희망은 저 먼 일이 되었으므로 이제 "누르스름히 불그스름히" 물든 흉내만을 내는 나뭇잎이 상기시키는 중년의 어둡고 흐린 현실을 받아들여야 한다는 것이다. 물론 과거 어린 시절의 나뭇잎과 현재 중년이 된 시인의 나뭇잎이 그 자체로 다른 색감을 가지는 것은 아닌 것이 분명하다. 그것은 초라하고 보잘것없는 처지와 현실에 대한 중년 시인의 쓸쓸한 자기 확인이 똑같은 나뭇잎을 다르게 보도록 만들었을 것이다. 어쨌든 여기에서도 꿈과 희망이 좌절된 중년의 시인이 그냥 어쩔 수 없이 자신의 처지와 현실을 수긍하고 포용할 수밖에 없다는 데서 느끼는 서글픈 심정을 확인할 수 있다. 이처럼 이 시는 유년기의 꿈과 희망을 성취하지 못하고 어느덧 중년의 전망 없는 처지와 현실에 처하게 되는 우리 삶의 서글프고 쓸쓸한 진실을 안타깝게 노래한다. 그러나 시인은 마지막 9, 10, 11연을 통해 그런 서글픈 체념과 쓸쓸한 순응 속에서도 여전히 유년기의 꿈과 희망을 잊지 못하고 어떤 열망에 사로잡히며 잠시 동요하는 자신의 "야릇한" 마음을 보여줌으로써 앞서 언급한 중년의 안타까운 심정에 일종의 박진감을 부여한 것으로 보인다. 아이의 숙제를 대신 해주기 위해서였는지, 아니면 유년 시절에 대한 회고적 감상 때문이었는지 알 수는 없지만, 시인은 아파트 내 공원에서 나뭇잎 몇 장을 주워들고 엘리베이터를 탄다. 어느새 집 밖으로 나왔던 모양이다. 그러다 문득 시인은 엘리베이터 안에 붙은 거울에 비치는 어떤 생기와 흥분 속에 있는 야릇한 자신의 모습을 바라본다. 거기에는 당연히 어린 시절의 꿈과 희망에 잠시 사로잡힌 시인의 열띤 마음의 동요가 있다. 그러나 곧 시인은 새삼 되돌이킬 수 없는 자신의 처지와 현실을 떠올린다. 이것은 인유의 변주 속에 이렇게 표현된다. "아아, 늬는 산ㅅ새처럼 다시 날러 왔느냐/날러 와서는/차가운 거울에 부딪치느냐".

결국 「나뭇잎 몇 장을 주워본다」라는 작품은 대부분 유년의 꿈과 희망과는 다른 자리에서 초라하고 보잘것없는 자신의 처지와 현실을 확인하게 되는 우리 삶의 서글프고 쓸쓸한 진실을 노래하고 있는 시다. 그리고 그러한 진실을 마주한 감정을 조용한 어조와 비유의 우회를 통해 숨기거나 돌려 말함으로써 오히려 그런 감정의 절실함을 호소력 있게 만드는 데 성공한 작품이다.

5.

김기택의 시는 거의 예외 없이 시인의 주관성을 일정하게 배제한 냉정한 묘사의 시선을 통해 대상과 사태에 대한 관찰의 결과를 명료하게 보여준다. 그런데 그의 관찰과 묘사는 대개 대상과 사태에 대한 사회적 연관에 대한 고려 없이 대상과 사태 그 자체의 내부로 파고든다는 점에서 확산적이기보다는 수렴적이고 거시적이기보다는 미시적이다. (김광규의 시가 동일하게 냉정한 묘사체를 활용하고 있음에도 불구하고 김기택의 시와 차이가 나는 이유는 여기에 있다.) 그래서 일반적으로 김기택의 시는 과학적이고 논리적인 양상으로 드러나는 '현미경적 상상력'이나 '해부학적 상상력'을 보여주는 것으로 말해진다. 물론 「소」라는 작품에서도 그러한 상상력은 발휘되어 있다. 그러나 이 시에서 대상과 사태에 대한 냉정한 관찰과 묘사는 그 이면에 어떤 인간적 삶의 생리와 양상에 대한 통찰을 담고 있다는 점에서, 인간학적 함의를 배제하기 위해 내면과 절연된 상태로 바깥으로 향하기만 하고 돌아오지 않는 냉정한 관찰자의 시선을 보여주던 이전의 시들과는 어느 정도는 다른 것처럼 보인다. 여기서 김기택은 실제로 대상을 향한 과학자의 시선을 곧바로 인간의 내적인 삶에 대한 시인의 응시와 중첩시킨다. (그럼에도 불구하고 기본적으로 김기택의 시에서 인간학적 환원을 매개하는 주관성의 응시는 대상과 사태에 대한 냉정한 관찰과 묘사 속에서 지속적으로 중지된다. 김기택의 시가 바깥을 항시 내면적 응시 속에서 지우는 이진명의 시와 여전히 다른 것은 그 때문이다.) 물론 내면적 응시의 인간학적 환원은 냉정한 사실들의 기록 속에서 끊임없이 배제되지만, 기록된 관찰의 결과들이 그 자체의 사실 연관을 넘어 인간학적 함의를 띤다는 것은 그의 시의 다른 면으로서 주목할 필요가 있다. 이것은 무엇보다도 김기택의 시에서 일종의 '알레고리적 상상력'이 작동하고 있음을 알려준다. 그런 의미에서 소에 관한 관찰과 묘사들이 커다란 비유의 유기적 조직을 이루면서 전달하고자 하는 인간적 삶의 생리와 양상을 알아보는 것은 「소」라는 시의 이해에 핵심적인 것이라 아니할 수 없다.

> 수천만 년 말을 가두어두고
> 그저 꿈벅거리고만 있는
> 오, 저렇게도 순하고 동그란 감옥이여.
>
> 어찌해볼 도리가 없어서
> 소는 여러 번 씹었던 풀줄기를 배에서 꺼내어
> 다시 씹어 짓이기고 삼켰다간 또 꺼내어 짓이긴다.
> ― 김기택, 「소」 부분

「소」는 사실 복잡한 알레고리를 가지고 있지 않은 단순한 작품이다. 이 시는 무언가를 말하고 있는 듯한 소의 커다란 눈을 바라보며 어찌해볼 도리가 없는 생의 아픔과 고통을 말없이 되새기며 오래도록 인고하는 우리 삶의 한스러운 생리를 떠올리도록 만든다. 이런 종류의 시는 꼼

꼼하고 치밀한 분석과 풀이로 이해할 필요가 없는 시라고 할 수 있다. 시인이 동물의 생리에 의탁하여 상상하고자 하는 우리 삶의 어떤 생리에 공감할 수 있게 되면, 그때 이 시는 충분히 감상한 것이 된다.

이 시에서 일단 시인이 겉으로 말하고자 하는 바는 소의 생리다. 그중에서도 특히 "소의 커다란 눈"이 가진 생리는 이 시가 관찰하고 묘사하는 주된 대상이다. 전체 4연 가운데 마지막 연을 제외한 세 개의 연이 무엇보다도 그 커다란 소의 눈에 관해서 말한다. 시인에 의하면, 눈물이 그렁그렁 달려 있는 소의 커다란 눈은 언제나 무언가를 말하고 있는 듯하고 어떤 슬픈 하소연을 담고 있는 듯하지만, "소가 가진 말"은 그저 끔벅거리기만 하는 소의 눈에서 꿈쩍도 하지 않고 그 눈에 고스란히 담겨 있는 것만 같다. 그러나 소의 말이 눈에서 꿈쩍도 하지 않는 것은, 시인이 보기에, 내부의 의지 때문이 아니라 외부의 제약 때문인 것으로 나타난다. 커다란 소의 눈이 밖으로 나오는 길 어디에도 없는, 말을 가두고 있는 "순하고 동그란 감옥"으로 비유되고 있는 데서 그것을 확인할 수 있다. 감옥의 비유를 통해 소가 말하지 않는 것은 말하고 싶지 않아서가 아니라 어떤 제약에 의해 말할 수 없는 사정에 처해 있기 때문이라는 것을 감지하게 된다. 물론 "순한"이라는 형용사는 바깥의 제약말고도 내부의 성격과 기질이 그런 소의 말없는 생리와 관련됨을 시사한다. 그리하여 어쨌든 슬픈 하소연을 토로하고 싶어도 토로할 수 없는 수천만 년 오래된 제약적 상황은, 여러 번 씹었던 풀줄기를 배에서 꺼내 다시 씹어 짓이기고 삼켰다간 또 꺼내어 짓이기는 소의 되새김질의 생리에 관한 4연에서의 묘사와 조응하여 순한 짐승에게 말 못할 한스러운 것이 있음을 말해준다. 시인은 바로 그러한 순한 짐승의 생리라는 대상의 알레고리 속에 인간 내면의 어떤 한스러운 생리를 숨겨두고 있는 것 같다. 여기서 소는 상황의 제약으로 말 못하고 한을 품고 살아가는 순한 사람으로 치환된다. 「소」는 결국 슬픈 하소연의 말을 쏟아내고 싶어도 그럴 수 없는 사람들이 그 고통과 아픔을 오랜 세월 말없이 짓씹으며 감내하고 인고하는 한스러운 인간 내면의 양상을 한 순한 짐승에 의탁하여 효과적으로 표현하고 있는 시로 보인다. 진부한 알레고리여서 다소 불만스럽지만, 선명한 인상의 창조에 어느 정도 성공한 작품이다.

6.

이성복의 시에서 '가족'은 아주 친숙한 이미지 가운데 하나다. 그런데 이성복의 가족 이미지는 통상적으로 권위적인 아버지의 냉혹한 폭력이 지배하는 왜곡된 이미지로 드러나거나 혹은 대지적 모성을 표상하는 어머니의 따뜻한 사랑이 둥지를 튼 이상화된 이미지로 그려진다. 전자의 경우 가족은 병들고 황폐한 현실의 비정상성과 불모성의 제유적 공간이 되고 후자의 경우 가족은 그러한 현실로 인해 상처 입고 병든 존재를 다독이고 보듬어 안는 치유의 상징 공간이 된다. 그러나 「달밤」에 제시된 가족 이미지는 그러한 통상적인 이성복의 가족 이미지와는 다른 면모를 보여준다. 이성복의 시에서 이전의 가족은 특별한 제유나 상징으로 병든 현실을 우회적으로 표상하는 다소 추상적인 공간이었지만, 「달밤」에서 가족은 정겹고 단란하고 안온한 공간이면서 거친 현실과 힘겹게 부대끼며 살아야 하는 평범하지만 실제적인 공간으로 바뀐다. 이것은 아마도 부모에 의해 부양받는 자식으로서의 이성복이 거꾸로 처자식을 부양해야 하는 가장으로서의 이성복으로 변화한 데 그 변모의 이유가 있을지 모른다. 가장이 된 이성복이 마냥 가족을 청년적 반항의 대상으로 치부하거나 유년적 의존의 대상으로 매달릴 수만은 없을 것이기 때문이다. 아무튼 이 시에서 우리는 가족을 부양해야 하는 시인 가장의 매우 실감나는 현실적 고민과 만나게 된다.

> 불 끄고 자리에 누우면 달은 머리맡에 있다. 깊은 밤 하늘 호수에는 물이 없고, 엎드려 자다가 고개 든 아이처럼 달의 이마엔 물결무늬 자국. 노를 저을 수 없는 달은 水深 없는 호수를 미끄러져 가고, 불러세울 수 없는 달의 배를 탈 것도 아닌데 나는 잠들기가 무섭다.
> 유난히 달 밝은 밤이면 내 딸은 나를 달복이라고 한다. 내 이름이 성복이니까, 별 성(星)자 별복이라고 고쳐부르기도 한다. 그럼 나는 그애보고 메뚜기라 한다. 기름한 얼굴에 뿔테안경을 걸치면, 영락없이 아파트 12층에 날아든 눈 큰 메뚜기다. 그러면 호호부인은 호호호 입을 가리고 웃는다. 벼랑의 붉은 꽃 꺾어달라던 水路夫人보다 내 아내 못할 것도 없지만, 내게는 고삐 놓아줄 암소가 없다. 우리는 이렇게 산다. 오를 수 없는 벼랑의 붉은 꽃처럼, 絶海孤島의 섬처럼, 파도 많이 치는 밤에는 섬도 보이지 않는, 絶海처럼.
>
> — 이성복, 「달밤」 부분

「달밤」은 일단 현실적으로 무능력한 시인 가장의 가족에 대한 따뜻한 사랑을 담고 있는 시처럼 보인다. 시인은 경제적인 능력에 있어 보잘 것이 없는 가난한 가장이지만 딸아이와 아내가 있는 가정에서 언제나 미소지을 수 있다. 그들이 귀엽고 사랑스럽기 때문이다. 그러나 시인은 그들이 귀엽고 사랑스러운 만큼 가정의 든든한 버팀목이 되지 못하고 무능한 가장이 되어 있는 자신을 돌아보게 될 때 식구들에게 못내 미안하다. 더구나 식구들이 삭막한 현실에 시달리며 고달프게 살아갈 것을 생각하니 그들이 한없이 안쓰럽다. 그런 의미에서 이 시는 모질고 힘든 현실 속에서도 웃음을 잃지 않는 가족에 대한 시인의 사랑의 감정을 그리면서 동시에 제대로 가장의 책무를 다하지 못하는 시인의 가족에 대한 안타까운 연민과 자책의 감정을 표현하고 있는 작품이라고 할 수 있다. 물론 이 시의 무게중심은 후자의 감정 쪽에 있다.

이 시의 화자는 이성복 시인 그 자신이다. 2행에 나타나듯, 시인은 아파트 12층 어느 공간에서 정겹고 단란한 한때를 보낸다. 자신을 "달복"이라 부르거나 "별 성(星)자 별복"이라 고쳐 부르는 귀여운 딸아이 때문이기도 하고, 안경 낀 얼굴이 마치 "눈 큰 메뚜기"처럼 보여 그 딸아이를 메뚜기라 부르는 남편 옆에서 "호호호 입을 가리고 웃는" 사랑스러운 아내 때문이기도 하다. 그러나 저 「헌화가」에 나오는 수로부인보다 못할 것 없는 아내에게 시인은 "내게는 고삐 놓아줄 암소가 없다"고 생각한다. 시인은 가난하다. 가족을 부양해야 할 책무를 지닌 가장이지만 시인이어서(?) 경제적으로 무능력하다. 더구나 시인의 가족이 살아가야 할 현실은 험난하고 삭막하기 이를 데 없다. 이 시의 1행은, 모호한 대로, 그러한 상황을 표현하고 있는 것처럼 보인다. 제목처럼, 때는 바야흐로 환한 "달밤"이다. (어느 것이 먼저고 나중인지는 알 수가 없지만 1행과 2행은 시간적으로 차이가 난다.) 어느 순간 문득 시인은 달을 바라보며 가족에 대한 생각에 잠긴다. "달"은 일단 시인에게 그 동그랗고 환한 이미지로 인해 정겹고 단란한 가족을 환기시키는 것 같다. 달의 이마에 난 물결무늬 자국이라 표현된 달의 표면에 나타난 무늬에서 시인이 "엎드려 자다가 고개 든 아이"를 보는 것은 그런 짐작을 뒷받침해준다. 그러나 곧 악몽이다. 그런 달이 떠 있는 "깊은 밤 하늘 호수에는 물이 없"고 또 그래서 달은 "노를 저을 수 없"어 위태롭게 "水深 없는 호수를 미끄러져 가고" 뜻대로 "불러세울 수 없는" 것으로 나타난다. 시인은 "잠들기가 무섭다"고 그런다. 험난하고 삭막한 현실에 휩쓸려 정처 없이 표류하는 가족의 이미지가 일종의 연쇄적 상상 속에서 제시된 셈이다. 그리하여 우리는 "오를 수 없는 벼랑의 붉은 꽃처럼, *絶海孤島*의 섬처럼, 파도 많이 치는 밤에는 섬도 보이지 않는, *絶海*처럼"이라는 2행 마지막 구절의 의미가 무엇인지 알게 된다. 그것은 시인 가족이 사랑스럽고 아름답지만 위태롭고 암담한 삶을 살지 않으면 안 된다는 고통스런 인식이다. 막막한 현실 속에서 경제적으로 무능한 가장이 보여주는 가족에 대한 연민과 자책의 심정이 여기서 오롯하다.

결국 「달밤」은 한 가난한 시인 가장이 사랑스러운 식구들을 보고 느끼는 행복감을 말하면서도 가족을 보살피기에 턱없이 부족한 자신의 경제력에 대한 자책감과 또 가족을 더욱 위태롭게 하는 삭막한 현실로 인해 처하게 될 가족의 곤경에 대한 두려움의 감정이 잘 표현되어 있는 작품이다. (우리는 「달밤」의 에피그램인 네루다의 시는 분석에서 제외했다. 이 시를 창작하는 데 상상력의 동기가 된 시인 것 같은데, 그 의미를 잘 모르겠다.)

떠나온 사람들의 어두운 삶의 행로(行路)

― 김종태의 시

버스 정류장 옆에 빨간 다라이 가득
엇구수한 옥수수 내에 정신이 번쩍 들었습니다
누렇게 부풀어 오른 술빵을 보았던 겁니다
1000원에 하나짜리 덥석 베어 무니
누가 뒤통수를 만지는 듯 대낮이 훤합니다
나머지 쑤셔 넣은 가방 사이로 퍼져나는 막걸리 냄새
술로 빵을 만든 건지 빵으로 술을 빚은 건지
한잔 술도 못 이기는 가련한 서른세 살입니다
그 옛날 똥돼지 몰고 장에 나온 어머니 손 잡고
또 한 손엔 술빵 쥐고 거닐던 김천 우시장
황소 등때기엔 여린 눈발이 오늘처럼
푸시시 햇살 속으로 흩날렸습니다

속에 박힌 검은콩이 건포도로 바뀌었어도
언제나 그렇고 그런 맛과 향
낮술에 취한 채 얼큰한 술국은
울렁거리는 마음 여기저기로

술술 새 나가고 있었습니다

— 김종태, 「술빵」 전문

김종태의 『떠나온 것들의 밤길』이라는 시집에서 「술빵」은 일종의 서
시(序詩)에 해당하는 작품이다. 이 시는 어느 정도는 단순한 작품이라고
할 수 있다. 1연에서 보는 것처럼, 시인은 눈발 흩날리는 겨울 어느 날
버스 정류장 옆에서 빨간 다라이 가득 막걸리 냄새를 풍기는 '술빵'을 하
나 산다. 술빵을 먹어보기는 참으로 오랜만인 듯 취기조차 느낀다. 그런
데 먹다 만 술빵을 가방에 쑤셔넣고 걸으면서 시인은 마음의 반가움을
만난다. 술빵을 먹고 그 냄새를 맡으며 걷는 것은 마치 소박하고 정겨웠
던 과거 고향에 대한 기억을 상기시키면서 시인에게 하나의 훤한 기쁨
을 가져다준다. 시인은 "그 옛날 똥돼지 몰고 장에 나온 어머니 손 잡고/
또 한 손엔 술빵 쥐고 거닐던 김천 우시장"을 떠올리고 잠시 동안 행복
감에 잠기는 것이다.

여기서 "누렇게 부풀어 오른 술빵"은 시인으로 하여금 과거의 행복했
던 삶의 공간을 머리 속에서 부풀어 오르게 하는 매개물이다. 시인은 현
재 도시의 어떤 거리에서 술빵을 사서 한 입 베어 물며 문득 어떤 냄새
를 '번쩍' 떠올린다. 그 냄새는 "술로 빵을 만든 건지 빵으로 술을 빚은
건지" 모를 술빵의 '막걸리 냄새'이다. 그리고 시인은 그 냄새를 통해 과
거 어린 시절의 한 기억을 되살려낸다. "가방 사이로 퍼져나는 막걸리
냄새"는 과거의 어떤 공간의 대한 행복한 기억을 순간적으로 현현시키
고, 시인을 그 순박하고 정겨웠던 공간 속으로 데려간다. 그곳은 한마디
로 '어머니'로 인해 존재의 안정감을 부여받을 수 있었던 충만한 유년의
공간이자 똥돼지와 황소가 살아가는 순박한 시골의 공간이다.

한편 2연에서 시인은 그러한 술빵의 맛과 향이 그 "속에 박힌 검은콩이 건포도로 바뀌"는 세월의 간격 속에서도 전혀 변하지 않았다고 생각한다. 그러나 이 생각 속에는 역설적으로 술빵 이외의 모든 것, 특히 도시의 것들은 그 원형의 맛과 향을 잃고 변질되어버렸다는 인식이 깔려 있다. 시인은 실제로 현재 술빵 냄새로 제유된 과거의 공간과 전혀 다른 공간에 처해 있고 또 그 안에서 살아간다. 1연에서 이미 그것은 "한잔 술도 못 이기는 가련한 서른세 살입니다"라는 시인의 표현 속에서 암시된 것이다. 시인은 지금 고향을 떠나 성장해 삭막한 도시 공간 속에서 살아가는 '가련한' 성인이 되어 있다. 2연은 바로 그런 우울한 처지에 대한 반복이자 강조로서 이 시를 마무리짓는다. "낮술에 취한 채 얼큰한 술국은/울렁거리는 마음 여기저기로/술술 새 나가고 있었습니다"라는 구절 역시 현재 시인이 처한 삶과 현실을 환기한다. 이 구절은 무엇보다도 행복한 과거의 기억에 흠뻑 취하는 일조차 얼큰한 술국을 먹고 취기에서 깨어나듯 아주 일시적으로만 허락될 뿐이라는 '가련한 서른세 살' 시인의 어둡고 서글픈 생(生)의 현실을 보여준다.

　「술빵」은 시인이 오랜만에 술빵을 먹으면서 문득 행복한 유년의 공간을 회상하고 거기서 잠시 동안 행복감을 느끼는 내용의 시이다. 그런가 하면 이 시는 술국에 술 깨듯 그러한 행복한 고향의 기억을 뒤로 하고 금세 불행한 현실 속으로 돌아오고 마는 한 가련한 도시인의 모습도 보여준다. 그러나 이 시의 일정한 매력은 술빵의 막걸리 냄새를 통해 순박하고 정겨웠던 과거 고향의 모습을 감각적으로 되살려낸 데 있지, 그 감각으로 구축된 현재의 불행과 과거의 행복이라는 낭만적 대조의 의미론 속에 있지 않다. 술빵의 막걸리 냄새를 시인과 함께 맡고 행복했던 기억을 떠올릴 수 있다면 「술빵」의 감상은 충분하다고 할 수 있다.

그러나 김종태의 시들은 「술빵」이 보여주는 바와 같이 대개 행복한 과거와 불행한 현재의 대조와 그 거리라는 낭만적 도식 위에서 움직이고 있는 것처럼 보인다. 어머니가 있는 고향이라는 생의 원형적 공간으로부터의 이탈이 어둡고 서글픈 도시 공간 속 현실로의 진입이 되고 있다는 데서 시인 김종태의 낭만적 인식은 사실 너무도 뚜렷하다. 그래서 김종태의 시들은 환한 과거와 어두운 현재의 간단한 대조로 인해 때때로 너무 단순하고, 또 시적 긴장이 풀어져 있는 경우가 많다. 시적 긴장이란 미래에의 기대 속에서 과거와 현재를 대조할 때 생겨나는 것이다. 그런데 김종태의 시들은 대부분 돌아갈 수 없는 과거와 벗어날 수 없는 현재의 대조라는 낭만적 도식 위에서 평범한 낭만주의자들이 그렇게 하듯이 미래를 선취해버린다. 그런 만큼 김종태의 시들은 시적 긴장으로 풍부한 의미론적 울림을 주지 못하고 단순한 이해의 대상으로 떨어져버리는 경우가 빈번하다. 김종태의 시들이 대체로 그의 첫 시집 표제처럼 '떠나온 것들의 밤길'이라는 암담한 이미지로 쉽사리 요약되고 마는 이유도 아마 거기에 있을 것이다. 그의 시들은 거의, 공간적으로는 소박하고 정겨운 고향으로부터, 시간적으로는 충만한 유년 시절로부터 '떠나온' 도시 사람들의 가련하고 서글프고 어두운 삶의 행로(行路)를 보여준다. 그러나 김종태 시인에게서 몇몇 예외적인 시편들은 어두운 삶에 대한 진실된 느낌과 사유를 담고 있어서 흔치 않은 시적 감동을 우리에게 가져다주기도 한다. 「자목련 그늘 멀리서」는 바로 그러한 시들 가운데 하나이다.

　　활짝 핀 꽃송이 아래
　　그늘은 늘 흙빛을 말할 뿐이네

키 작은 두 나무는 별거하듯 말 없지만
꽃잎의 그림자 가지런히 포개져
낮에 켜 놓은 수은 불빛에 들키네
응달에 묻혀 젊은 애인 한 쌍이
키스를 주고받네 그들은 분명
나지막한 소리를 만들고 있지만
형언 못할 향기로 물오른 꽃그늘은
한 잎 두 잎 낙화의 파문을 빌어
세상을 명암으로 갈라 놓을 뿐이네
풀숲을 외면하며 걷는 나는 죄지은 듯
그곳에 더 가까이 다가서지 못하네
올 봄도 다 갈 무렵 두 그루
자목련 마주 본 교정의 뒤란이네
어데 보랏빛이 피었냐고
묻는 이 있었지만 그때마다 나는
한 여자 두 여자의 향과 색을 지웠네
애인이여 그대들은 희미한 곳에서만
너무 오래 머물지 않았는가 언제쯤
저들도 백발의 노부부가 되어
또다시 만춘의 꽃 사태 속에서
밀어를 속삭일까 그때까지
저 나무 두 그루 꽃을 피울지
아득하고 슬픈 골짜기 먼 아래를
홀로 누군가 천천히 지나가더라도
　　　　　　　— 김종태, 「자목련 그늘 멀리서」 전문

　때는 자목련이 피고 지는 봄의 끝 무렵이고, 장소는 두 그루 자목련
이 마주 본 어떤 교정의 뒤란이다. 시인은 교정을 걷다가 자목련 나무
그늘 아래에서 은밀하고 열정적인 키스를 주고받는 한 쌍의 애인을 목

격하고는 안타깝고 괴로운 심정을 토로한다. 또 시인은 사랑의 열정에 사로잡힌 연인들을 엿보다가 돌연 죄지은 것처럼 그들을 외면한다. 시인이 애인 한 쌍을 우연히 목격하고 가지게 된 그러한 심정과 그들을 일종의 죄의식 속에서 외면하는 이유를 아는 것은 곧 이 시를 이해하는 것이 된다.

첫 부분에서 시인은 자목련 꽃송이가 활짝 피어 있다고 말하면서도 자목련 나무 그늘 밑은 "늘 흙빛을 말할 뿐"이라고 생각한다. 여기서 자목련 나무가 이룬 응달과 시인의 어떤 체험이 서로 관련되어 있음을 짐작해볼 수 있다. 시의 중후반부에서 "애인이여"라고 안타깝게 부르는 것으로 보아, 시인은 한때 사랑하는 사람과 자목련 나무 그늘 아래서 사랑을 활짝 꽃피웠는지 모른다. 그러나 지금 그 사랑은 좌절되고 만 것 같다. 더구나 한 행에서 "한 여자 두 여자의 향과 색"을 말하는 것을 보면, 시인의 사랑은 언제나 좌절되고 만 것으로 보인다. 그런데 이 아픈 상처는 시인이 자목련 나무 아래에서 "형언 못할 향기로 물오른" 사랑을 나누는 "젊은 애인 한 쌍"을 우연히 목격하면서 다시 덧나고 만 것이 아닌가 한다. 지금 시인은 좌절된 사랑의 고통스런 기억을 괴롭게 떠올리고 있는 것이다. '흙빛'은 바로 그 고통의 빛깔이라고 할 수 있지 않을까.

물론 그 고통스런 기억 사이로 황홀했던 '보랏빛' 사랑의 기억이 잠시의 시인의 머릿속을 스쳐 지나기도 했을 것이다. 그러나 좌절된 사랑의 아픈 상처를 간직한 시인에게 사랑의 열정에 사로잡힌 연인들은 자신의 처지를 더욱 더 괴롭고 고통스러운 것으로 만드는 것처럼 생각된다. 사랑했었던 자신과 사랑하고 있는 저 연인들의 명백한 대조는 시인에게 헤어진 애인에 대한 기억을 괴롭게 상기시키면서 보다 큰 고통을 가져오는 것처럼 보인다. 시인은 일종의 원망을 섞어 저 한 쌍의 애인이 "세상을 명암으로 갈라 놓"는다고 말한다. 그들이 현재 보랏빛 밝음[明]을 향유하고 있다면, 자신은 지금 흙빛 어두움[暗]에 처해 있다고 느끼는 것이다. 그런데 시인은 다음 행들에서 연인들이 묻혀 있는 "풀숲을 외면하며" 어떤 죄의식에 빠지게 된다. 왜일까? 시인은 아마도 여러 번의 사랑의 실패 속에서 세상의 명암은 사랑 그 자체의 명암이기도 하다는 점을 깨달았을 것이다. 그래서 연인들의 사랑도 지금 피자마자 져버리는 저 '낙화'의 자목련처럼 '파문'을 그리게 될 것이라고 냉소했을지 모른다. 그러나 한편으로 이루지 못한 사랑의 회한에 고통을 겪고 있는 자신의 처지를 생각하고 그 연인들의 사랑을 한때나마 그러한 불길한 생각 속에서 저주한 시인은 편치 않음을 느꼈을 것이다. 그리고 그 미안한 자의식은 틀림없이 일종의 죄의식이 되기도 했을 것이다.

이처럼 시인은 젊은 애인 한 쌍에 대해 죄의식을 느끼는 순간 오히려 자신의 사랑이 저 연인의 사랑처럼 열정적인 것이 되지 못했다는 것을 안타깝게 생각한다. "애인이여 그대들은 희미한 곳에서만/너무 오래 머물지 않았는가"라는 회한 섞인 탄식은 그 점을 암시하는 것 같다. 이 지점에서 시의 첫머리를 다시 한번 읽어볼 필요가 있다. 거기서 "별거하듯 말 없"이 꽃잎의 그림자로 포개져 있던 자목련 나무와 그 나무가 이루는 그늘은 두 가지 성격의 사랑을 가리키는 것처럼 보인다. 아마도 하나가 수줍은 사랑을 말하는 것이라면, 다른 하나는 열정적인 사랑을 말할 것이다. 지금 시인은 자신의 사랑이 바로 자목련 나무 그늘 아래서의 저 열정적인 욕망의 사랑과 다른 "낮에 켜 놓은 수은 불빛에 들키"는 마주 본 자목련 나무의 사랑 같은 희미하고 수줍은 사랑이었다고 후회하고 있는 것은 아닐까. 어차피 늙은 노부부가 되어서까지 "만춘의 꽃 사태 속에서/밀어를 속삭일" 수 없는 것이라면, 그리고 결국 모든 사랑은

"아득하고 슬픈 골짜기 먼 아래를/홀로" 쓸쓸히 지나가야 하는 것이라면, 왜 사랑하는 사람들과 조금 더 적극적이고 열정적인 사랑을 나누지 못했는지 지금 시인은 못내 아쉬워하고 있는지 모른다.

솔직히 이 시는 비유도 불만스럽고 또 구문의 정확성도 다소 떨어진다. 그러나 위에서 이해한 바와 같이 해석한다면, 이 시는 과거 자신의 사랑이 열정적인 사랑이 되지 못하고 희미하고 미진하고 너무 수줍은 것이었다는 자책을 담고 있는 작품인 동시에, 궁극적으로 사랑을 이루지 못한 괴로움과 고통을 말한 작품이다. 그러나 오해하지 말아야 할 것은, 「자목련 그늘 멀리서」라는 작품은 열정적인 사랑을 옹호함으로써 사랑에 대해 쾌락주의적 태도를 보여주는 시라기보다는 어떤 사랑이든간에 그 사랑은 근본적으로 열정의 소멸이라는 어두운 행로에 이어지게 되어 있다는 우리 삶의 비극적 진실을 보여주는 시라고 할 수 있다.

이상에서 본 바와 같이, 김종태의 시는 거의 충만한 이상과 결핍된 현실 사이의 분열과 괴리를 세상과 인생의 근원적 상황과 사태로서 전제한다. 그리고 그의 시에서 특히 그것은 다정한 '엄마'와 무정한 '애인'의 거리와 대립으로 표현되는 경우가 많다. 말하자면 엄마와 애인 사이의 영원한 불일치가 거느린 시적 감정, 즉 낭만적 우수와 비애는 김종태 시인이 삶과 현실을 바라볼 때 지니는 뿌리 깊은 감정이 되어 있다. 그런 의미에서 김종태 시인의 상상력은 기본적으로 낭만적인 성격을 갖는 것이고, 또 그처럼 낭만적 상상력을 가졌다는 점에서 그는 아직 '젊은 시인'이다. 그러나 시인이 젊다는 것은 장점이 될 수도 있지만 단점이 될 수도 있다. 젊은 시인은 엄마와 애인의 변증법적 벡터인 미래의 '아내'를 모르기 때문이다. 아니 그 불확실한 미래의 아내를 미리 지녀 가지기 때문이다. 아내와 더불어서야 젊은 시인은 떠남을 어두움으로 단정하지 않고 그 어둠을 건너가는 법을 모색하는 한 사람의 온전한 '시인'이 된다. 성숙한 시인은 단순히 어두움에 처해 있기만 한 것이 아니라 그것을 이해하고 그 어둠을 충실히 산다. 물론 한 젊은 시인의 단점은 그 장점을 볼 때 아직 적나라하게 들추어져서는 안 된다. 김종태 시인의 작품에서 드러나고 있는 낭만주의는 우리에게 바로 그 점을 설득한다. 시인 김종태의 낭만주의는 무엇보다도 온건한 낭만주의이다. 이것은 최근 낭만적 상상력의 어떤 급진적 성격에 비추어보면, 좀 다른 것이면서 또 신뢰할 만한 것이다. 간단히 말해 김종태 시인의 낭만주의에는 '신경질'이 들어 있지 않다. 신경질적 낭만주의가 진실을 호도하고 현실을 왜곡할 수 있는 편협한 직관과 감정을 만들어내는 것에 비할 때, 그것은 기대되는 시적 자질이라고 할 수 있다. 젊은 시인이 그냥 시인이 되는 날은 틀림없이 올 것이다.

제2부
영화에 대하여

...라는 이렇게 이른이 되는가 ─ 욕망과 권태의 변증법 ─ 영화 〈권태〉에 대하여 혹 가장의 의미 ─ 영화 〈우아한 세계〉에 대하여 기억의 두 가지 위험 ─ 영화 〈박하〉에 대하여 건실한 도덕적 우화 ─ 영화 〈화려한 휴가〉에 대하여 진정한 휴식이 가져다 *욕망에 관한 비극적 농담 ─ 영화 〈더 문〉에 대하여 사랑과 결혼에 필요한 ... 〈디워*

우리는 어떻게 어른이 되는가?

— 영화 〈섀도우랜드〉(리처드 아텐보로, 1993)에 대하여

────────

『반지의 제왕』과 쌍벽을 이루는 판타지 문학의 고전 『나니아 연대기』(이 중 『사자와 마녀와 옷장』이 가장 유명하다고 한다)의 저자였던 C. S. 루이스를 기억하는가? 그는 유명한 영문학자이자 옥스퍼드대의 교수였다고 한다. 또한 신실한 종교인이자 종교 이론가로도 명성이 높았다고 한다. 바로 이 C. S. 루이스(안소니 홉킨스 분)가 주인공으로 등장하는 영화 〈섀도우랜드〉를 보게 되었다. 한마디로 너무도 아름답고 우아한 영화였다. 영화의 첫 대목에 나오는 경건하고 엄숙한 미사 장면에서부터 거미줄과 오래된 물건들로 어지러운 다락방과 고풍스러운 옥스퍼드대의 우아한 전경을 거쳐 영화의 거의 마지막에 나오는 영국 식 자연의 아름다운 풍광에 이르기까지 마음을 끌지 않는 것이 없었다. 더욱이 이 영화가 들려주는 메시지의 심오함은 놓치고 싶지 않은 그러한 미장센들이 없다고 해도 영화의 예술적 가치를 조금도 손상시키지 않는다고 할 정도였다.

옥스퍼드대 교수이자 작가로서 명망이 높은 루이스는 독신남이다. 어떤 이유 때문인지는 모르지만, 그의 형 워니와 함께 산다. 짐작하기로는 어렸을 적 어머니의 죽음으로 인한 충격 때문인 것 같다. 사랑하는 사람을 떠나보내야 했던 어린 시절의 고통을 또 다시 겪지 않으려는 심리적 방어기제가 성인이 된 그로 하여금 결혼을 주저하게 하다가 결국 포기하게 만든 것은 아닐까? 사랑의 포기, 아마도 이것은 사랑의 고통으로부터의 도피라는 퇴행적 의미를 숨겨가지고 있는 것으로 보인다. 물론 루이스는 각종 강연회에서 고통을 주는 신을 변론하는 성숙한 신정론자로 등장한다. 그는 늘 신은 고통을 통해 인간을 완벽하게 만드신다고 주장한다. ('우린 조각가가 인간의 형상으로 빚은 돌덩어리입니다. 끌로 다듬으면 아프지만 우리를 완벽하게 합니다.') 사실 신정론자로서의 성인 루이스는 어머니의 죽음에서 큰 충격을 받은 어린 루이스에 이어져 있다. 신정론은 말하자면 고통에 대한 이해를 통해 그 고통으로부터 벗어나려는 일종의 승화된 결과물이라고 할 수 있다. 그러나 이것은 실제로 과거에 경험한 사랑의 고통과 이러한 현실에 대한 두려움 때문에 자기 위안의 공간에만 머물려고 하는 어린아이의 퇴행적 성격과 관련된다. 요컨대 루이스는 고통이 인간을 완전하게 하기 위한 신의 선물이라는 어른스러운 주장을 하지만, 여전히 사랑을 포기한 자로 남아 있는 것을 보면, 그것이 이론 속의 고통일 뿐이며, 현실의 고통을 다시 겪을 용기는 없는 어린아이로 계속 남아 있는 셈이다. 루이스는 어머니의 죽음 이후에 지금까지 그 나이에 멈추어 있는 것은 아닐까? 이런 맥락에서 루이스가 학생이나 동료 교수들과의 논쟁을 좋아하고, 또 그 논쟁에서 언제나 이기는 달변가라는 사실을 이해할 수 있다. 다시 말해 루이스에게 사랑과 고통으로 점철된 현실이라는 타자는 언제나 루이스 자신의 자기동일성을 강화하기 유아적 나르시시즘의 편린들일 뿐이다. 이를테면 현실에 대한 두려움 때문에 루이스는 '타자에 대한 사랑' 대신에 '타자와의 논쟁'을 선택한 셈이다. 그리고 『나니아 연대기』와 같은 동화와 마법의 세계로 나아간 것이다. 루이스는 타자의 세계 앞에서 머뭇거리며 장난감의 세계에 머물러 있는 셈이다.

이런 루이스에게 어느 날 미국의 여성 시인 조이 그래섬의 편지가 날아온다. 그리고 조이 그래섬이 영국으로 오게 돼 두 사람은 만나게 된다. 전형적인 영국 남자인 루이스와 진취적이고 활달한 전형적 미국 여성 그래섬의 만남은 조금 어색하다. 사실 타자들의 대면은 언제나 이처럼 약간은 어색하다. 물론 루이스 쪽의 어색함이 훨씬 강하다. 왜냐하면 자기동일성의 세계에서 장난감을 만지고 노는 루이스라면, 어린아이와 같은 낯가림이 심할 수밖에 없기 때문이다. 물론 낯가림이 아니라 어색함인 이유는 어린아이가 대면한 타자, 혹은 현실에 대한 두려움을 생물학적인 성인의 심리적 반응으로 번안한 결과에서 온다. 그런 맥락에서 보자면, 호텔 커피숍에서 루이스를 찾는 그래섬의 커다란 목소리는 타자, 혹은 현실의 호명이라고 이해할 수 있다. 아니면 루이스가 퇴행을 위해 억압한 초자아의 목소리(죽은 어머니의 목소리)였을 수도 있다. 그러나 그래섬이 논쟁이라는 루이스의 자기동일성의 레이더에 포섭되는 순간, 그 순간의 어색함과 낯가림은 금방 은폐되고 만다. 루이스는 그래섬을 집으로 초대하게 되고, 그래섬은 루이스의 『나니아 연대기』를 매우 좋아하는 그녀의 아들 더글러스와 함께 온다. 이때 더글러스가 루이스의 집 다락방에 있는 옷장에 관심을 가지는 장면은 우리에게 의미심장한 장면이 아닐 수 없다. 이것은 단지 『나니아 연대기』의 첫 권 『사자와 마녀와 옷장』에서 나니아 나라로 가는 통로가 되는 것이 바로 그런 낡은 옷장이기 때문만은 아니다. 실은 나니아 나라로 가는 통로를 떡하니 막아서고 있는, 꽉 막힌 옷장 벽이 지닌 놀라운 상징성 때문이다. 두터운 외투들 사이를 비집고 나니아 나라로 다가선다는 것은 사랑과 고통으로 점철된 두려운 현실을 외면하는 유아기의 퇴행성을 뜻하고, 그 외투들 사이에서 나타나는 것이 옷장 벽이라는 것은 이제 어린아이의 퇴행성에서 벗어나 현실을 수용하고 성인이 되어야 한다는 이른바 현실의 명령을 의미한다. 이것은 일단 알콜중독자 아버지와 어머니의 불화라는 고통스러운 현실에 직면한 더글러스의 문제를 상기시킨다. 그러나 그것은 무엇보다도 어머니의 죽음으로부터 온 충격을 딛고 다시 사랑과 고통으로 점철된 현실을 대면해야 하는, 즉 자기동일성의 거울 이미지에 불과한 가짜 타자를 진짜 타자로 대체해야 하는 루이스의 문제를 환기한다. 시간이 흐를수록 루이스와 그래섬은 서로의 논리를 물고 늘어지는 논쟁 속에서 가까워지는 듯하지만, 그러한 루이스의 문제는 쉽게 해결되지 않는다. 그래섬은 사랑에 대한 두려움을 우정이라는 말로 포장하려는 루이스에게서 바로 그 문제를 본다. 그러다가 그래섬이 병원에 입원하게 되고, 루이스는 그녀가 암에 걸린 것을 알고는 고통스러워한다. 루이스는 병실을 지키고 간호를 하면서 그래섬에 대한 자신의 사랑을 깨닫고, 그녀와의 진정한 결혼을 결심한다. 간단히 말하면, 현실이라는 진짜 타자에 대한 어른스러운 수용을 결심한 것이다. 사랑이 고통을 수반한다는 것을 알면서도 그것을 껴안는 행위로 인해, 루이스는 비로소 성인이 되는 것이다. 루이스는 그래섬에게 청혼을 한다. 수술 후 두 사람은 잠시 행복한 결혼생활을 이어간다. 벽에 그려진 해리포드의 멋진 풍경을 찾아 처음이자 마지막 여행을 떠난 그들은 비 내리는 어느 헛간에서 감동적인 대화를 나눈다. 그 가운데 그래섬의 말을 기억해두자. 나중에 당할 고통은 지금 누리는 행복의 일부라고 했던가? 그리고 얼마 뒤 그래섬의 임종 이후에 루이스는 다시 한번 읊조린다. '지금의 고통은 이전에 누렸던 행복의 일부이다'라고. 앞으로 달려나가는 더글러스를 바라보며 그렇게 중얼거린다.

영화 〈섀도우랜드〉는 이처럼 루이스의 사랑과 고통에 얽힌 이야기를 통해, '고통은 행복의 일부'라는 깨달음과 더불어, 타자로서의 현실(사랑과 고통, 행복과 불행 등으로 점철된 그러한 현실)과 용감하게 대면하고, 그로부터 오는 고통조차 껴안을 수 있을 때, 우리는 비로소 진정한 성인이 된다는 전언을 들려준다. 이제 루이스는 알콜중독자 '형의 동생'으로서가 아니라 더글러스라는 '아이의 아버지'로서 살아갈 것이다. 성인으로서 말이다.

욕망과 권태의 변증법

— 영화 〈권태〉(세드릭 칸, 1998)에 대하여

이 영화의 줄거리는 이러하다. 권태 때문에 아내 소피와 이혼한 중년의 '철학교수' 마르땅. 어느 날 밤 술집에서 낭패를 당하게 된 노신사의 술값을 대신 내주고 답례로 그림 하나를 받는다. 이 그림 때문에 며칠 뒤 마르땅은 한 여자를 만난다. 그녀는 17살의 누드모델 세실리아! 마르땅은 그녀가 노신사가 그린 누드화의 모델이자 그의 연인이었고, 또 그 '화가'가 숨을 거두던 순간 그녀와 정사 중이었다는 사실을 알게 된다. 한 남자를 죽음으로 몰고 간 여자의 정체가 궁금해진 마르땅은 단순한 호기심에서 그녀와 관계를 맺기 시작한다. 그리고 그 호기심은 쉽게 충족되는 듯하였다. 마르땅은 세실리아를 대화가 안 되는 멍청하고 따분한 여자라고 단정하고, 헤어지기 위해 '선물'을 준비하기까지 한다. 하지만 그녀는 나타나지 않는다. 그런데 바로 이때부터 마르땅은 세실리아에게 걷잡을 수 없이 빠져드는데, 자신의 삶을 지탱하기 어려울 정도의 열정을 경험하게 된다. 세실리아가 찾아오지 않는 날은 안절부절이고, 만남의 횟수를 줄이자는 그녀의 말을 변심의 증거로 오인한다. 심지어

돈을 주기도 한다. 그녀에게 새 남자친구가 생겼다는 것을 알게 되면서는 이러한 이해할 수 없는 집착은 질투로도 이어진다. 소유하려 하나 소유되지 않는 그녀에게 최후의 수단으로 청혼까지 해보지만, 세실리아는 두 남자와의 연애를 포기하지 않는다. 그러나 두 남자를 동시에 사랑할 수 있다고 믿는 그녀 앞에서 그녀를 독점하고 싶은 마르땅의 욕망은 더욱 강렬해질 뿐이다. 어떻게 해도 마르땅은 이 사랑을 멈출 수 없다. 그러나 교통사고로 간신히 지연될 뿐이다. 화가가 그랬던 것처럼, 그 사랑은 아마도 마르땅이 죽지 않고서는 끝나지 않을 것이다.

세드릭 칸의 〈권태〉라는 영화는 제목 그대로 '권태'로부터 시작하고 있는 영화이다. 말하자면 '권태'는 이 영화의 전제이다. 왜냐하면, 중년의 철학교수 마르땅이 이혼한 아내 소피를 찾는 첫 장면에서 유추해볼 수 있듯이, 이 두 사람의 '이혼'은 아마도 '욕망의 권태'에서 기인했을 것이기 때문이다. 그런데 '욕망'은 왜 '권태'에 굴복하여 그처럼 차갑게 식어버리고 말았을까? 이혼한 아내에게 들고 간 마르땅의 '꽃다발' 속에 단서가 있다. 뜨거운 욕망을 상징하는 것으로 보이는 아름다운 꽃다발을 밀봉한 '투명하면서도 차가워 보이는 비닐'이 그것인데, 이것은 무엇보다 욕망이라는 무정형한 '존재'로부터 오는 긴장과 불안으로부터 벗어나기 위해 사람들이 만들어낸 '철학의 세계'를 의미하는 것 같다. 다시 말해 철학은 정해진 형태가 없어 파악할 수 없는 욕망을 개념으로 '소유'함으로써 안정과 평온을 느끼는 작업이라고 할 수 있다. 그러나 이것에는 뜻밖에도 비싼 대가가 따르는데, 불안한 매혹을 잃어버리게 되는 일이 그것이다. 사람들은 '소유'의 필연성으로 구조화된 '결혼의 세계'에서 편안할 수는 있지만, 긴장을 평온에 희생한 대가로, '존재'의 우연성에 개방된 '간통의 세계'가 주는 긴장된 매혹은 상실할 수밖에 없는 것이다. 요컨대 마르땅과 소피의 '권태'는 바로 여기에 그 연원을 두고 있을 것으로 짐작된다. 철학교수 마르땅은 철학으로 구축된 '소유'의 삶(가령 결혼) 속에서 욕망이라는 불안한 타자를 그 나름으로 이해하고 파악할 수 있었을 것이지만, 그 대가로 '욕망의 권태'라는 감옥(가령 가정)에 갇히게 되어 아내 소피와 이혼하지 않으면 안 되었을 것이다. 왜냐하면 이해되고 파악된 것은 반복적 일상 속에서는 쉽사리 아주 따분한 것이 되고 말기 때문이다. 아내 소피는 이 점을 아주 민첩하게 눈치 챈 것으로 보이는데, 남편 마르땅은 이혼한 후에도 여전한 듯하다. 마르땅이 소피의 남자 친구들 사이를 불안하게 돌아다니다가 뛰쳐나가는 것을 보라!

마르땅에게 철학에 의해 파악된 소유의 세계는 정말이지 별 것 아니다. 이런 그의 오만이 소유의 세계 바깥을 무시하도록 만든다. 그러나 '소유'의 삶에게 '존재'의 삶은 그처럼 별 거 아닌 것이지만, 동시에 대단한 것이기도 하다. 무정형한 존재가 야기하는 긴장과 불안의 '탈영토성'은 파악될 수 있는 개념적 영토화에 의해서만 안정과 평온의 세계로 남아 있을 수 있는데, 파악될 수 없는 존재의 삶이 그에게 다가온 것이다. 소유의 세계를 대변하는 마르땅은 '영토화'될 수 없는 존재에 자꾸 빠져든다. 처음에 소유는 존재에 굴복하기 위해서가 아니라 존재를 굴복시키기 위해 그것의 부름에 귀 기울였다. 소유가 따분해서 그러한 부름을 경청하는 자복의 이끌림이 아니라, 소유의 권위를 확인하려고 그 부름을 의심하고 심문하는 다가감 말이다. (이것의 단적이 증거로 마르땅이 '늙은 화가를 복상사시킨 세실리아'를 만나자마자 끊임없이 질문을 퍼부어대는 장면을 들 수 있다. 그런데 이 질문은 이후로도 집요하게 지속된다.) 그렇다면 세실리아는 '존재의 부름'을 상징하는 인물이고, 마르땅은 그 부름을 의심하고 심문하는 이른바 '소유 세계'의 대변자로 볼 수 있다. 아까도 언급한 것처럼 애초에 마르땅은 세실리아를 쉽게 파악(이것에는 손에 넣는다, 혹은 쥔다라는 뜻이 있다)하였다고 생각한 것 같다. 남자를 끌지 못하는 외모 때문에 성적으로 왜곡된 행각을 벌이는 백치 같은 여자로 말이다. 별 거 아닌 세실리아(nobody)를 개념적으로 소유했다고 생각한 마르땅은 금세 그녀가 따분하다고 토로한다. 그리고 헤어질 준비를 한다. 왜냐하면 세실리아의 대답은 피상적이고 간단하며, 실제로는 모르쇠로 일관하고 있고, 그래서 마르땅은 그녀를 대화가 안 되는 일종의 창녀로 파악했기 때문이다. 그럴 수밖에 없을 것이다. 그녀는 소위 '존재 세계'의 대변자이므로 사실 그렇게 말하는 것이 당연하다. 세실리아는 곧 자신의 진정한 정체를 드러낸다. 세실리아는 마르땅에게 어느 순간('빨간 핸드백'을 이별의 선물로 준비했지만, 세실리아는 약속 시간에 나타나지 않았던 장면을 떠올려 보라! 그리고 갑자기 일주일에 두 번밖에 올 수 없다고 말하는 장면을 떠올려 보라! 더욱이 새로운 남자 친구까지!) 자신의 손아귀에서 자꾸만 빠져 흘러내리는 모래와도 같은 존재가 된다. 누드모델 세실리아의 정체가 이처럼 '분열증적'으로 흘러넘치는 '존재'의 성격을 띠는 순간, 철학교수 마르땅은 정체를 알 수 없는 그녀를 '소유'하기 위해 '편집증적'으로 매달린다. 실제로 그는 그녀를 '사물'(그녀는 종교도 모른다고 말하는데, 말하자면 그는 신이라고도 신비라고도 할 수 있다) 같다고 말한다. 따라서 마르땅이 세실리아에게 '돈'을 주거나 '청혼'을 하는 것은 모두 파악될 수 있는 '결혼의 세계'로 끌어들여 소유의 삶을 다시금 회복하려는 편집증적 행위들이라고 할 수 있다. (페미니즘적 관점에서는 이것을 두고 '남성적 행위들'이라고 할는지도 모른다.) 결국 세실리아가 두 남자를 동시에 사랑할 수 있다고 말하는 데서 그녀를 소유하고 싶은 마르땅의 욕망은 마침내 절정에 이르게 된다. 여기서 마르땅의 욕망은 폭주 기관차와 다르지 않다. 누구도 이 욕망을 멈출 수 없는 것이다. 복상사한 화가가 그랬던 것처럼, 그 욕망은 아마도 마르땅이 죽지 않고서는 끝나지 않을 것이다. 세실리아를 백치로 본 마르땅이 사실은 더 백치 같다.

세실리아라는 존재에 굴복하기 위해서가 아니라 그것을 굴복시키기 위해 그 존재에 '다가갔던' 마르땅의 의도는 보기 좋게 배반당하고 만다. 사물과도 같은 어떤 존재가 풍기는 긴장된 불안의 매혹에 '이끌리면서' 한 철학자의 오만은 여지없이 무너지고 마는 것이다. 존재를 영토화하기 위한 일시적인 '소유의 외출', 욕망의 파악을 위해 잠깐 동안 '철학으로부터 이탈한 일'은 뜻밖에도 철학에 대한 망각을 낳은 셈이다. 물론 이 망각은 철학자의 오만 속에 깃든 권태도 함께 데려가 버린다. 그러나 권태가 부른 욕망은 철학자를 백치로 만들 뿐만 아니라, 심지어 죽음으로 인도한다. 욕망의 파악을 위해 그 욕망의 중심으로 진입했다가 욕망의 포로가 되어버리고 만 마르땅은 우주비행 중에 강력한 블랙홀의 자장 속에 빨려 들어가 버린 가련한 우주인과도 같다. (영화 초반부에 등장했던 늙은 화가[예술의 대변자]도 포함된다.) 철학과 소유의 세계에서 잠시 이탈하여 욕망과 존재의 세계를 간단히 점유하려 했던 마르땅, 그는 일상적 삶의 중지를 요청해야 하고 또 일상적 삶으로부터 추방되기도 할 만큼 절박하고 치명적인 상태에 이르게 된다. 실제로 마르땅은 세실리아와 얽히게 되면서 휴가를 간절히 원하게 되고, 또 세실리아의 새 남자친구를 질투하다가 교통사고로 죽을 뻔하기도 한다. 요약하자면, 〈권태〉는 철학자의 오만이 빚은 권태가 욕망이라는 타자를 굴복시키려다가 오히려 그것에 굴복당하고 마는 이야기를 보여주는 영화인 셈이다. 욕망이라는 이름의 폭주 기관차에서 철학자의 권태는 단숨에 날아가 버리지만, 그 대가로 그 철학자는 일상적 삶의 중지, 나아가 죽음조차 각오해야 한다. 그러나 반대로 그 열차에서 내릴 수 있다면 욕망과 간통의 매혹적인 세계는 저 멀리 떠나보내야 하고, 그래서 따분한 삶을 살 수밖에 없지만, 그 보답으로 삶의 영위, 즉 일상적 삶의 평온함을 누릴 수 있다. 욕망도 소중하지만 권태 또한 소중하다. 이것이 바로 〈권태〉라는 영화의 의미 아닐까?

'욕망과 서사'의 문제와 관련하여, 한마디 더 덧붙이자면, 욕망 그 자체만으로는, 또 권태 그 자체만으로는 서사(narrative)가 생성되지 않는다. 권태가 욕망으로 나아가거나 욕망이 권태로 돌아올 때만이 서사는 달성될 수 있다. 좀 과감하게 말하자면, '죽음'과 '개념(또 다른 죽음)'의 세계를 개방하는 권태의 욕망 내지는 욕망의 권태 속에서만 서사는 탄생할 수 있는 것이다.

사랑과 결혼에 필요한 것

— 영화 〈프린스 앤 프린세스〉(미셸 오슬로, 1999)에 대하여

〈프린스 앤 프린세스〉는 옴니버스 형식의 그림자 애니매이션으로, 아름답고 의미심장한 6편의 우화를 보여준다. 모든 우화들이 그런 것처럼, 이 영화는 삶의 지혜와 처신에 대해 말하고 있는데, 특히 사랑과 결혼이라는 문제를 집중적으로 언급한다. 그러니까 왕자와 공주, 그것은 바로 남자와 여자를 가리키는 말이다. 한 남자가 한 여자의 사랑을 얻어 결혼에 골인하기 위해 필요한 자질들은 무엇일까? 사랑과 결혼의 조건, 이것은 무엇보다도 미셸 오슬로 감독의 애니메이션 영화 〈프린스 앤 프린세스〉가 말하고 싶어 하는 것이다.

먼저 첫번째 애니메이션 〈공주와 다이몬드 목걸이〉는 사랑과 결혼의 조건으로 관대함(generousness)이라는 자질을 든다. 마법에 걸려 괴물이 지키는 처소에서 동상처럼 움직일 수 없게 된 여자를 구하기 위해 두 남자가 나서는 이 이야기에 따르면, 모래시계의 시간 안에 여자의 처소 주변에 흩어져 있는 다이아몬드 111개를 찾아낸 다음 그중 한 개는 괴물에

게 던져주고 나머지 다이아몬드는 목걸이에 꿰어 여자의 목에 걸어주면 그녀는 그 남자와 영원한 사랑을 맹세하고 결혼할 수 있게 되지만, 만약 그렇게 하지 못하면 그 남자는 개미로 변해버리고 만다. 이 위험천만한 모험에서 마침내 얼간이로 불리는 남자는 실패하고 왕자로 불리는 남자는 성공하는데, 두 남자의 운명을 가른 것은 무엇보다도 관대함이라는 자질의 유무였다.

여기서 관대함은 일단 개미들에게 아량을 베푸는 왕자에 대한 그 개미들의 보은이 가리키고 있는 것처럼 도덕적 행위에 대한 보상과 결합된 정신적 미덕으로 이해된다. 왜냐하면 개미들을 불에 태우겠다고 나서는 얼간이를 가로막고 나선 왕자의 인정은 나중에 여자의 다이아몬드를 찾는 불가능한 일을 가능하게 만든 개미들의 도움을 이끌어내기 때문이다.

그러나 왕자의 관대함은 사실 정신적 미덕이라기보다는 심리적인 성숙을 말하는 것으로 보아야 한다. 미숙한 젊음이 빠지기 쉬운 배우자 선택의 눈높이를 떠올려보면, 그 성숙의 의미가 잘 드러난다. 즉 개미들을 불에 태워 죽이려는 얼간이는 개미와 같은 낮은 눈높이를 경멸하는 미숙한 낭만주의자를 뜻하고, 개미들을 얼간이에게서 구해내는 왕자는 그 개미의 눈높이를 존중하는 성숙한 현실주의자를 뜻한다. 그런 의미에서 왕자의 관대함이란 결혼 적령기의 성숙한 사내가 현실적 눈높이에서 배우자를 선택하도록 만드는 심리학적 자원을 상징한다고 할 수 있다. 이때 진부한 도덕적 교훈극은 세상의 이치를 드러내는 참신한 교양소설로 탈바꿈하게 된다. 눈이 너무 높은 자는 사랑도 결혼도 불가능하다는 것인데, 그는 개미들로 변신한 남자들이 암시하는 것처럼 개미의 눈높이를 자기 것으로 내면화하는 성숙의 과정이 필요하다.

그런가 하면 다이아몬드가 개미의 눈높이에서만 발견된다는 사실은 흥미로운 심리적 진실을 가리킨다. 이것은 사랑을 하려면 눈에 뭐가 씌어야 한다는 속설이 말하는 심리적 진실이기도 한데, 말하자면 여자의 아름다움은 그녀에게 내재한 속성이 아니라 남자의 현실적인 눈높이에 의해 발견되는 일종의 환상이라는 것이다. 그런데 개미의 눈높이를 내면화한 왕자가 발견한 111개의 아름다움 중 1개는 왜 괴물의 입속으로 던져져야 하는 것일까? 내가 생각하기에, 괴물은 다이아몬드를 자기 것으로 하는 삼킴의 행위를 통해 그 이유를 말해주는 듯하다. 즉 괴물은 여자의 아름다움에 잠복해 있는 여러 가지 인간적 약점들을 상징적으로 압축하고 있는 존재라고 할 수 있다. 그런 의미에서 눈에 이른바 콩깍지가 씌어져야 하는 이유는 명백하다. 왜냐하면 현실적인 눈높이에서 배우자를 물색하는 사내에게도 여자의 괴물스러움을 간과할 수 있는 최소한의 환상은 필요한 법이니까 말이다. 자세히 뜯어보는 자 또한 사랑과 결혼을 이룰 수 없다.

결국 〈공주와 다이몬드 목걸이〉는 눈만 높아지고 이것저것 뜯어보는 낭만적 현실주의자가 눈을 낮추고 콩깍지를 둘러쓴 현실적 낭만주의자로 전신하는 성숙에서 사랑과 결혼은 완성된다고 말한다. 다시 말해 눈을 낮추고 자신의 눈높이에서 환상을 받아들인 자만이 사랑을 하고 결혼을 할 자격을 가진다는 것이다.

두번째 애니메이션은 〈무화과와 소년〉이라는 제목으로 사랑과 결혼의 조건에 대해 말한다. 여기서는 일관성(consistency)이라는 자질을 언급하고 있다. 이집트를 배경으로 하여 파라오 여왕과 한 젊은 농부의 만남을 그리고 있는 이야기에서, 남을 모함하여 여왕의 환심을 사 상금을 타내려는 못된 농부와 달리, 가진 것은 무화과나무밖에 없는 가난에도 불구하고 순수한 젊은 농부는 여왕에 대한 꿈을 꾼다. 그러던 어느 날 겨울임에도 불구하고 기적처럼 자신의 나무에 무화과 열매가 맺히고, 매일 하나씩 익어간다. 젊은 농부는 그 달콤한 열매를 자신이 먹지 않고 날마다 여왕에게 갖다 바치고 그녀로부터 매번 큰 상을 받게 된다. 그러다가 이를 시기한 여왕의 시종관은 음모를 꾸미는데, 젊은 농부에게 여왕이 그의 입 냄새를 불쾌히 여긴다고 거짓말을 하여 입을 가리게 한 다음 여왕이 젊은 농부가 입을 가린 이유를 물을 때 여왕의 입 냄새 때문이라고 또 다시 거짓말을 하는 식이었다. 하지만 자기 꾀에 오히려 스스로가 넘어가 시종관은 결국 죽게 되고, 모든 사실을 알게 된 여왕은 대신 무화과 소년을 시종관의 자리에 임명한다.

마찬가지로 여기서도 사랑은 선한 품성으로부터 시작된다. 이야기의 초두에 등장하여 이웃에 대한 모함으로 여왕의 환심을 사려는 농부와 이미 여왕의 곁에서 환심을 획득하여 시종관의 자리를 누리고 있는 사람 모두 악덕을 가진 남자라는 점에서 무엇보다 사랑의 실격자들이 되어 있다. 따라서 한 사람은 여왕으로부터 내쳐지고, 다른 한 사람은 죽음이라는 영원한 망각의 대상으로 떨어져버린다. 이와 달리 순수한 젊은 농부는 하찮은 것이지만 거짓 없이 정성을 다해 자신의 마음을 무화과 열매로서 꾸준히 바친다. 일단 합격이다.

그러나 무화과 열매가 한꺼번에 익지 않고 하나씩 익어간다는 데서 어느 정도 암시되고 있는 것처럼, 사랑과 결혼이 쉽사리 달성되지는 않는다. 실제로 파라오 여왕과 무화과 소년이 대변하고 있는 여자와 남자는 그 천천히 일어나고 있던 사랑의 과정에서 위기를 맞게 되는데, 시종관이라는 방해자의 출현이 그것이다. 여기서 시종관은 단지 재물 욕심을 가진 사람이라기보다는 여왕의 환심을 서서히 얻어가고 있던 젊은 농부에 질투심을 느끼는 남자로 이해될 필요가 있다. 그런데 좀 더 흥미로운 것은 질투심에서 꾸민 시종관의 음모가 특이하게도 입 냄새의 문제를 이용한 것이라는 사실에 있는데, 이것은 연인관계에서 종종 있을 수 있는 오해와 실연의 아주 사소하지만 결정적인 출발점이 되는 것이기도 하다. 말할 것도 없이, 사랑의 감정이 입 냄새의 문제로 좌절될 수도 있다는 것은 농담이기 이전에 하나의 진실이다.

물론 여왕은 여자답게 독하게 토라져버리고, 하마터면 음모에 말려 진짜 신랑감을 영원한 망각의 강 저편으로 보내버릴 뻔 한다. 그러나 젊은 농부의 일관된 사랑의 마음은 죽음의 위협 앞에서도 지속되고, 마침내 두 사람의 결혼은 그가 시종관에 임명되는 것으로서 완성된다. 이때 주목해야 할 것은, 연적의 문제도 문제이지만 여자의 변덕이라는 사랑의 암초를 비껴가기 위해서는 남자의 변함없는 마음이 필수적이라는 사실이다. 여자는 음모의 가능성에도 아랑곳하지 않고 연적의 농간에 감정상의 변덕을 곧바로 진실로 믿어버리고, 호감을 갖고 있던 남자를 망각의 강 너머로 보내버린다. 반면에 남자는 음모 자체를 파악하지는 못하면서도 상대의 변덕에도 변함없이 자신을 낮추고 일관된 사랑의 감정과 의지를 여자에게 바친다. 여자의 변덕스러운 감정은 남자의 지속적인 감정과 의지로서 진정될 수 있었던 셈인데, 결국 이것은 어지러운 연애 감정을 결혼의 평정에 귀착시키려면 선한 품성만이 아니라 상대의 오해와 위협에도 불구하고 일관성을 버리지 않는 의지력 또한 필요하다는 것을 나타낸다.

요컨대 〈무화과와 소년〉은 사랑과 결혼이란 관대함과 같은 선한 품성만이 아니라 사랑의 과정에서 있을 수 있는 감정적 위기를 의지를 통해

통과하는 변함없는 마음 또한 필요로 한다는 사실을 보여준다. 그런데 이것은 사실 결혼 이후에도 마찬가지가 아닌가 한다. 그러니까 헨리 제임스의 말("인생이란 현실성의 배를 수면 위에 띄우기 위해 가능성의 희망을 쉴새없이 뱃전으로 내던져야 하는 항해이다")을 좀 낙관적으로 윤색하여 표현하면, 한 남자와 한 여자의 백년해로는 결혼의 지속이라는 배를 수면 위에 띄우기 위해 사랑의 변덕을 쉴 새 없이 뱃전으로 내던져야 하는 의지적 항해의 결과이다.

세번째 애니메이션 〈마녀의 성〉이 말하는 사랑과 결혼의 조건은 예의 바름(politeness)이다. 마녀의 성에 들어가기만 하면 공주와 결혼할 수 있다는 왕의 포고에 따라 여러 왕자들이 그 성에 들어가려고 시도하는 것에서 이야기는 시작된다. 어떤 왕자는 강력한 말뚝으로 성문을 부수려 하고, 또 어떤 왕자는 대포를 쏜다. 그런가 하면 어떤 왕자는 높은 성루를 지어 성을 넘어가려 하고, 또 어떤 왕자는 불화살로 성을 태워버리려고 한다. 그러나 마녀는 여러 가지 방법을 통해 왕자들의 거친 공격을 막아낸다. 이때 그동안 다른 왕자들의 시도들을 지켜보아온 한 젊은이는 자신의 허리에 찬 보잘것없는 칼마저 끌러버리고 마녀의 성을 노크하는데, 신기하게도 마녀는 그를 정중하게 맞아들인다. 그리고는 자신의 성 안에 자리 잡고 있는 도서관과 화실과 정원 등을 소개하고, 왕자는 그것들의 아름다움에 감탄한다. 결국 젊은이는 공주와 결혼할 수 있음에도 불구하고 마녀의 성에 남기로 한다.

말할 것도 없이 여기서도 사랑은 선한 심성에서 비롯되지만, 그 심성은 앞선 〈무화과와 소년〉에서 강조한 의지와 결합되기보다는 이번에는 지혜와 결합되어 있다. 말하자면 거칠고 폭력적인 방법으로 마녀의 성을 정복하려는 의지에 찬 왕자들의 실패가 마녀의 성을 노크하는 예의 바른 젊은이의 지혜로운 성공과 대조되면서, 사랑의 획득에서는 무엇보다도 지혜가 필요하다는 사실을 환기시킨다. 거칠고 무식한 방법으로 사랑을 얻을 수는 없는 법이다. 얻을 수 있더라도 그 사랑은 지속성을 갖지 못할 것이다.

그러나 모든 무기를 벗어던진 젊은이의 정중한 노크에서 암시되고 있는 것처럼, 젊은이가 획득한 사랑은 지혜에서 오는 것이기도 하지만, 보다 궁극적으로는 그 지혜의 상자 속에 담겨 있는 예의 바름에서 오고 있다. 그러니까 상대가 마녀와 같이 거친 품성을 지녔다고 하더라도 예의 바름만이 상대의 정중함을 끌어낼 수 있다는 것인데, 거칠고 무례한 남자의 대쉬보다 상대의 의사를 묻는 품위 있고 예의 바른 노크가 마녀의 환대를 이끌어낼 수 있었던 것은 바로 그 때문이다. 이때 남자는 마녀의 진정한 면모를 확인하게 되는데, 그녀가 지적 소양을 갖춘 여성일 뿐만 아니라, 자기 자신을 방어할 줄 아는 현명함을 갖춘 여성이기도 하다는 사실을 목격하게 되고, 아울러 그녀가 보기와는 다르게 야채를 즐겨 먹는다는 내밀한 취향까지 알게 된다. 이처럼 〈마녀의 성〉에서는 무례함이 아니라 예의 바름이 한 여성의 진정한 면모를 확인할 수 있는 남자의 자질로 부각되고 있다.

그런가 하면 젊은이가 마녀의 성에 들어가는 성공에도 불구하고 공주와의 결혼을 포기하는 데서 사랑과 결혼을 위한 배우자의 선택에서 중요한 또 한 가지를 배우게 된다. 젊은이의 선택이 뜻밖의 것으로 다가오지만, 사실 그의 선택은 지혜로운 젊은이다운 선택임이 분명하다. 물론 이것은 단지 한 여자의 화려한 외면보다는 성숙한 내면이 배우자 선택에서 가장 중요한 고려사항임을 말하는 일반적 교훈을 전달하는 데서 멈추지 않는다. 실제로 공주와 마녀의 차이는 외면과 내면의 대비를 넘어서 아버지의 의존해 배우자를 물색하는 방식에 매여 있는 여성과 스스로 자신의 취향과 소양을 성숙시켜온 여성을 비교하고 있는 것으로 보인다. 앞서 언급한 것처럼, 그 차이는 마녀의 도서관과 화실과 정원이 비유적으로 암시하는 것에서 확연해진다고 할 수 있다. 한 남자가 여자를 선택하는 것도 그렇지만 그 반대의 경우, 즉 한 여자가 남자를 선택하는 것도 마찬가지다. 사실 누군가에게 의존함으로써 자신의 독립성을 이루지 못한 미성숙한 사람은 아직 사랑과 결혼을 할 만한 자격을 갖지 못한 셈이다.

결국 〈마녀의 성〉은 사랑과 결혼이란 의지가 지혜와 결합되지 않은 거친 공격과 같아서는 이룰 수 없는 것이라는 사실을 상기시킨다. 그리고 그것은 지혜와 결합되어야 할 뿐만 아니라 예의 바름과 품위를 필요로 한다고 덧붙인다. 그런가 하면 〈마녀의 성〉은 사랑과 결혼에는 외면적 성장만으로는 충분하지 않고, 그것이 내면적 성숙에 의해 뒷받침되지 않으면 안 된다고 이야기한다. 그리고 그것을 거친 의지 속에서 간과하지 말고 예의 바른 지혜를 통해 알아보는 것은 참된 사랑과 결혼에 필수적이라고 말한다.

네번째 애니메이션 〈노파의 가운〉은 사랑과 결혼의 조건으로 또 다른 종류의 관용(generosity)을 거론한다. 앞서 〈공주와 다이아몬드 목걸이〉가 말했던 관대함이 눈높이와 관계된 것이라면, 이번에는 상대방을 사랑한다면 그녀가 지닌 사랑의 추억조차 수용하지 않으면 안 된다는 어떤 너그러움과 연관된다. 이 이야기는 값비싼 가운을 걸치고 집으로 가는 노파에게 강도가 접근하는 것으로 시작한다. 친절을 가장한 강도는 집까지 바래다준다며 그녀를 등에 업은 채 으슥한 곳으로 이끌지만, 가운을 훔치려던 강도는 오히려 노파의 엄청난 다리 힘에 굴복하고 만다. 결국 노파를 등에 업은 채 밤새도록 에노 마추바라, 우콘 노 바바, 키리후리 폭포, 후지산 등을 노파와 함께 구경하지 않으면 안 되는 신세로 전락한다. 그러나 뜻밖의 밤길 여행에 행복해진 노파는 집에 당도하자 강도에게 잊지 못할 선물을 건네주는데, 그 선물은 바로 노파의 가운이었다.

여기서도 사랑의 획득은 힘만으로는 되지 않는다. 이것은 무엇보다도 노파의 가운을 완력으로 빼앗으려던 강도가 노파가 지닌 사랑의 추억을 함께하면서 엄청난 고통을 감수하는 데서 드러난다. 노파의 힘이 강도의 완력보다 더 강한 것이 상징적 차원에서 이해될 필요성은 여기서 생기는데, 말하자면 사랑을 획득하기 위해서는 상대방의 과거를 감당하는 데서 엄청난 고통을 감수하지 않으면 안 된다는 것이다. 질투의 힘은 육체적 완력보다 힘이 센 셈이다.

사실 〈노파의 가운〉 이야기는 앞서 논의한 다른 이야기들과 마찬가지로 우화적인 독법이 절대적으로 요구된다. 한 노파가 가운에 얽힌 이야기를 어느 부인에게 들려주는 애니메이션의 첫 대목은 그 가운이 갖는 상징성을 말해주는데, 말할 것도 없이 그것은 한 여자의 과거, 즉 사랑의 추억을 가리킨다. 그런데 강도로 분장한 한 남성이 그 가운을 아무런 대가 없이 완력으로 빼앗으려고 한다. 한 남자가 한 여자의 사랑을 완력으로 획득해보겠다는 것인데, 이것은 일단 성공할 수 있을지 몰라도 오래 지속되기는 어렵다. 상대방의 거부 때문이 아니라 그녀가 늘어놓은 사랑의 추억이 불러일으키는 질투심 때문에 그는 고통 받아야 하기 때문이다. 요컨대 질투심을 완력으로 누를 수는 없는 법인데, 결국 상대방의 과거에서 야기된 그러한 질투심을 극복하기 위해서는 아무리 고통스럽더라도 상대방이 지닌 사랑의 추억을 관대함으로 수용하지 않으면 안되는 것이다.

실제로 한 남자는 밤새 한 여자의 과거를 함께 여행한다. 즉 노파를 등에 업은 채 밤새도록 에노 마추바라, 우콘 노 바바, 키리후리 폭포, 후지산 등을 노파와 함께 구경하지 않으면 안 되는 신세가 상징하는 것은 바로 그것이다. 따라서 숨이 넘어가고 당장 쓰러질 것 같은 고통을 이겨내고 마침내 노파의 집에 당도한 강도가 가리키는 것은 무엇보다도 상대방이 말하는 사랑의 추억들을 듣는 가운데 질투로 고통 받지만 그럼에도 불구하고 그 질투를 이겨내고 그녀의 과거마저 온전히 포용함으로써 사랑의 획득에 성공하는 한 남자라고 할 수 있다. 노파가 밤새 사랑의 추억을 함께 떠올려준 남자에게 선물로 준 아름다운 가운이 암시하는 것처럼 말이다. 인내는 쓰지만 열매는 단 법이다. 다시 말해 질투의 고통을 이겨내고 자신의 전부를 받아들여준 남자에게 마침내 한 여자는 자신의 사랑을 허락할 수 있게 되는 것이다. 그러니까 사랑을 이루기 위해서는 상대방의 무엇이든, 즉 인성적 결함이든 육체적 결점이든 사랑의 전력이든 상대방의 전부를 받아들여야 하는 것이다.

결국 〈노파의 가운〉은 사랑과 결혼이란 완력보다 더 힘이 센 질투를 이겨내야 한다는 이야기를 들려준다. 그리고 상대방이 들려주는 사랑의 전력마저 다 받아들일 수 있을 때 한 사람은 사랑을 획득하게 된다고 말한다.

다섯번째 애니메이션 〈잔인한 여왕과 새 조련사〉는 사랑과 결혼의 조건으로 지혜(wisdom)를 거론한다. 앞서 예의 바름과 결합되어 있던 지혜는 여기서 독자적인 조명을 받는다. 먼저 해가 뜨면 남자를 선택하고 레이더로 추적, 살인을 일삼는 잔인한 여왕이 등장한다. 말하자면 그녀는 괴물이다. 그러던 어느 날 아름다운 노래를 부르는 새를 보고 조련사에게 새를 팔 것을 요구한다. 조련사는 해 지기 전까지 자기를 못 찾아내면 여왕이 자신의 아내가 되어야 한다는 조건하에 그녀에게 새를 선물한다. 새와 함께 자신의 방으로 돌아온 여왕은 늘 그랬던 것처럼 레이더로 자신에게 청혼을 해온 남자들을 추적해 죽이는데, 조련사만은 도저히 찾을 수가 없다. 결국 여왕은 그가 자살한 줄 알고 자신의 잘못과 그에 대한 사랑을 깨닫는데, 이때 새로 변장하고 있던 조련사가 자신의 정체를 드러낸다. 새 조련사가 지혜롭게 여왕의 내면에서 이끌어낸 사랑은 마침내 그에게 결혼이라는 선물이 되어 돌아온다.

물론 지혜를 따지자면 여왕에게 청혼했던 다른 남자들의 지혜도 만만한 것은 아니다. 고래 뱃속 잠수함에 숨은 남자의 지혜는 말할 것도 없고, 구름 속 비행선 의자 속에 숨은 남자의 지혜와 수많은 군중 속에 자신의 몸을 숨긴 남자의 지혜 또한 별 볼 일 없는 지혜는 아니라고 할 수 있다. 그러나 다른 지혜가 잔인한 여왕으로부터 숨기 위한 소극적인 지혜인 데 반해, 조련사의 지혜는 그녀의 내면적 진실을 파고들어가는 적극적인 지혜라고 할 수 있다.

실제로 여왕은 괴물이라기보다는 자신의 마음에 드는 남자를 찾지 못한 히스테리컬한 노처녀로 이해될 필요가 있다. 괴물의 내면에서 발견되는 외로움이 무엇보다도 그것을 뒷받침해준다. 외모는 화려하지만 멍청한 남자들, 개성 없는 그저 평범한 남자들, 그리고 이것저것 볼 것 없는 얼간이 같은 남자들과 결혼을 할 수는 없는 법이라면, 그녀가 청혼자들에게 지나치게 까다롭게 구는 것 또한 이해 못할 바도 아니다. 따라서 여왕이 남자들의 지혜를 시험하는 것은 아주 당연한 일인데, 그 지혜라고 하는 것들도 자신의 마음을 헤아리지 못하는 과시적이고 옹졸하고 심지어 기만적인 지혜일 뿐이라는 것에서 여왕의 실망감은 아마도 히스테리 수준이 되고 말았을 것이다. 바로 이 와중에 조련사는 아름다운 노래를 부르는 새로 변장해 여왕의 방으로 숨어들어간 것인데, 물론 조련사가 여왕의 방에 들어간다는 사실은 기만이기 이전에 한 여자의 내면에 그가 이미 자리 잡았음을 보여준다. 실제로도 그녀는 조련사에 대한 자신의 마음을 고백하고 있지 않은가!

그러나 그녀의 깨달음은 아마도 언제나 늦게 찾아왔을 것이다. 바로 그래서 지혜가 필요한 것인데, 남자를 버린 뒤에만 얻는 여자의 뒤늦은 깨달음을 조금 더 앞당기기 위해서는 남자의 지혜는 필수적인 것이라고 할 수 있다. 말하자면 여왕은 마음에 드는 남자를 찾기도 어려웠지만, 간혹 마음에 드는 남자를 찾는 경우일지라도 자신의 자존심 때문에 다가가지 못했던 여자인 셈인데, 이것은 자존심 너머에 있는 한 여자의 외로움을 볼 줄 아는 남자의 지혜가 요구되는 이유이다. 그러니까 그녀의 자존심 뒤에는 외로움이라는 진실이 자리 잡고 있을 것인데, 그동안 그 내면의 진실로 들어가는 지혜는 없었다고 할 수 있다. 사실 그녀는 콧대 높은 여자가 아니라 외로움을 타는 또 한 사람의 여성일 뿐이었던 것인데, 마침내 조련사의 지혜가 그녀의 자존심을 무너뜨리는 데 성공하게 된 것이다.

요컨대 〈잔인한 여왕과 새 조련사〉는 사랑과 결혼이란 무엇보다도 지혜가 필요한 일임을 말해주지만, 그 지혜는 상대의 내면에 다가갈 수 있는 지혜여야 한다는 단서를 달고 있는 것처럼 보인다. 그리고 자존심이 무너질 때 사랑이 싹트게 된다는 남녀 간의 진실 또한 들려주는데, 여기서 자존심이 무너져야 사랑이 싹트는 것인지 사랑이 싹터야 자존심이 무너지게 되는 것인지는 확실히 말할 수 없는 것이 되어 있다.

마지막 애니메이션 〈왕자와 공주〉는 사랑과 결혼의 조건으로 신중함(prudence)을 거론한다. 때는 달빛 밝은 밤이다. 왕자는 사랑을 고백하며 공주에게 키스를 청한다. 그러나 공주는 결혼하지 않았는데 키스해 달라는 왕자의 성급한 요청 앞에서 머뭇거린다. 그러나 결국 왕자의 집요한 요구를 떨쳐버리지 못하고 키스하는데, 그 순간 왕자는 개구리로 변하고 만다. 왕자는 옛 동화 속 마법을 믿고 다시 왕자로 돌아가기 위해 키스를 요구하자 공주가 어이없는 듯 키스에 응하고 이번에는 공주가 애벌레로 변한다. 이후 서로의 본래 모습을 찾기 위해 왕자와 공주는 키스하기를 몇 번이나 거듭하는데, 왕자는 개구리, 나비, 물고기, 코뿔소, 사냥개, 코끼리, 돼지로 변하고, 공주는 애벌레, 사마귀, 거북이, 벼룩, 기린, 고래, 황소로 변한다. 그리고 이번이 마지막이라 생각하고 키스한 순간, 공주는 왕자로, 왕자는 공주로 뒤바뀌게 된다.

사실 이 애니메이션이 들려주는 마지막 이야기는 혼전 순결의 중요성을 말하고 있는 것으로 보인다. 왜냐하면 공주는 자신들이 아직 약혼한 상태에 있을 뿐 결혼한 것은 아니기 때문에 육체적 접촉에 대한 왕자의 요구를 받아들일 수 없다고 거부하고 있기 때문이다. 그러니까 키스에 대한 왕자의 요구가 상징하는 것은 혼전 성관계에 대한 현대적인 요구를 암시하는 것으로 보인다. 그러나 성급함은 결혼에 치명적인 결과를 가져온다.

물론 이 이야기가 종종 그래왔듯이 약혼한 상태에서의 성급한 육체적 접촉이 가지는 도덕적 파탄에 대해 말하려는 것처럼 보이지는 않는다. 그것은 사실 남녀관계의 도덕적 진실보다는 심리학적인 진실을 보여주는데, 말하자면 성급한 혼전 성관계는 상대방과의 영원한 사랑을 시작하는 데 필요한 환상의 힘을 환멸로 이끌고 가 결혼 자체를 파탄낼 수 있다는 사실을 가리킨다. 가령 키스라는 육체적 접촉 이후 왕자는 개구리로 변하는데, 공주는 원래를 회복하려는 왕자의 희망에 따른 키스의 요구를 징그럽다는 이유에서 거부한다. 그 축축하고 못생긴 개구리가 상징하는 것처럼 성적 접촉이 가져다준 것은 환상의 완성이 아니라 성적 두려움과 환멸인 것이다. 그런가 하면 공주는 키스 이후 애벌레로 변하고, 왕자는 공주의 소망에 따른 키스의 요구를 토할 것 같다며 거부한다. 아직 성숙하지 않은 애벌레의 존재가 가리키는 것처럼, 미숙한 존재와의 성적 접촉은 사랑의 완성이 아니라 성적 만족에서 오는 싱거움과 권태로운 거부감뿐인 것이다.

한편 왕자와 공주, 즉 남자와 여자의 최종적인 키스 이후 서로가 상대방의 모습으로 변하는 이야기의 결말에 이르면, 앞선 주제는 조금 더 보충된다. 그러니까 사랑의 환상이 결혼 이후 거의 환멸에 이르게 되는 보편적 추이를 고려할 때, 혼전 성관계가 특별히 더 문제적인 것은 아닐 것인데, 따라서 문제는 혼전 순결을 지켜야 한다는 당위가 아니라 상대방에 대한 환멸감을 극복하는 것이 된다. 그런 의미에서 상대방의 모습으로 변하는 이야기의 마지막 장면이 가리키는 것은 연인들은 서로 상대방이 되어보는 입장 바꾸어 보기를 통해서만이 환멸의 간섭에도 불구하고 결혼 생활을 통해서도 사랑을 지속시켜 나갈 수 있다는 진실이다. 자신의 관점을 강제하며 상대방의 입장을 고려하지 않는 일은 무례하고, 변덕스러우며, 옹졸하고 어리석은 사랑의 방해자들을 끌어들이기 십상인 셈이다.

결국 〈왕자와 공주〉는 사랑이 결혼에 이어지려면 우선 육체적 접촉을 가질 때 신중해야 한다는 것을 권고하면서도, 결혼이 가져올 육체적 환멸을 염두에 두고서는 서로 입장을 바꾸어 보는, 즉 상대방이 지옥이라면 나도 지옥일 수 있음을 알아야 한다고, 그렇게 되면 서로가 상대방에게 지옥이기는커녕 천국이 될 수도 있다고 말한다.

조폭 가장의 의미

— 영화 〈우아한 세계〉(한재림, 2007)에 대하여

영화 〈우아한 세계〉는 잘 만들어진 영화다. 한재림 감독의 전작(〈연애의 법칙〉)에 비할 때, 특히 더 그러하다. 우선 이 영화는 우리 시대 가장들의 초상을 조폭 영화의 문법을 빌려 훌륭하게 그려냈다고 판단된다.

〈우아한 세계〉에 대한 꿈과 그것의 현실적 영위를 가능하도록 만들기 위해 사력을 다하는 가장(송강호 분)의 모습은 그 처절함으로 인해 누아르적 과장의 혐의가 있지만, 기러기 아빠로 대변되는 우리 시대 가장들의 핍진한 초상으로서 크게 손색이 없다. 문학 쪽에서의 『매일 죽는 사람』(조해일, 1976)을 제외하고는, 가장들의 삶의 진실이 이만큼 가혹하고도 진실하게 그려진 예는 달리 찾기 어려울 정도이다.

이것은, 가령 가장의 지갑에서 발견된 여러 장의 가족사진들과 꽝 난 로또 복권, 그리고 먼 외국에서 우아한 삶의 한때를 담아 보낸 비디오를 보며 라면을 먹는 가장의 분노와 슬픔에서 특별히 전형적이다.

그런가 하면, 조폭 영화의 맥락에서도 이 영화는 아주 흥미로운 전환을 보여준다고 생각된다. 예컨대 영화의 중/후반부에 배치된 조폭들의 자동차 추격신이 말해주는 것은 무엇일까?

이것은 이미 가장으로서의 삶은 조폭생활을 하는 아빠의 경우도 예외로 하지 않는다는 점에서 이미 드러나고 있었던 것인데, 조폭들의 폭력적 열정도 주차 관리요원의 주차비 지불 요구에 응하지 않을 수 없다는 희극적 설정에서 그것은 특별히 선명하다.

우리 시대에는 그러한 법 바깥의 열정들마저 관리사회의 법망에 구속되고 있다는 어떤 우울한 징후를 그것은 보여준다. 기존의 갱스터 무비에서라면 주차장 차단기는 조폭들의 폭력적 열정을 가두기에는 너무도 허술한 장치에 불과했을 것이지만, 〈우아한 세계〉에서는 아주 강력한 것이 되어 있다.

이처럼 영화 〈우아한 세계〉는 우리 시대 가장의 가혹한 초상을 비유적으로 그려낸 영화이면서, 동시에 조폭 영화의 맥락에서도 아주 의미심장한 징후를 포함하고 있는 영화로 볼 수 있다. 이것은 무엇보다도 '일상의 총체화와 열정의 쇠퇴'라고 부를 수 있는 현상을 가리킨다.

기억의 두 가지 위험

— 영화 〈화려한 휴가〉(김지훈, 2007)에 대하여

김지훈 감독의 영화 〈화려한 휴가〉(2007)는 역사적 사실을 각색하여 우리들의 눈물샘을 자극하려는 일종의 '정치적 멜로드라마'처럼 보인다.

이 영화가 정치적 진실을 전달하려는 역사적 접근을 통해 우리의 주의를 환기시키고 또 비판적 태도를 재현하고 있다는 모든 사실에도 불구하고, 나는 그러한 인상을 지우기 어려웠다.

근본적인 점은 바로 이것이다. 즉 다큐멘터리를 포함해 역사적 연구를 수행하려는 모든 영화는 공식적인 역사학이 이미 만들어놓은 진실을 극화하여 설명할 때가 아니라, 그 역사학이 말하고 있는 것에 질문을 제기하는 어떤 방식으로 개입할 때만 의미를 지닌 것이 된다.

그러나 〈화려한 휴가〉는 이미 정해진 진실을 극화함으로써 질문에 대한 부담을 비켜가고 있을 뿐만 아니라, 이런 부담을 '멜로드라마적 열정'이 대체함으로써 어쩌면 이 영화가 목표로 하고 있을지도 모르는 비판과 교육조차 형성되기 어렵게 만든다.

물론 이 영화 자체가 질문이 된다고 말하는 이가 있을지도 모른다. 하지만 그것은 반복된 질문에 지나지 않는다. 그런 점에서 김지훈 감독의 이번 영화는 이창동 감독의 〈박하사탕〉과는 다른 측면에서 이해되어야 한다.

실제로 〈화려한 휴가〉는 '범죄와 속죄의 교묘한 이중주'를 통해서 '역사적 멜로드라마'를 완성하고 있는 듯하다. 이를테면 이 영화는 광주를 외면하거나 알지 못했던 자들에게 죄의식을 불러일으키고, 동시에 그들을 광주의 가해자들에 대한 분노와 원한 감정에 참여시킴으로써 일종의 속죄 의식으로 이어간다.

그리하여 계엄군의 잔인한 진압과 살상으로 처참하게 죽어간 광주 시민들을 바라보며 눈물을 흘리게 되는 관객들은, 그 찡한 눈물샘의 근처에서 이른바 '안전한 양심'을 획득하게 되는 것처럼 보인다.

영화의 후반부에 '자신들을 기억해 달라'는 등장인물들의 끊임없는 외침은 그 안전한 양심에 다시금 호소하며 관객들로 하여금 마지막 눈물을 흘리게 만든다. 이 눈물은 죄의식에서 오는 괴로운 양심의 눈물일까, 속죄 의식에서 오는 달콤한 눈물일까?

만일 후자라면, 그러한 태도는 불의에 대한 우리의 혐오를 촉발하는 대신 우리를 소극적이고 패배주의적인 연민에 사로잡히도록 만드는 것이다. 그러니까 빛 고을 광주에 대한 배타적인 기념행사는 의도와는 반대로 현재의 불행에 대한 참여가 아니라 무관심을 야기할 위험이 있다.

그런가 하면 좀 더 불행한 결과를 생각해볼 수도 있다. 광주의 기억이 '안전한 양심의 위안'을 가져오는 데서 그치지 않고, 원한과 비타협의 심지가 되어 곳곳에서 '복수의 권리를 상기시키는 분노의 하인'으로 변질될 수도 있다는 것이다.

그런 의미에서 에른스트 르낭의 다음과 명제를 떠올릴 필요가 생긴다.

"역사를 만들고자 소망하는 자는 역사를 잊어야 된다." 망각이 시작의 힘이 될 수 있다는 사실은 실연한 연인에게만 해당하는 진실이 아니라 상처받은 역사에도 적용될 수 있는 진실이다.

디워 논란의 문화적 맥락

— 영화 〈디워〉(심형래, 2007)에 대하여

심형래 감독의 영화 〈디워〉(2007)에 대한 논란이 분분하다. 그 구도는 간단한데, 영화 전문가들의 혹평에 가까운 비평과 일반 관객, 특히 네티즌들의 긍정적인 옹호의 글이 맞서는 형국으로 그것은 요약된다. 반드시 이것 때문만은 아니지만, 실제로 나는 이 영화가 영화 자체보다는 이 영화를 둘러싼 논란에서 훨씬 더 문제적이라고 생각한다. 거창하게 말하면, 〈디워〉는 민주화 이후의 문화적 환경, 특히 인터넷의 광범위한 보급과 연관된 매체 환경의 변화와 무관하지 않은 매우 징후적인 현상이라고 할 수 있다. 발터 벤야민의 논의를 참고하자면, 이것은 크게 두 가지 측면에서 논의가 가능할 것으로 보인다.

이 영화에 대한 논쟁은, 먼저 '전문적인 필자와 비전문적인 독자 사이의 차이'가 사라지고 있다는 사실을 가리킨다. 과거 문화계에는 글 쓰는 사람은 적고 글 읽는 사람은 많았다. 그러나 오늘날 인터넷의 급속한 보급과 확장에 따라 점점 더 많은 수의 독자가 필자의 입장에 서게 되었다. 인터넷에 접속할 수 있는 사람치고 관람기나 감상평, 비평이나 이와 유사한 것들을 발표할 기회를 갖지 못하는 사람은 사실상 거의 없다고 보아야 할 것이다. 영화의 경우에도 이 사실은 그대로 적용된다. 관객은 더 이상 소수의 전문가들이 주도하는 '영화 비평'의 단순한 수용자가 아닌데, 영화 비평가를 포함한 전문가들과 일반적인 영화 관람객의 차이는 이제 다만 기능적인 차이에 불과하게 된 것이다. 바로 이러한 상황을 염두에 둘 때, 〈디워〉에 대한 논쟁은 정확히 이해될 수 있을 것으로 보인다. 사실 문학계에도 이러한 징후는 곳곳에서 나타나고 있는데, 우리는 지금 20세기 초 문학계의 기린아 김동인이 '별거시다'라는 오만에 찬 일갈을 일반 독자를 향해 퍼부었던 시절로부터 멀리 와 있다. 그런데 문학에서는 수백 년이 필요했던 변화가 영화에서는 겨우 몇십 년 사이에 이루어졌다는 점은 기억해둘 필요가 있다.

그런가 하면 '비평적 태도와 감상적 태도의 비분리'라는 맥락 또한 〈디워〉에 대한 논쟁의 문화적 배후지로 지목될 수 있다. 벤야민은, 예술작품의 기술적 복제 가능성과 이에 따른 문화적 민주화는 비평의 대상에 대한 보수적 태도를 진보적인 태도로 바꾸게 되고, 이 진보적 태도는 바라보고 체험하는 데 대한 즐거움을 전문적인 비평가의 태도와 긴밀하게 연결한다고 주장한다. 나아가 그는 영화와 같은 예술 형식의 사회적 중요성이 커지면 커질수록 수용자의 비평적 태도와 감상적 태도는 구분하기 어렵게 된다고 덧붙인다. 말하자면 심형래 감독의 영화 〈디워〉에 대한 일반 관객, 특히 네티즌들의 분분한 감상과 논의는, 전문가들의 비판적 태도와 확연히 구분되는 감상적 태도에 그치는 것이 아니라, 이미 그 감상적 태도는 비판적 태도에 육박하거나 거의 일치하며, 전문가들의 비판적 태도와 구분할 수 없는 태도로 상승한 것이다. 물론 이 반대가 진실일 수도 있다. 그러나 이것은 관객 편에서는 전문적인 비평에 대한 외면과 거부로 나타나고, 전문가 편에서는 관객과의 소통에 대한 무관심과 폄하로 나타난다. 전문적인 비평은 점점 더 고고한 성을 쌓고 은밀한 비교 집단이 되어가는 것이다.

사실 이와 같은 상황은 그 사회적 중요성이 약화된 문학의 경우가 훨씬 더 심각하다고 해야 할 것이지만, 영화 비평이 끊임없이 문학 비평에 이끌리고 있다는 사실은 영화의 경우에도 사태의 심각성을 암시한다. 요컨대 〈디 워〉에 대한 논란은, 매체 환경의 변화에 따라 영화 비평가와 영화 관람객의 차이가 사라지고 있을 뿐만 아니라, 영화 비평이 문학 비평에 대한 질투로 괴로워하는 동안 영화 관람객은 자신의 감상적 태도를 비판적 태도와 일치시키고 있다는, 이른바 '문화적 패러다임의 대전환'과 관련된 여러 중요한 징후들 가운데 하나라고 할 수 있다.

욕망에 관한 비극적 농담

— 영화 〈박쥐〉(박찬욱, 2009)에 대하여

박찬욱 감독의 영화 〈박쥐〉(2009)는 욕망에 관한 비극적 농담이다. 그런 점에서 제목은 마땅히 '박쥐'보다는 영어 제목 '갈증'이 되었어야 했다. 왜냐하면 '박쥐'는 상업적인 고려 속에서 제안되어 박찬욱의 주제를 장르적인 흥미에 국한시키는 제목인 반면, '갈증'은 시종일관 욕망의 알레고리를 통해 흥미롭게 극화되어 드러난 이 영화의 주제인 인간 욕망의 아이러니를 상기시키는 제목이기 때문이다.

갈증의 충족은 또 다른 갈증을 낳을 뿐이라는 인간적 욕망의 운명은, 영화 전반부에서는 '행복' 한복집의 답답하다 못해 억압적인 일상의 굴레에 대한 집중적 조명 탓에 갈증의 충족은 불가피한 것일 뿐만 아니라, 그 충족에서 오는 환희는 심지어 하늘을 나는 일과 다르지 않다는 욕망에 대한 낭만주의적 관념의 지배 속에서 잠시 망각된다. 무엇보다도 흡혈귀로서 살아가게 된 한 신부의 팔에 안겨 높은 건물을 날아 내려오는 태주라는 이름을 가진 여자의 환호성이 가리키는 것이 바로 그것이다. 이것은 우리 사회의 모든 자유주의자들이 지지하고 싶은 주제일 것이다.

그러나 상현이라는 이름을 가진 종교적 인간이 욕망의 화신이 됨으로써 갈증의 충족이 모든 도덕과 관습의 기율과 갈등하는 과정을 희극적으로 보여주는 영화의 중반부터는, 낭만주의적 환상 대신 현실주의적 관점이 도입된다. 욕망에 대한 갈증을 제어하기 위해 안간힘을 쓰는 한 신부의 노력은 보편성을 띠면서 우리 자신을 되비추어주는 거울이 되는 것이다. 물론 신부가 갑자기 욕망의 화신이 된다는 설정에서 조잡하고 천박한 아이러니를 지적하는 사람도 있을 수도 있지만, 꼭 그렇게 볼 것은 아니다. 왜냐하면 인간 영혼의 어두운 밤을 경험하는 것은 범부들이 아니라 대개는 성자들이기 때문이다.

영화의 후반부에 이르면 마침내 이 영화의 진정한 주제가 드러난다. 욕망의 충족이 가져오는 환희에 대한 기대가 욕망이 또 다른 욕망을 낳는 파국적인 진행 속에서 비극적 결말과 결합되는 것인데, 여기에서 박찬욱의 주제는 좀 더 깊어진다. 말하자면 제멋대로 할 수 있는 힘을 갖게 된 욕망이 펼치는 난잡함, 게걸스러움, 파렴치함 등은 환희가 아니라 환멸을 불러일으키며 종말을 향해 치닫게 된다는 설정을 통해, 욕망의 자유자재한 충족은 아무리 절박하고 애절한 것이더라도 사망과 지옥에 귀결된다는 파올로와 프란체스카의 주제가 다시금 부활하게 되는 것이다.

결국 영화 〈박쥐〉는 욕망의 뜨거운 환희와 그 욕망의 비참한 결말 사이에서 균형을 취하려 한다기보다는 박찬욱 식 미장센을 통해 욕망의 환희가 욕망의 비참을 낳는다는 아이러니에 주목함으로써 인간 욕망의 운명, 나아가 인간의 운명을 보여준다고 할 수 있다. '뱀파이어 치정 멜로'라는 알쏭달쏭한 장르적 선전은 사실 터무니없는 것이지만, 그처럼 현대인들이 지루하게 만들어버린 성과 욕망이라는 주제를 참신하게 만들어보려는 박찬욱의 시도는 높이 평가되어 마땅하다.

그러나 그럼에도 불구하고 시각적 상상력에만 전념하는 모든 B급 영화가 그런 것처럼, 이 영화의 한계가 간과될 수는 없다. 물론 시각적 상상력이 제대로 활용되면 진정한 상상력에 도움이 되는 경우가 있기는 하지만, 뱀파이어 장르의 시각적 문법과 선정적이고 자극적인 그로테스크 문법의 결합은 실제로 박찬욱의 주제를 전달하는 데 헌신하기보다는 방해물로 작용하는 것처럼 보인다. 왜냐하면 앞선 형식적 장치들이 제공하는 순수한 물리적 공포와 혐오감은 그 주제의 통로가 되는 연민, 수치심, 죄의식 등의 모든 유익한 감정들을 거의 제거하는 것처럼 보이기 때문이다.

그러니까 〈박쥐〉가 대중적으로 인기 있는 이유는 당연히 주제의 진지함 때문이 아니라 시각적 상상력에 압도당한 관객들이 그 영화를 일종의 공포영화로서 간주하는 데 있는지도 모른다. 게다가 이 영화의 희극적 코드는 재미에 대한 관객의 취향을 더욱 더 강화하고 있는 것 같다. 물론 이 영화의 희극은 다소 미적지근한 것이기는 하다. 그렇다면 다른 가능성이 없지 않은데, 혹시 〈박쥐〉의 희극이 '박쥐'의 공포에 제압된 관객이 주제와 관련된 유익한 감정을 억압당할지 모른다는 걱정에서 공포를 희석하기 위한 일종의 증류수로서 의도적으로 제공된 것은 아닐까? 그렇다면 박찬욱은 천재적인 감독이다.

견실한 도덕적 우화

— 영화 〈더 문〉(던컨 존스, 2009)에 대하여

영화 〈더 문〉는 SF라는 장르 영화의 문법을 활용하고 있지만, 사실은 견실한 도덕적 우화를 보여주는 영화이다. 여기서 견실하다 함은 그 우화가 현실의 맥락과 진실하게 결합되어 있음을 가리킨다. 실제로 던컨 존스 감독의 영화 〈더 문〉은 비극적 아이러니를 통해서이긴 하지만 인간적 성숙과 이와 더불어 오는 일상적 행복이 가지는 가치를 깨닫게 해주는 아주 밀도 높은 작품이다. 그렇다면 '나는 어디에 있는가(where am I)'라는 이 영화의 프롤로그는 '나는 일상적 행복의 가치를 깨달은 성숙한 인간인가'라는 질문을 내포하고 있는 셈이다.

달 에너지 채취 회사에 고용된 샘 벨(샘 록웰 분)이 3년간의 계약기간을 마치고 딸과 아내가 있는 집으로 돌아갈 날만을 손꼽아 기다리던 어느 날 사건은 시작된다. 그러니까 샘 벨은 불의의 사고를 당하게 되고, 그 후 새로운 샘 벨이 나타나 두 명의 샘 벨이 달 기지에 머물게 된다. 이 두 사람이 보여주는 갈등의 드라마는 바로 이 영화의 중심축인데, 사실 그 두 사람 모두 회사가 달 에너지 채취 사업을 수행하기 위해 고안한 클론(복제인간)이다. 이렇게 달 기지라는 SF적 클리셰와 클론이라는 조금은 최신의 SF적 모티프를 통해 놀랄 만한 우화가 만들어진다.

특히 3년이라는 생존기간을 다 채우고 죽어가는 클론 샘 벨과 새로 탄생해 3년 동안 임무를 수행하게 될 클론 샘 벨이 탁구 경기를 하는 장면에서 이 영화의 주제적 면모는 거의 다 드러난다. 말하자면 〈더 문〉은 성마름과 조급함, 승부에 대한 집착을 보여주는 어린 샘 벨과 관대함과 여유, 그리고 게임을 즐기는 모습의 나이 든 샘 벨의 대비를 통해 한 인간의 성숙 과정을 은유하고, 이러한 성숙함이 한 가정의 행복, 나아가 인생의 행복을 가져다주는 것이라는 메시지를 구축한다. 이것은 여러 디테일들을 통해 암시되는데, 우선 젊은 혈기의 샘 벨이 가정적 행복을 뒤로 한 채 회사 일에만 몰두했던 기억이 상기되는 장면을 떠올릴 수 있고, 그리고 소소한 일상적 행복의 중요성을 깨달은 샘 벨의 모습, 가령 화초에 물을 뿌리거나 목각을 하는 등의 여유로운 모습에 주목할 수도 있다. 물론 이러한 성숙 과정의 지연은 샘 벨 본인의 미성숙에도 기인하는 것이지만, 한 인간의 인간적 가치를 배제하고 경제적인 활용에만 골몰하는 회사라는 황량한 공간도 그러한 지연에 관련되어 있다.

그러나 이 영화는 그러한 일상적 행복의 공간으로의 귀환을 앞두고 있는 샘 벨의 성숙한 변화가 너무 뒤늦은 것이라는 사실을 보여준다. 자신의 아내는 이미 세상을 떠난 지 오래되었고 어린 딸은 이미 다 커버려 아빠의 존재조차 망각한 지 오래였던 것이다. 그리고 활용가치를 다 한 샘 벨은 이제 회사에 의해 버려질 운명에 처하게 된 것인데, 이것은 젊은 시절 일에만 매진하며 일상적 행복의 가치를 무시하던 한 사람이 그 가치를 비로소 실현하고자 작정하는 때에 이르러서는 너무 많은 시간이 흘러버려 모든 것이 돌이킬 수 없게 되어버린 상황에 직면한 경우를 연상하면 된다. 일종의 비극적 아이러니인 셈이다. 사는 법을 배우고 살수는 없다는 우리 인간의 숙명을 이보다 더 잘 드러낼 수 있을까?

그럼에도 불구하고 젊은 샘 벨이 늙은 샘 벨을 도와주는 영화 후반부가 말해주고 있는 것처럼, 〈더 문〉을 한 사람의 성장 과정이 아니라 샘벨의 정체성 내부에 있는 흥분을 추구하는 샘 벨과 안정을 추구하는 샘벨의 화해 과정으로 볼 수 있다면, 우리는 그 영화에서 일상적 행복의 가치를 깨닫게 되는 인간적 성숙이 반드시 죽음의 순간과 일치하는 비극적 아이러니에 빠지지 않고 삶의 이쪽에서 그러한 성숙을 이룩하는 것이 가능하다는 전언 또한 읽게 된다. 내가 생각하기에, 이것이 아마도 〈더 문〉이라는 SF 영화의 진정한 메시지가 아닌가 한다.

진정한 휴식이 가져다주는 것

— 영화 〈수영장〉(오오모리 미카, 2009)에 대하여

오늘날 우리 사회에서 육체적 정신적 평화를 얻을 수 있는 공간을 찾기란 거의 불가능하다. 거리의 왁자지껄한 소음은 말할 것도 없고, 가정에서조차 울려대는 휴대전화와 TV와 인터넷 소리는 끊임없이 생활의 평온을 앗아간다. 왜 우리는 잠시도 쉬지 않고 무언가를 듣거나 보려 하는 것일까? 전자 매체들의 유혹이 만만치 않기 때문일 것이다. 그러나 습관적으로 접하는 그러한 환경에서 의도적으로 물러나 보면, 시끄럽고 번잡스러운 일상에서는 인식하지 못하던 삶의 새로운 차원과 만나게 된다.

오오모리 미카의 영화 〈수영장〉(2009)은 바로 일상생활의 소란과 압박에서 벗어나 새로워지고자 환경을 바꾼 사람의 실례를 잘 보여준다. 누구든 새로워지려면 환경을 바꾸는 것이 도움이 된다. 왜냐하면 습관적인 태도와 행동은 그러한 환경으로 굳어지기 때문이다. 그런데 미카의 영화는 환경 변화의 의도적인 선택을 무엇보다도 휴식에서 찾는다. 그 영화에서 휴식은 당연히 틀에 박힌 일상에서의 탈출을 의미하는데, 실

제로 영화의 주인공인 엄마 교코와 딸 사요는 변화가 필요하다는 사실을 절실히 느낄 때 휴식에서 구원을 얻는다.

영화 〈수영장〉은 조금 특별한 엄마와 딸의 이야기다. 엄마 교코는 자신의 딸 사요를 일본에 있는 할머니에게 맡기고, 어느 날 갑자기 먼 태국의 치앙마이로 떠난다. 딸 사요 역시 어느 날 문득 엄마가 일하는 치앙마이의 게스트하우스로 트렁크 하나를 들고 찾아온다. 그런데 사요는 자신을 도쿄에 놔두고 태국까지 간 엄마가 버려진 태국 아이를 키우고 있다는 것에 설명할 수 없는 복잡한 감정을 느낀다. 엄마 교코가 자신을 버리고 이곳으로 떠나온 이유도 이해할 수 없는데, 자신을 버린 엄마가 머나먼 이국의 버려진 아이를 키우고 있다는 사실은 더욱 이해할 수 없다.

딸 사요가 그곳에서 만난 사람은 엄마가 키우는 자신과 똑같은 처지의 태국 소년 비이뿐만이 아니다. 그녀는 수영장 하나를 끼고 있는 그곳에서 시한부 인생을 살고 있지만 버려진 개를 키우며 살아가는 게스트하우스 주인 기쿠코와 엄마 교코의 일을 도와주고 있는 별 볼 일 없는 청년 이치오를 알게 된다. 그러나 사요는 심리적이든 육체적이든 무언가 문제를 안고 살아가는 그들의 일상이 음울한 소요의 공간이 아니라 너무도 평온한 안식의 공간이 되어 있다는 데 놀라며, 서서히 그러한 공간의 평온함과 안식의 분위기에 동참한다.

사실 어지러운 소요의 공간 속에서 살았던 사람은 그만큼 절박하게 평온함과 휴식을 필요로 한다. 하지만 그 사람이 평온한 휴식의 공간으로 들어가는 순간, 그 공간은 도시적 소요에 물든 그로 인해 잠시 흔들린다. 도시적 소요가 평온한 휴식의 공간에 미치는 영향이 없을 수 없는 것인데, 〈수영장〉의 초반부에 공항으로 사요를 마중 나온 이치오가 사요의 트렁크에 발이 걸려 넘어지는 장면이 가리키는 것은 바로 그것이다. 그러나 치앙마이라는 평온한 휴식의 공간은 사람들을 구제하는 종교적 표상으로서의 부처조차 누워 휴식을 취하고 있는 '와불'의 공간이라는 점에서 그러한 소요의 여파는 힘을 발휘할 수 없다.

숙소에 도착한 사요가 자신을 맞이한 게스트하우스 식구들의 환대와 저녁 식사로의 초대에도 불구하고 먼저 잠을 청하는 이유도 무관하지 않다. 도시적 소요의 공간을 견뎌내며 살았던 사람에게 맛있는 요리에 대한 욕구에 앞서 해결되어야 하는 것은 피로를 해소하는 일일 수밖에 없다. 그녀에게 자기 침대에 놓인 아름다운 꽃 또한 그러한 피로의 해소가 선행되지 않고서는 아무런 의미도 없다. 하지만 평온한 휴식의 공간에서 취한 충분한 잠은 사요로 하여금 자신이 와 있는 공간의 의미에 관심을 가지게 한다. 물론 그것은 아주 서서히 이루어진다.

사요가 게스트하우스에 딸린 잔잔한 수영장 가에 홀연히 서 있게 되는 장면은 그러한 관심의 출발점이다. 이 장면이 상징하는 것은 명백한데, 그녀가 수영장 가장자리에 서 있는 모습을 클로즈업 함으로써 도시적 공간에서 종종 발견되는 풀장의 어지러운 소요로부터 벗어나 평온한 휴식의 공간에 그녀가 들어와 있음을 상기시킨다. 실제로 게스트하우스의 식구들은 언제나 그 가장자리에서 수영장의 잔잔함과 평온함을 간수하고 간직하려는 노력만을 보여줄 뿐인데, 가령 그곳에서 엄마 교코는 기타를 치며 노래 부르고 소년 비이와 청년 이치오는 아름다운 풍등을 만들어 띄울 따름이다.

게스트하우스의 나날들이 지나가면서, 이제 사요는 식욕을 서서히 회복하게 된다. 영화 〈수영장〉에는 음식 만들기와 음식 먹기와 관련된 장면들이 많이 등장하는데, 이것의 의미는 바로 그러한 휴식의 육체적인 축복과 무관하지 않다. 외적인 성공이나 실패와 전혀 관계가 없는 내면의 만족감을 경험하는 게 명상의 비밀이라고 할 때, 내면의 만족감과 더불어 육체적인 만족감까지 경험하는 것은 휴식의 비밀이라고 할 수 있다. 그리고 이것은 도시적 소요의 공간에서 극도의 긴장감에 시달리며 입맛을 잃고 소화불량에 빠진 현대인들을 떠올리게 만든다.

휴식이 가져다주는 것은 이것뿐만이 아니다. 시한부 인생을 살면서도 버려진 개들을 주어다 키우는 게스트하우스의 주인 기쿠코의 행동이 보여주는 것처럼, 그것은 선한 삶을 가능하게 만들어주는 것이기도 하다. 그런가 하면 도시적 소요의 공간을 떠나 평온한 휴식의 공간으로 향했던 엄마 교코의 삶은 또 다른 황폐함으로의 이동이 아니라 아름다움에 대한 감각의 회복을 가능하게 하는 다른 삶으로의 이동이었다는 것을 보여준다. 그녀는 딸이 잠잘 침대에 아름다운 꽃 한 송이를 놓아두는 여인이 되어 있는 것인데, 휴식은 아름다운 삶의 가능성조차 보장하는 셈이다.

물론 그렇다고 해서 이 영화가 기술적 삶의 황폐함 반대편에서 전원적인 삶의 낙원을 떠올리는 소박한 낭만주의를 반복하는 것으로 보아서는 안 된다. 왜냐하면 게스트하우스 식구들은 자동차를 이용할 뿐만 아니라 드럼세탁기를 이용해 빨래를 하고 있기 때문이다. 도시적 소요의 공간 속에서 문명의 이기들은 기술로 시간을 절약하는 그만큼 또 다른 욕구를 부추김으로써 오히려 번잡한 소요의 상태를 증가시키는 계기가 될 뿐이지만, 평온한 휴식의 공간 안에서 그것은 시간의 절약을 번잡한 일상으로부터 여유를 회복하는 기회가 된다. 남은 시간은 조용히 노래 부르고, 풍등을 만들고, 버려진 개를 보살피고, 맛있는 음식을 해먹는 시간이 되는 것이다.

파스칼은 "세상의 모든 불행은 홀로 조용하게 자신의 방에 앉아 있지 못하는 데서 비롯된다"고 말한 적이 있다. 이 말은 이렇게 비틀어 볼 수도 있다. 즉 세상의 모든 불행은 현실에 안주하며 자신의 방을 떠날 줄 모르는 데서 비롯된다고 말이다. 여기서 엄마 교코가 딸을 버리고 자신만의 휴식을 찾아 떠난 것은 이기주의가 아닌가 하는 의심은 완전히 해소된다. 결과론적이기는 하지만, 그녀의 결단은 자신의 삶을 구제했을 뿐만 아니라, 도시적 소요의 공간 속에서 메마른 삶으로 지쳐가던 사요에게 휴식의 의미를 상기시킴으로써 딸조차 구제하는 데 성공하고 있다. 마침내 사요는 자신의 내면에 똬리를 틀고 있던 엄마의 가출에 대한 품었던 원망의 감정을 떨쳐내는 듯 보인다.

다시 도시로 떠나는 딸에게 다가오는 수도승들의 행렬은 마지막으로 그러한 휴식의 가치를 다시 한번 부각시킨다. 바쁜 일상이 전개되는 도로 바깥으로 줄을 지어 걸어가는 그 행렬의 의미는 부연할 필요가 없을 것이다. 여기서 우리는 도쿄와 같은 도시적 소요의 공간과 대비되는 치앙마이의 전원적 휴식의 공간이 어떤 의미를 지니는 것인지 최종적으로 감지하게 되는데, 그것은 한마디로 용서가 들어앉을 수 있는 마음의 여유를 가져다주는 것이면서 동시에 이것을 통해 돌아볼 틈이 없었던 삶의 아름다움에 눈을 돌릴 수 있도록 만들어주는 것이다. 진정한 휴식이 가져다주는 것, 그것은 바로 삶의 여유와 아름다움에 대한 눈뜸이라고 할 수 있다.

잠잘 때와 병이 들었을 때를 빼고는 사람들의 모든 생활은 활동적인 것에 깊이 빠져 있다. 그리고 활동적인 생활에 사로잡힌 덕분에 사람들은 휴식과 수동성이 부여하는 놀라운 보상을 놓치고 있다. 심지어 영화들조차도 숨 가쁘고 정신 없는 전개로 일상의 휴식이 되기는커녕 오히려 일상적 긴장의 연속이 되는 경우가 많다. 이 때문에 아마도 〈수영장〉이라는 영화를 보는 관객들은 무슨 이야기를 저리도 질질 끄는 것이냐며 중간 중간 지루해서 참을 수 없을 지경이라고 투덜거릴지 모른다. 물론 우리 에게는 휴식도 필요하지만 일 역시 필요하다. 그러나 오늘날의 문제는 우리가 이 두 가지 다른 형태의 세계 사이에서 균형을 맞출 능력을 잃고 있다는 점이다.

제3부
책들에 대하여

비평, 그 가능성의 중심

— 느슨한 입장을 위하여

1. 거울의 소설

어느 대담에선가 김영하는 "이제 거의 유일하게 소설만이 남아 있습니다"라고 말했고, 전경린은 또 어떤 지면에선가 "요즘 생이 소설에게 통째로 먹히는 것 같은 위기를 느끼고 있습니다"라고 적었다. 두 작가가 어떤 맥락에서 그런 진술들을 했는지는 모르겠지만, 거기서 서로 동일한 함축을 읽어내는 일은 그닥 어려워 보이지 않는다. '생' 위로 부상한 '소설'이 존재의 총체(總體)가 되었다는 것이 바로 그 함축의 공통된 내용이라고 할 수 있다. 그런데 이것은 단순히 다양한 문화류 가운데 소설이 장르상의 우세종이 되었다는 사실을 가리키는 것은 아니다. 현실적 삶을 '통째로' 상실하고 허구적 소설만이 '남아' 있게 되었다는 두 작가의 진술은 무엇보다도 지금 이곳에서 일상과 생활이 처한 불길한 존재론적 상황을 상징적으로 보여준다. '소설'이 존재의 총체가 되었다는 것은 실제로 현실적 삶의 실재와 결렬되어 가상과 환영 위에 구축된 우리 시대 존재들의 허구적 양태를 암시하는 것이다. 두 작가는 또한 일상과 생활의 실질들이 모두 가상과 환영이라는 '허구'에 의해 점유된 그러한 허상으로서의 삶과 현실을 자신들의 작품 안에서는 공히 '거울'의 상징을 빌려 표현한다. 이를테면 김영하의 「거울에 대한 명상」은 "우리가 취하는 하나하나의 행동이 우리가 어디선가 보았던 어떤 이미지나 실체의 복제물에 불과한" 것이라고 적고, 전경린의 「거울이 거울을 볼 때」는 "우리는 존재가 아니라, 거울이 거울을 볼 때, 그 무수히 부딪치는 연속적인 반영이며 환영이며 허구의 허구이다"라고 쓴다. 소설적 허구와 마찬가지로 거울도 여기서 실체나 실재에 대한 객관적인 지각과 기술이 불가능하고, 따라서 거짓과 왜곡으로 둘러싸인 현실적 삶을 상징하는 것으로 드러난다. 진실과 무관하게 허상만이 무한히 증식하는 거울의 세계 혹은 소설의 세상에서 결국 진실을 추구하는 작가들이 '위기'의 느낌을 가지는 것은 당연할 수밖에 없다.

허구적인 삶과 현실이란 가상과 환영이라는 그림자에 의해 실체나 실재가 은폐되고 망각되면서 기만과 속임수의 질서를 일상과 생활의 무대로 삼게 된 실존의 비극적 숙명성 그 자체라 할 수 있다. 삶과 현실을 제약하는 그러한 허구적 존재양태와 불화하는 작가들은 이때 우리들의 일상과 생활에 대해서 이른바 '비극적 관점'을 가지게 된다. 그리고 부재하는 실체나 실재에는 영원히 도달할 수 없다는 근원적인 상실과 단절에 대한 비극적 인식은 그들에게 흔히 출구 없는 감옥에 갇혀 있다는 절망적인 느낌을 불러일으킨다. 김영하와 전경린이 가상과 환영으로 구조된 실존의 숙명적이고 비극적인 삶과 현실을 '거울 감옥'이라는 굴레와 질곡의 은유로서 표현하는 것은 바로 그 때문이다. 이것은 사실 현실적 삶 전체가 실재와 절연한 기호들이나 그 기호들의 체계로서의 허구적 의식형태로 조작되고 조종되는 것이라는 현대철학의 일반적인 사유 속에서 쉽게 발견되는 것이기도 하다. 우리들의 일상과 생활의 실제를, 마르크스는 화폐라는 상품들의 추상적 가치라 말했고 알튀세르는 이데올로기라 말했으며, 라캉은 기호로 구축된 억압적 상징 질서라 말했고 보드리야르는 시뮬라크르라 말했다. 그런데 김영하와 전경린의 작품 안에서 그러한 기만과 허위의 '거울 감옥'으로부터 벗어나는 일이 현실적 삶 안에서는 절대로 불가능하다는 비극적 인식은 특이하게도 허무주의와 관련되지 통상적으로 생각되듯이 낭만주의와 연관되지 않는다. 물론 부재하는 중심에 대한 동경과 향수를 어떤 멜랑콜리의 형태로 표출하고 있다는 점에서 그 두 작가의 허무주의는 원본 없는 기호론적 가상과 환영의 세계에 대해 긍정과 능동성을 보여주는 니체적 허무주의와도 다르다. '거울 감옥'으로서의 현실적 삶에 대해 체념과 수용의 태도를 갖는 김영하와 전경린의 허무주의를 여기서 그 낭만주의적 흔적을 감안하여 '비극적 허무주의'라 부를 수 있을지 모른다.

　'비극적 허무주의'는 무엇보다도 우리 시대 젊은이들의 느낌과 생각을 지배하고 있는 주요한 의식형태의 하나라고 생각한다. 그것은 한 시기의 삶과 현실의 존재론적 양상에 대한 공통된 진단과 그에 따른 공동의 위기감, 또 거기서 비롯된 일상과 생활에 대한 특유의 의식과 태도를 지칭하는 것이지 거창한 이념과 주의를 가리키는 것은 물론 아니다. '비극적 허무주의'가 나타나는 김영하와 전경린의 소설은 한 시기의 현실적 삶에 자리 잡고 있는 그러한 의식형태를 섬세하게 보존하여 제시한다는 점에서 일단 문학의 반영론적 기능에 충실한 것이라고 말할 수 있다. 그러나 문학에서는 현실적 삶에 관철되는 자동화된 의식형태에 대해 거리를 만들고 그 거리 속에서 의식의 자동성을 비판하고 반성하게 하는 표현론적 형상의 기능이 훨씬 더 중요하다. 두 작가의 '비극적 허무주의'

에서 현실적 삶에 미만해 있는 의식형태가 작품이라는 형상적 움직임으로 인해 어떻게 철회되고 변경되는지에 관심을 가져야 하는 이유는 분명 거기에 있다. 그런 의미에서 김영하와 전경린의 작품은 삶과 현실이 총체적으로 가상과 환영의 '거울 감옥'이어서 누구도 그곳으로부터 빠져나갈 수 없을 때, 즉 기만과 허위로부터 벗어나는 것이 살아서는 불가능한 일일 때, 그때 우리들이 할 수 있는 것은 무엇일까라는 질문을 가지고 다시 읽지 않으면 안 된다. 두 작가의 '비극적 허무주의'는 그처럼 한 시기의 지배적인 의식형태와 문학의 형상적 지각 사이의 대응관계 속에서 파악되는 순간 비로소 갈라진다. 현재 나의 비평적 관심의 중심은 실제로 그러한 미학적 분기점을 예민하게 지각하고 그 분기점들이 펼치는 지형도를 그리는 데 있다. 그와 같은 작업의 일환으로 김영하와 전경린의 소설을 주목하게 된 것은 '비극적 허무주의'라는 우리 세대의 주요한 의식형태에 대한 형상적 응전이라는 측면에서 그들의 작품이 매우 선명한 대비를 이루고 있기 때문이다.

김영하와 전경린의 소설은 일단 살아서는 누구도 가상과 환영의 일상과 생활을 벗어나지 못한다는 불변의 결말을 체념적으로 수용한다. 그러한 불변의 결말 속에서 모든 행위는 무의미한 것이라는 근본적인 숙명론은 두 작가의 작품에서 이른바 '비극적 허무주의'의 양상으로 드러난다. 가령 김영하 소설의 경우 그러한 '비극적 허무주의'는 "왜 멀리 떠나가도 변하는 게 없을까, 인생이란"(『나는 나를 파괴할 권리가 있다』)이라는 절망적 각성으로 요약된다면, 전경린 소설에서 그것은 "마찬가지란다. 저항하지 말아, 마찬가지야"(『아무 곳에도 없는 남자』)나 "변한 것도 없고 변할 것도 더 없었다. 다만 더욱 명백해진 것뿐이었다"(『내 생에 꼭 하루뿐일 특별한 날』)와 같은 체념의 목소리로 토로된다. 그리고 이와 같은 절망적 각성과 체념의 목소리는 두 작가에게서 공히 공허한 무위(無爲)의 태도나 헛된 게임의 유희라는 허무주의의 한계적 처세로 나타난다. 김영하 소설에 자주 등장하는 권태와 무위의 인간들이 보여준 행동력의 고갈이나 "어차피 지리멸렬해. (…중략…) 모두 가짜지. (…중략…) 그냥 노는 것뿐이야"(「고통」)와 같은 고백에서 엿볼 수 있는, 전경린 소설에서 빈번히 목격되는 의미 없는 유희에 대한 경사는 바로 그것을 증언해준다. 벗어나려 했던 곳에서 단 한 발자국도 움직이지 못한 자신을 발견하게 될 것이 명백할 때 움직이지 않고 노는 것은 일종의 '지혜'라고까지 할 수 있다. 기만과 허위의 현실적 삶과의 '단절'이 문제를 일으키면서까지 시도할 만한 가치가 없는 것이라면, 무위와 유희의 처세는 아마도 현명한 선택일지도 모른다. 그런데 전경린 소설의 등장인물들은 대개 "멀리가지 못하리라"(「거울이 거울을 볼 때」)라는 절망적인 자기 암시에도 불구하고 여전히 떠나가는 일을 멈추지 않는다. 떠나가도 소용없을 땐 가만히 있는 게 낫다는 허무주의적인 '지혜'의 관점은 여기서 떠나가도 소용없지만 그래도 떠나가 보겠다는 비극적 '단절'의 관점으로 선회한다. 전경린이 김영하와 갈라지는 지점이 실제로 이곳인데, 요컨대 김영하 소설이 비극적 '허무주의'에 근접한다면 전경린 소설은 '비극적' 허무주의에 가깝다.

지금 이곳이 기만과 허위의 '거울 감옥'이고 또 거기서 누구도 벗어날 수 없다는 허무주의적 인식과 각성에 동의한다면, 사실 우리에겐 두 가지 선택만이 남는다. 김영하의 선택과 전경린의 선택이 그것이다. 간단히 말해서 김영하는 그런 가상과 환영의 삶과 현실이 어쩔 수 없는 것이라면 그냥 아무 일도 하지 말라 이르고, 전경린은 그래도 어쨌든 그것에 부딪쳐 맞서보라고 말한다. 비관주의자인 나에게 김영하의 선택은 심미적으로 끌리는 것이기는 하지만 이성적으로 바람직하지 않게 생각되고, 전경린의 선택은 이성적으로 바람직하기는 하지만 심미적으로는 별로 끌리지 않는다. 그러나 나는 궁극적으로는 '전경린의 선택'이 옳다고 본다. 왜냐하면 진정한 문학이란 우리로 하여금 삶과 현실에 대해 관심을 갖고 살게 만드는 것이어야지 그것에 무관심하게 하여 끝내 세상을 포기하거나 버리도록 만드는 것이어서는 안 된다고 생각하기 때문이다. 우리는 이성만으로 이루어진 사회는 상상할 수 있지만 심미성만으로 이루어진 사회는 상상할 수 없다. 물론 그렇다고 해서 '김영하의 선택'이 전적으로 무의미한 것이라 생각하는 것은 아니다. 미학적 체계로서의 허무주의일지라도 삶과 현실의 부정성에 대한 면역체를 실질적으로 배양할 수 있고, 또 효과적으로 어떤 현실적 저항력을 기를 수 있다는 것 역시 분명하다. 그리고 전경린의 선택은 한편으로 그러한 삶과 현실에 대한 대응과 응전의 에너지나 동기를 고려하지 않은 다분히 당위적인 요청에 그칠 공산이 크다는 점에 주의해야 한다. '비평'은 이처럼 '미학적 심미주의'와 '이성적 모랄리즘' 사이에서 흔들리는 곡예이고, 비평가는 그러한 곡예를 아슬아슬하게 수행하는 곡예사라고 할 수 있다. "누구를 믿을 것인가?" 비평가는 김영하 소설의 비극적 '허무주의'를 함부로 배척해서도 안 되고 전경린 소설의 '비극적' 허무주의를 함부로 신앙해서도 안 된다. 누구를 '어디까지' 믿을 것인가, 바로 이것을 재고 가늠하는 것이 '비평'의 가능성의 중심이다. 비평가는 그래서 늘 망설이고 신중하지 않을 수 없다.

2. 성찰로서의 거울

망설임의 비평! 지식과 행동이 종결되지 않는 한에서는 어떤 가치판단도 사실상 온전하지 않다. 그러한 지식과 행동은 새로운 지식과 행동을 통해 지속적인 부정이나 수정의 과정을 밟아야 하기 때문에 엄격한 의미에서 모든 것을 알고 모든 것을 실천할 수 있기 전에는 무엇이 좋고 나쁜지 가치판단할 수 없다. 그런데 무엇이 좋고 나쁜지를 말하기 위해 모든 것을 알고 실천하는 전지전능의 국면은 삶과 현실 안에서는 절대로 성취될 수 없는 것이라는 점에서 결국 좋고 나쁜 것을 분별하려는 이른바 가치판단으로서의 순전한 비평은 불가능하다. 가치판단으로서의 비평 행위라 일컬어지는 것들은 그럼에도 불구하고 실제로 삶과 현실 안에서 끊임없이 발아하고 계속적으로 점증하고 있다. 모든 것을 알지 못하지만 무엇이 좋고 나쁜지를 말하려는 그러한 모순된 시도와 노력을 가리켜 우리는 무엇보다도 '비평'이라 부른다. 그런 의미에서 비평적 가치판단은 앎과 움직임의 과정 속에서 언제 오류로 판명되어 부정될 지 모르는 잠정적인 것이라는 점에서 항상 '위기'와 함께한다. '비평'과 '위기'라는 단어가 동일한 어원을 가진다는 것은 여기서 의미심장한 일이 아닐 수 없는데, 많은 이들이 그렇게 생각하듯이 위기는 비평의 발생적 상황과 배경을 의미하는 것이기도 하지만, 위기는 이때 비평의 본래적인 속성과 성격을 의미하는 것으로 드러난다. 전지자(全知者)임을 행세하여 자신의 무오류성을 선언하고 그것을 강요하는 도그마적 가치판단이 비평의 직능에 속하지 않고 또 속해서도 안 되는 이유는 바로 거기서 온다. 그러니까 비평적 가치판단은 칸트가 판단 형식의 구분 속에서 '규정적 판단'과 대비시킨 '반성적 판단'과 관련되는 것이라고 할 수 있다.

'반성' 혹은 '성찰'은 본래 독일 낭만주의 철학에 의해 신봉된 개념으로서 절대성에 도달할 때까지 인식 과정을 멈추지 않고 무한하게 지속시킨다고 할 때의 그 인식 과정의 무한성을 가리킨다. 인식의 무한성에 자신을 '되비출 줄 아는' 비평은 사실 섣부른 판단과 결정을 유보하고 신중하고 조심스러운 반성과 성찰의 태도를 보여주게 마련이다.

정직과 관대는 사람에 대해서뿐만 아니라 작품에 대해서도 통하는 덕목이다. 겸손하게 자신있게 맥락을 구성하는 비평가가 있고 무례하고 자신없게 맥락을 구성하는 비평가가 있다. 비평은 언제나 새롭게 다시 시작하는 놀이이면서 동시에 어떠한 작품에 대해서도 언론의 자유를 유보하지 않는 놀이이기도 하다. 도식에서 형상으로 변모하고 있는 1990년대의 맥락구성들이 하나의 실례가 될 수 있을 것이다. 도식이 일상의 미학 속으로 가라앉는 것은 우리 문학사의 미래에 해가 되는 일이 아니다. 지금까지의 연역적 맥락구성 대신에 앞으로의 비평가들은 귀납적 맥락구성을 실험해보아야 할 것이다. 지금까지의 비평가들은 무슨 일에든지 자기의 의견을 덧붙이는 것을 비평활동이라고 생각해왔다. 나는 이러한 관행도 바뀌어야 한다고 믿는다. 충실하게 작품을 읽어온 비평가들은 배제하고 문단의 이슈에 가담하여 쓰잘 데 없는 수다를 떤 비평가들은 모두 포섭하는 패거리 비평부터 없어져야 한다. 비평가들은 소설을 비평하면서 주석과 개입을 배제하고 인물 시각 서술도 좀 사용하고 객관 중립 서술도 좀 사용해보라고 작가에게 권유한다. 그러면서 정작 비평가들 자신은 언제나 별로 신통치도 않은 의견과 주석을 마구 첨가하기를 서슴지 않는다.

— 김인환, 「20세기 한국 비평의 비판적 검토」(『기억의 계단』, 민음사, 2001) 부분

'형상'이 보여주는 "일상의 미학 속으로 가라앉"아 '도식'을 넘어서는

'귀납적 맥락 구성'으로서의 비평을 강조할 때, 김인환은 섣부른 판단과 결정을 유보하고 신중하고 조심스러운 태도로 작품에 접근하는 반성과 성찰의 비평을 지지하고 있는 것이 명백하다. 원론적인 얘기이기는 하지만, 작품에 충실한 비평의 그러한 '해석적 태도'는 아무리 강조해도 지나치지 않다. 특히 요사이 "문단의 이슈에 가담하여 쓰잘 데 없는 수다를 떤 비평가들"이 삼삼오오 무리짓는 '패거리 비평'이 횡성하고 있고, 또 그 와중에 형상을 도식으로 환원하여 "별로 신통치도 않은 의견과 주석을 마구 첨가하기를 서슴지 않는" 교조주의적인 지도 비평이 다시 고개를 들고 있다는 점을 감안하면 더욱 그러하다. 물론 비평이 "어떠한 작품에 대해서도 언론의 자유를 유보하지 않는" 해석적 '놀이'라고 한다면 그러한 비평은 기본적으로 상대주의적일 수밖에 없다. 그러나 '해석적 태도'가 갖는 상대주의는 가치판단의 포기를 용인하는 무책임한 상대주의와 혼동되어서는 안 된다. 그것은 해석을 억압적으로 일원화하는 교조주의와 다른 것과 마찬가지로 해석의 가치를 따지는 것을 불필요하게 여기는 무책임한 상대주의와도 분명히 다른 것이다. 좋은 의미의 상대주의적 관용의 태도를 내면화한 비평은 무엇이 좋고 나쁜지를 상호소통의 대화적 질서 안에서 겸손하게 조율하는 사유의 반성적 움직임을 존중한다. 자신의 입장을 느슨하게 하여 '해석적 태도'를 유지하는 비평가는 그런 만큼 자신의 입장을 작품의 의미와 논리 위에 놓는 교조적 비평가와 자신의 입장 같은 것이 아예 없는 상대주의적 비평가 사이에 있는 것으로 보인다. 여기서 '느슨한 입장'을 가진 비평가는 작품의 의미와 논리를 충실하게 따라가 이해하고 수용한 다음에 거기서 나타나는 의미와 논리의 모순과 균열에만 자신의 입장을 개입시켜 '비판적 태도'를 드러낸다. '성찰로서의 비평'은 어쨌든 '느슨한 입장'이 전제되어야만 하는 일이다.

3. 거울의 비평

'느슨한 입장'은 무엇보다도 인식의 무한성 앞에서 자신의 판단과 결정을 되돌이켜 볼 줄 아는 반성적이고 성찰적인 '거울'의 사유만이 달성할 수 있는 일반적인 비평적 전제이다. 그렇다면 90년대 이후의 소설에 나타난 거울이 가상과 환영으로서의 기만과 허위를 뜻하는 소재라고 할 때, 지금 이곳의 비평에 필요한 거울은 반사와 투영으로서의 성찰을 의미하는 반성적 태도 그 자체라고 할 수 있다. 동일한 거울을 두고 서로 층위를 달리함으로써 하나는 은유로서의 거울이 되고 다른 하나는 환유로서의 거울이 된다. 여기서 '거울'을 특별히 문제 삼는 것은 창작과 비평 양쪽에 등장하는 거울들의 서로 다른 특질을 지적하기 위해서가 물론 아니다. 중요한 것은 환유로서의 거울이 은유로서의 거울을 볼 때, 즉 비평가가 작품을 읽을 때 생겨나는 문제다. 앞서도 언급한 바 있듯이, '성찰로서의 비평'은 비평가 자신의 입장과 의견을 무례하게 고집하여 작품의 의미와 논리를 이해하기도 전에 판단과 결정을 내리려는 성급한 '비판적 태도'와 거리가 멀다. 그러한 입장과 의견을 겸손하게 유보하였다가 작품의 의미와 논리를 충실히 이해하고 거기서 드러나는 모순과 논리의 균열에 이르러 비로소 판단하고 결정하는 느슨한 '해석적 태도'가 사실 '성찰로서의 비평'에 합당하다. 이른바 '공감의 비평'에 유사한 그것은, 가령 김영하 소설에서 형상화된 '거울'의 삶과 현실에 대한 허무주의적 대응의 경우 그 허무주의의 다양한 양상을 세세하게 읽어내는 데 우선 주안점을 둔다. 그리고 그와 같은 허무주의에 대한 비판을 김영하 소설이 거짓된 일상에 대해 보여준 허무주의적 대응을 반성적으로 사유하는 가운데 수행한다. 김영하 소설의 허무주의의 문제점은 어떤 미학적 의미론 속에 놓인 '허무주의 그 자체의 위험성' 때문이 아니라 어떤 매너리즘과 탐닉 속에서 '허무주의의 허구가 신화가 될 위험성' 때문에 생긴다는 것을 '성찰로서의 비평'은 그 다음에야 비로소 지적할 수 있다. 신화란 반성이 중지된 자리에서 자연이라 신앙되는 불변의 사유 체계가 아니던가.

반성하는 비평의 거울이 반성하지 않는 거울의 소설에게 반성력의 회복을 충고하는 것은 여기서 하등 문제될 것이 없다. 반성과 성찰의 거울이 가상과 환영의 거울과 비평적으로 관계 맺는 방식은 최소한 이런 것이어야 한다. 그런데 반성의 거리를 적절하게 조율해야 하는 성찰로서의 거울은 어떻게 그리 되었는지는 모르겠지만 반성하지 않는 거울에게서 거꾸로 배워, 요사이 반성의 거리를 기준 없이 허용하는 상대주의적 인상 비평이나 반성의 거리를 독단과 편견으로 대체한 교조주의적 지도 비평의 온상이 되는 경우가 많다. 가령 전자의 경우는 90년대 이후의 젊은 문학들이 달라진 문화적 지형 속에서 허무주의적 가벼움과 같은 새로운 상상력의 특질을 드러내는 것에 대해 진실로 공감하지도 반응하지도 못하면서 관용을 포즈로서 시늉하는 나이 든 비평에서 빈번하다. 그리고 후자의 경우는 그러한 젊은 문학들이 보여주는 변화된 문화적 지형에 대해 실제로 공감하고 이해하면서도 선배 비평가들로부터 배운 가치판단으로서의 비평을 충분한 훈련과 내면화 없이 흉내 내고 가장하여 그것을 경계하는 어린 비평에서 드물지 않다. 우리는 이것에서 어떤 역할의 기묘한 전도를 볼 수 있는데, 얼핏보면 그 전도는 세대론적 지평 속에서 구축된 자신들의 입장과 역할에 대해 다른 세대의 감수성을 거울 삼을 줄 아는 데서 생겨난 '느슨한 입장'의 미덕을 제대로 드러낸 결과로 보일지 모른다. 그러나 나이 든 비평의 정직하지 못한 관용이나 어린 비평의 관용을 모르는 정직이나, 모두 반성과 성찰을 독점하고 전유(專有)함으로써 다른 세대의 감수성을 침해하려는 비평적 권력욕의 출현과 무관하지 않다는 데 문제가 있다. 최근 비평계를 떠들썩하게 만든 이른바 '문학 권력 논쟁'의 발단에는 아무래도 그러한 반성과 성찰의 독점과 전유라는 문제가 가로놓여 있는 것 같다. 다른 것은 제외하더라도 기득권을 쥔 나이 든 비평과 그것에 도전한 어린 비평 사이에서 이루어진 문학 권력과 관련된 논쟁이 생산적인 대화가 되지 못해 독백에 머문 소모적인 인신공격에 그쳤다는 것은 그 문제를 고스란히 반영한다.

언제나 대화에 임할 준비가 되어 있는 '느슨한 입장'의 비평은 대화를 금지하는 교조주의 비평은 물론이고 대화를 불필요한 것으로 여기는 상대주의 비평과도 다르다. 그렇다면 의미 있고 생산적인 대화와 토론을 낳지 못하고 선정적이고 소모적인 말싸움에 그쳐버린 '문학 권력 논쟁'에 있어 나이 든 비평과 어린 비평이 공유하는 것처럼 보였던 '느슨한 입장'은 반성과 성찰의 독점과 전유라는 독단과 아집의 언어를 수반한다는 점에서 하나의 의사형태에 불과했던 것임이 확실히 입증된다. 자신만이 옳고 정당하다고 말하는 비평 못지 않게, 어쩌면 그 이상으로 자신만이 반성하고 성찰한다고 말하는 비평은 위험하고 해롭다. 그들이 대면하고 의거했던 거울은 결국 자신의 아름다움과 지식만을 보여주는 나르시시즘적인 편견과 오만의 거울이었지 자신의 추함과 무지까지를 되비추어 돌이켜 보게 하는 반성과 성찰의 거울은 아니었던 셈이다. 현금의 비평 담론들이 처한 곤경이 특히 여기에 있다. 반성과 성찰을 그 본령으로 해야 하는 비평의 거울은, 90년대 이후의 소설에서 우리 시대의 일상과 생활의 기만과 허위를 형상화하기 위해 소재로 끌어들인 가상과 환영의 거울을 어느 사이에 닮아버리고 만다. 황종연의 말마따나 "문학이 하는 일의 핵심에 다가간 사람(비평가—인용자)은 (…중략…) 사랑에 빠진 자신을 이해하고 표현할 언어를 구하려고 시집을 뒤지는 연인이며, (…중략…) 가난과 싸우는 자신의 생활을 의미 있게 만들어줄 이야기를 얻으려고 소설을 읽는 노동자이다."(「문학의 옹호」, 『문학동네』, 2001년 봄호) 그런데 지금 이곳의 비평가들은 '시집을 뒤지는 연인'도 '소설을 읽는 노동자'도 아닌 모사와 싸움에 능란한 정치꾼으로부터 그다지 멀리 있는 것 같지 않다. 그들은 대체로 상대가 문학작품이 아닌 동료 비평가들이고, 또 그 동료 비평가들이 자신들이 바라는 거울이 되어주지 않을 때 그 상대를 자산들이 바라는 모습으로 폭력적으로 교정하려드는 가학적 나르시시스트들인 경우가 많다.

지금 이곳의 가학적 비평들이 처한 나르시시즘적 곤경은 사실 '90년대 비평'의 출발로부터 어느 정도는 준비되어 예고되고 있었던 것처럼 생각된다. '90년대 문학 의식의 한 대변자'(한기)로서 '90년대 비평'의 기원에 관여했던 이광호의 비평은 무엇보다도 그러한 곤경의 발생론적 과정을 선명하게 들여다 볼 수 있는 시사적인 예라고 할 수 있다. 특히나 「비평의 전략」(『위반의 시학』, 문학과지성사, 1993)이라는 그의 글에서 세대론적 지평이 도출한, "비평은 권력 행사 혹은 권력 추구의 문학적 양식이다"라는 명제는 특별한 주목이 필요하다. 비평의 '역사적 성격'을 규명하는 그 글에서 그는 우선 '80년대 비평'은 "세계의 총체성을 움켜잡은 초월적·절대적 존재"로서의 비평가가 진지성의 척도로서 권위를 지탱한 '비평의 계몽주의 시대'를 이루는 것으로 본다. 그리고 그와 대조되는 자기 세대의 비평, 즉 '90년대 비평'을 가리켜서는 "척도가 없는 시대에 끊임없이 황금의 척도를 구성하려는 권력"에 불과한 것으로 가정하고 이제 비평가는 '담론의 전문적인 관리-해석자'로서 "사회적 분업에 종사"하는 하나의 전문가일 뿐이라고 말한다. 비평이 그처럼 진지성의 척도로서의 권위를 지닌 것이 아니고 권력과 관계된 '전략'적 사고의 일환으로 간주된다면, 단적으로 "모든 비평은 위선이며 자가당착이다"라는 다소 선정적인 명제가 그에 의해 토로된다고 해서 이상할 것은 없다. 현금의 비평 담론들의 권력 쟁투가 여기서 '전략적 사고로서의 비평'이라는 그러한 논의로 하여금 예언적이 되게 한다는 것을 눈치 채기란 우리로서는 별로 어려운 일이 아니다. 그러나 "어떻게 '위선의 진정성'은 가능한가?"라고 묻고 그와 같은 "질문이라는 반성적 행위 속에, 비평의 진정한 얼굴이 있다"라고 말한 것도 실은 이광호였다. 지금 이곳의 비평은 그런 점에서 '90년대 비평'의 반성력은 배우지 않고 전략적 사고에 기반한 '90년대 비평'의 위선성만을 승계한 셈이다.

전략과 위선성이 총체적인 것이 되어버린 세계에서 그 척도를 '반성'에서 구하는 비평은 실제로 비평의 특수한 역사적 성격이라기보다는 비평의 일반적인 존재론적 성격에 해당된다. 그러니까 '90년대 비평'에 대한 이광호의 정의와 규정은 다소 과장된 것이라고도 볼 수 있는데, 하지만 비평의 전략이 갖는 위선성이 90년대에 들어와 보다 첨예화되고 그에 따라 비평의 반성력이 보다 중요해지게 된 것이라 말한 것이라면 그것에 얼마간 동의하지 못할 것도 없다. 그런데 총체적인 전략과 위선의 세계 속에서 비평적 척도란 그처럼 바깥의 '황금의 척도'에서 장만되지 않고 내부의 반성력에서 마련되는 것일 때 그 반성력조차 그것을 독점하고 전유하려는 새로운 전략에 직면하게 되리라는 것 역시 명백한 일에 속한다. 지금 이곳의 비평은 바로 반성력을 독점하고 전유함으로써 그것이 문학작품이든 동업자든 가리지 않고 상대에게서는 반성력을 발견할 줄 모르는 '나르시시즘의 비평'이 되어 있다. 이러한 비평의 나르시시즘은 더구나 집단적인 형태를 띠고 섹트화되거나 패거리화되는 경쟁적인 양상을 보여주는 데서 더욱 심각한 문제로 드러난다. 개별적인 나르시시즘은 경쟁의 논리 속에서 다양성에 대한 기대만큼은 충족시켜 주지만, 집단적 나르시시즘은 다양성을 보장하는 경쟁의 논리 속에서조차 어떤 동질성에 빠지고 만다. 집단적인 경쟁의 구속이 강한 세계에서 나르시시즘의 비평은 저희가 생각하는 것보다 동어반복이 많고 훨씬 적게 독창적인 것을 말하는 듯싶다. 서로 다른 상대에게서 항상 자신만을 보거나 보려 하는 그러한 비평의 나르시시즘적인 거울 게임 안에서 비평가들은 흔히 정신적인 유폐와 폐쇄라는 우려스러운 결과의 주체들이 된다. 결국 '거울의 소설'과 '비평의 거울'이 갖는 올바른 관계는 그 '비평의 거울'이 반성과 성찰의 거울인 경우에 한정되는 것인데, 그것이 '거울의 소설'을 닮아 '거울의 비평'이 되고, 따라서 나르시시즘이라는 자기기만과 자기 환영에 사로잡힌다면 비평은 더 이상 문학의 일이 아니게 된다. 그런 만큼 지금 이곳의 비평들에게 가장 필요한 것은 무엇보다도 다시금 반성과 성찰의 거울 앞에 돌아와 서는 일이 아닐까.

노동의 비평과 모험의 비평

— 강경희, 고명철의 비평에 대하여

<hr />

　게오르그 짐멜(Georg Simmel)에 따르면, 우리의 행위와 경험은 모든 부분에서 이중적인 의미를 지닌다. 즉 그는 한편에서 그것은 자신의 고유한 중심을 축으로 진행되어 삶의 전체성을 형성하게 되는 반면, 다른 한편에서 그것은 그러한 삶의 전체성으로부터 떨어져 나와 새로운 의미의 삶을 구축하게 된다고 말한다. 나아가 짐멜은 이 두 가지 측면이 다양한 형태로 삶의 모든 내용을 결정한다고 말하면서, 이 두 가지 체험 가운데 전자는 '노동'이라는 의미를 획득하는 반면, 후자는 '모험'이라는 의미를 획득한다고 덧붙인다. 그에 따르면, '노동'은 이 세계에 존재하는 질료와 에너지가 인간의 목표를 최고조로 달성하는 데 이바지하도록 삶의 통일적인 연관관계를 지속적으로 발전시키는 통합의 체험이고, 그에 반해서 '모험'은 그 내적인 의미에 입각해서 이전과 이후로의 관계로부터 독립적이고 삶의 연속성이 원칙적으로 거부되거나 삶의 일상적인 연속성과 아무런 관계없이 진행되는 분열의 체험이다. 물론 짐멜은 '모험'이 단순히 우연적이고 이질적이며 단지 삶의 외피만 건드리는 모든

것과 구별된다고 말하면서, 이것은 삶의 전반적인 맥락으로부터 떨어져 나오는 동시에, 바로 이 운동과 더불어 다시금 삶의 맥락 속으로 들어가는 예술의 본질적 체험과 닮아 있다고도 말한다.

사실 '노동'과 '모험'에 관한 짐멜의 규정은 어떤 의미에서 우리가 '비평'이라고 부르는 것의 행위와 경험에도 그대로 적용된다. 말하자면 비평가에게서 우리는 통합의 체험을 중시하는 '노동'의 경향이나 분열의 체험에 주목하는 '모험'의 경향을 발견할 수 있다. 가령 문학작품을 비평하는 일에서, 어떤 비평가들은 한 작품은 다른 작품이 만들어지면서 또는 다른 작품이 만들어지기 때문에 끝난다고 가정한다. 그리고 그들은 이 작품들이 서로 관련성을 가지며, 또한 이와 더불어서 작품 전체의 통일적인 연관관계를 형성하거나 이를 표현한다고 생각한다. 즉 '노동'하는 비평가들은 어떤 작품의 특성은 연속성을 지닌 작품 전체와 긴밀하게 연결되어 있다는 역사적 입장을 취한다고 할 수 있다. 그러나 또다른 비평가들은 한 작품은 인접한 작품들과 서로 의존하거나 작용하지 않는다고 가정하고, 나아가 이 작품은 무한히 연속되는 작품들로부터 분리되는 동시에 그 작품 자체의 내적인 중심에 의해 결정되는 자족적인 형식을 가지게 된다고 생각한다. 요컨대 '모험'하는 비평가들은 문학작품의 연속성에서 원칙적으로 거부되는 것, 즉 처음부터 이질적인 것이나 감히 파악할 수 없는 것이 존재하며, 그것을 존중해야 한다는 미학적 견해를 갖는다고 할 수 있다. 만일 이러한 '비평의 유형학'이 가능한 것이라면, 우리는 모든 비평들이 '노동'과 '모험' 사이에서 펼쳐지는 '비평적 스펙트럼' 상의 어딘가에 위치한다고 짐작해볼 수 있다. 이 글은 바로 이런 관점에서 두 비평집을 읽어보고자 한다.

노동의 비평

『타자의 언어학』(문학과경계, 2006)은 문학평론가 강경희 씨의 첫 비평집이다. 이 비평집은 그녀가 '등단 이후 6년 동안 발표한 글들 중 일부'(8; 이후 책의 페이지만 표시함), 그 가운데서도 특히 시 평론만을 묶은 것인데, '주로 90년대 후반에서 현재까지 문학현장에서 소개된 작품들을 중심 텍스트로 삼'(8)고 있다.

강경희 씨의 비평집은 크게 3부로 구성된다. 먼저 1부에는 '90년대 이후 시의 문학적 지형과 문제적 징후들을 살펴보고', '새로운 세기의 시인들의 다양한 시적 모험과 상상력'(8)을 탐색하는 7편의 글들이 추려져 있다. 이른바 총론에 해당하는 비평들이다. 그런가 하면 2부는 '90년대 이후 활발한 시적 성과를 보여주었던'(8) 7명의 시인들을 대상으로 그들 각각의 작품 세계를 검토하는 소위 시인론으로 채워져 있다. 그리고 3부에는 '중견 시인들을 비롯해 신인들의 첫 시집에 이르기까지 2000년 이후 발표한 시집들'(8)을 음미하는 13편의 작품론이 실려 있다. 2부와 3부는 말할 것도 없이 1부에 대해 각론적 성격을 지닌다. 자신도 밝히고 있지만, 강경희 씨의 비평적 관심은 무엇보다도 '새로운 세기의 문학의 지각 변동의 특성'(8)에 모아져 있는데, 그녀는 문학, 특히 '90년대 이후의 시'가 '디지털화된 세계'(8)로 요약되는 오늘날의 변화된 문화적 상황을 어떻게 수용하고 있는지를 집중적으로 분석한다. 물론 '타자의 언어학'이라는 비평집의 표제에서 암시되고 있는 것처럼, 그녀의 비평은 새로운 문화적 상황에 연동된 낯선 문학적 변화에 대해 일단 회의와 비판보다는 신뢰와 애정을 보여주는 쪽이다. 나는 특별히 이 점에 주목하고자 한다.

자신의 비평이 '타자의 삶에 대한 무한한 매혹'(6)에서 비롯된 것이라고 스스로 밝히고 있듯이, 강경희 씨의 비평은 마치 '이질적인 타자의 땅으로 떠나는 여행'(6)과 같다. 그녀는 실제로 '후기 자본주의의 테크놀로지화된 삶의 양식'(16)이 '도구의 차원'(16)이 아닌 '존재 기반'(16)이 된 새로운 시인들(이원, 서정학, 성기완, 여정)의 작품이나 '현실을 낯설게 재구성하거나 일그러뜨림으로써 우리의 보편적인 사유방식으로는 이해하기 힘든 매우 생경한 세계를 재현'(77)하는 실험적인 시인들(김옥희, 김행숙, 박계해, 박판식, 유형진, 조민, 조연호, 진은영, 최하연, 하재연, 황병승)의 이른바 '아방가르드 시'(76)에로 주저 없이 비평적 여행을 떠난다. 뿐만 아니라 그녀는 '세계 개선에 대한 의지와 목표가 비교적 분명했'(97)던 이전의 희극적인 작품들로부터 '보다 가벼워지고 내면화하고 요설화하는 특징'(97~98)을 보여주는 '일군의 신세대 시인'(97)(서정학, 이장욱, 유홍준, 이응준, 김참, 이승원, 백인덕)의 작품들을 구별하면서, 새로운 의미를 획득하고 있는 오늘날의 '웃음'(97) 속으로도 훌쩍 여행을 떠난다. 그러면서 강경희 씨는 그러한 '90년대 중·후반에 등장한 70년대생 젊은 시인들의 작품'(59)에서 변화된 사회문화적 상황에 대한 '수용'(38)과 '향유'(74)라는 수동적인 의미만을 보지 않고 그것에 대한 '비판'(74)과 '전복'(38)이라는 적극적인 의미를 읽어낸다.

이처럼 기존의 작품들로부터 분리되며 동시에 그 작품 자체의 내적인 중심에 의해 결정되는 새로운 자족적 형식에 긍정적인 의미를 부여하고 또 그것을 비평적으로 향유하려 한다는 점에서, 강경희 씨는 일단 '이질적인 것에 대한 매혹'을 꺼리거나 두려워하지 않는 '모험하는 비평가'에 속하는 것으로 보인다. 그녀는, 젊은 시인들의 작품이 황폐한 현실에 대한 사려 깊은 문학적 응전이 되지 못하고 그러한 현실에 수동적으로 반응하는 일종의 사회문화적 투영물일지도 모른다는 의심을 가지면서도, 기존의 작품들이 형성한 연속성 속에서 파악될 수 없거나 거부될 만한 것을 존중하고 가치화하는 미학적 견해를 결코 포기하지 않는 것 같다. 그러나 70년대 생 젊은 시인들의 작품에 나타나는 내용과 형식의 비동일성에 '부정의 미학'이라는 의미를 부여하는 강경희 씨에게 앞에서 언급한 '의심'은 주변적인 것이라기보다는 본질적인 것인지도 모른다. 왜냐하면 나는 강경희 씨의 '모험적 비평들'의 이면에서 아이러니컬하게도 작품은 현실과 반성적 관련성을 가져야 하고, 이를 통해서만 작품의 미학적 의미가 표현된다고 고집하는 '노동하는 비평가'의 모습을 지속적이면서도 뚜렷하게 확인하게 되기 때문이다. '내면적인 고뇌'(40)나 '세계에 대한 깊이 있는 반성적 사유'(75)라는 전통적인 비평 기준을 근거로 젊은 시인들에게 비판적 조언을 아끼지 않는다는 점에서, 오히려 강경희 씨의 글은 '노동하는 비평'의 숨겨진 요소를 보여주는 듯도 하다.

예를 들면 이러하다. 강경희 씨는 '사이버 문학을 표방하는 이원과 서정학, 성기완의 시'(39)가 '후기 자본주의 사회의 테크놀로지화된 삶의 양상'(16)을 적극적으로 반영한다고 보면서, 이것은 '불안과 모순이 중첩된 현대사회를 진정성 있게 바라보려는 태도'(40)를 보여주는 것이라고 높이 평가한다. 그러나 그녀는 그 젊은 시인들이 '지극히 기계화된 삶에 편향된 채 가상에만 도취된 병적 나르시시즘을 드러낸다는 점'(40)을 들어 '시적 상상력을 편협한 울타리에 가두는 상상력의 빈곤'(40)을 지적한다. 그리고 '언제나 문제는 새로운 시대정신을 반영했느냐가 아니라 그것에 대한 내면적인 고뇌가 시 속에 각인되었느냐 하는 점이다'(40)라고 비판적 조언을 덧붙인다. 사실 이러한 '비평적 알고리즘'은 강경희 씨의 비평들에서 빈번하게 발견된다. 그런데 강경희 씨의 비평적 알고리즘이 우리를 끌고 가는 곳은 놀랍게도 내면적인 고뇌의 열도를 통해 문학적 진정성을 담보할 수 있다고 생각하는 어떤 낭만주의적 믿음의 공간이다. 그곳은 무엇보다도 '욕망의 유토피아가 온다고 믿는 것은 헛된 믿음이다'(127)라는 것을 아는 곳이고, 그리하여 '자연과 세계가 하나되던 아름다운 세계'(337)를 동경하는 것이 가능한 곳이다. 요컨대 '모험의 비평'이 우리를 이끌고 간 것은 역설적이게도 아직 가보지 않은 다가올 미래의 땅이 아니라 이미 지나온 오래된 과거의 땅, 곧 본질적인 '시원(始原)의 세계'(148)라고 할 수 있다.

앞서 나는 강경희 씨를 '이질적인 것에 대한 매혹'을 꺼리거나 두려워하지 않는 '모험하는 비평가'라고 말하였다. 그러나 나에게 이제 그녀는 오히려 '오래된 것에 대한 매혹'을 간직하고 새롭고 전위적인 작품들에게 과거의 문학적 기율을 설득하는 '노동'의 비평가로 다가온다. 결국 '모험하는 비평가' 속에 숨겨진 '노동하는 비평가'가 강경희라는 비평가의 진짜 모습인 셈인데, 나는 왠지 그녀의 재능이 모험할 때보다 노동할 때 더욱 빛나는 것 같다.

모험의 비평

『순간, 시마(詩魔)에 들리다』(작가, 2006)는 문학평론가 고명철 씨의 시 비평집이다. 이미 여러 권의 비평집을 가진 고명철 씨이지만, 사실 시 비평집으로서는 첫 번째 책이라고 할 수 있다. 그는 '시 비평에 전념해 온 것도 아니라, 먼 발치에서 시를 읽으며, 시인들의 시적 인식과 그 내면을 엿보고자 신열(身熱)을 앓으며, 저 혼자 시마에 들리고자'(11; 이후에도 책의 페이지만을 표시함), '시를 향한 짝사랑'(10)을 실천해왔다고

하는데, 이 비평집은 그 첫 결실인 셈이다.

고명철 씨의 비평집은 크게 5부로 이루어져 있는데, 먼저 1부는 '1990년대의 시문학사를 거칠게 파악해보면서'(11), "지금', '이곳' 시단의 지형도를 점검해보'(11)는 글과 '1990년대 이후 변화된 현실 속에서'(11) '나태해지는 진보문학을 향한 성찰의 목소리'(11)들을 검토하는 글 등 6편의 비평이 실려 있다. 그리고 2부는 '전통 시조의 율격을 창발적으로 계승한'(11) 시조 시인들(고정국, 김제현, 조영일, 이달균, 황다연, 윤금초)의 시집을 다루는 글 6편이, 또 3부는 '삶의 고통을 정직하게 대면하고 있'(12)는 각 시인들(정규화, 이승하, 정군칠, 이해웅, 안차애)의 시집 5권을 주목한 글들로 채워져 있다. 그런가 하면 4부에는 4명의 개별 시인(성찬경, 문충성, 문태준, 김사이)의 시 세계를 살펴보는 '일종의 작가론적 성격의 글들'(12)이 '보유'까지 포함해 5편 묶여 있고, 마지막으로 5부에는 '2004년 한 해 동안 계간 『열린시학』의 계간평을 통해 발표된 것 중'(12) '나름대로 애착이 가는 시들의 감상'(12)에 해당하는 24편의 글들이 실려 있다. 고명철 씨의 비평적 관심은, 그 폭이 넓기는 하지만, 주로 90년대 이후 변화된 '국내외의 정치적 상황'(21)에 연동되어 새로운 양상을 보여주는 '진보문학'(11), 보다 구체적으로 '현실 참여계열의 시'(21)에 집중되어 있는 것 같다. 고명철 씨는 진보문학, 특히 '민중시에 대한 생산적 비판'(28)에 힘을 쏟고 있는 것처럼 보이는데, 이와 더불어 그는 '민중시인들의 시작에 애정을 갖는 것'(28)이 무엇보다 중요하다고 역설한다. 나는 바로 이 국면에서부터 출발하고자 한다.

'삶의 대지로부터 이반된 채 둥둥 떠 다니는 욕망의 시가 아니라, 대지에 밀착하여 삶의 생래를 육화시키는 시를 통해 우리는 삶과 현실 속에서 외면할 수 없는 그 무엇의 참된 가치를 성찰할 수 있다'(103)라고 말하는 데서 엿볼 수 있듯이, 고명철 씨의 비평은 대지로부터 이반된 채 떠도는 여행의 비평이 아니라 '대지에 밀착된 채 삶의 참된 가치를 일구는 노동'의 비평을 지향한다. 실제로 그는 무엇보다도 '1980년대에 지녔던 민족문학진영의 진보적 문제의식'(23)이 새로이 모색하는 '민중적 서정성의 미학'(23)이나 '민중의 낙천성과 낭만성'(111)과 같은 것을 그리고 있는 '일과시' 동인들의 작품에 주목한다. 그런가 하면 '1980년대 민족민주운동의 거대담론에서 소홀히 간주되어온 여성에 관한 문제의식에 착목한'(23~24) '여성시'와 '1990년대에 들어서면서 각별히 주목받게 된'(24) '생태시'에 전위적인 관심을 가지면서도, 이처럼 급부상한 '여성시'와 '생태시'의 문제의식을 지난 진보문학이 추구했던 미완의 과제와 연계시키는 데 주력한다. 이 사실은, 고명철 씨가 '1980년대의 진보적 문학'(117)의 터전이 붕괴되고 90년대 이후 '전지구적 자본주의가 전횡하는 작금의 현실'(117)이 현재의 '진보문학'에 지난 민중문학의 '낡고 고루한 경계를 넘어선 창조적 전복과 생성의 계기'(29)가 필요함을 뜻한다고 주장할 때조차도 크게 달라지지 않는다. 왜냐하면 그는 시인들의 시 세계를 다루면서 언제나 이것을 단순히 '미적 대상'(101)으로만 파악하지 않고 '세계의 고통에 치열히 대면하'(77)는 '시적 진실'(101)로서 평가하기 때문이다.

이와 같이 어떤 작품들이든 지난 작품 전체와 통일적인 연관관계를 형성하거나 이를 표현한다고 생각하고 또 그 특성이 연속성을 지닌 작품 전체와 연결되어 있다는 관점을 가진다는 점에서, 고명철 씨는 일단 작품들에서 '대지에 밀착된 삶의 참된 가치'를 통해서 작품 전체를 맥락화하는 '노동하는 비평가'에 속하는 것이 아닌가 한다. 물론 그는 '비평은 모험을 두려워해서 안 된다'(10)고 생각하고, '창조적 전복과 생성'(28), 즉 '낡고 고루한 껍질을 벗는 갱신의 치열성'(44) 같은 것을 강조하기도 한다. 심지어 그는 과거의 시조를 계승한 현대시조의 미학을 말할 때조차 '틀을 내파(內破)시키는 아름다움'에 이끌린다. 그러나 고명철 씨는 줄곧 기존의 작품들이 형성한 연속성과 아무런 관계없이 진행되는 작품이란 존재할 수 없고 작품을 연속적으로 이어주는 고리는 항상 존재한다고 생각하는 역사적 관점을 유지하는 것 같다. 왜냐하면 '진보문학'에서 '창조적 전복과 생성' 또는 '갱신의 치열성'이 필요하다고 역설할 때, 그가 말하고자 하는 바는 무엇보다도 '진보문학으로부터의 벗어남'이 아니라 '진보문학의 거듭남'이기 때문이다. 그러나 그럼에도 불구하고 지난 연대의 민중 시인들의 작품이나 90년대 이후 변화된 진보적 작품에서 지속적으로 '시적 진실'(101)을 발견하고자 하는 고명철 씨에게 앞서 언급한 '모험'과 '전복'과 '갱신'에 관한 호의적 관심은 이른바 '노동하는 비평가'에게는 다소 좀 이질적인 것도 사실이다.

그런데 나에게 놀라운 것은, '노동하는 비평' 이면에 있는 그런 '모험적 비평'의 요소가 고명철 씨의 비평에서 이질적인 것이 아니라 본질적인 것처럼 보인다는 점이다. 이것은, 가령 그가 90년대 시의 새롭고 전위적인 미학을 적극적이고 긍정적으로 평가할 때 뚜렷하게 드러난다. 고명철 씨는, 세계정세의 급변에 따라 90년대 이후 '민족문학진영 시들의 현실적 파급력'(21)이 현저히 약화되고 '형식적 민주주의가 정착되는 과정 속에서, 1980년대와 같은 방식의 현실 참여계열의 시로서는 더 이상 현실적인 시적 대응을 다 할 수 없다'(21)고 보고, 변화된 현실에 응전하려면 '1980년대와 변별되는 1990년대 시의 새로운 미학'(22)이 요구된다고 말한다. 그리고 그는 '1990년대의 이 새로운 미학을 뒷받침하고 있는 역사철학적 문제의식'(22)이 '근대의 도구적 이성중심주의에 의해 배제

되었던 타자를 발견할 뿐만 아니라 타자의 타자성, 그 진정한 가치를 복원시키는'(22) 의미를 갖는다고 특별히 강조한다. 그런가 하면 90년대 김참, 연왕모, 이원 등이 보여주는 '환상시'의 '전복과 위반의 상상력'에 대해서도 호의적으로 주목하는 듯하다. 이처럼 그는 소위 '민중시'와는 거리가 먼 '일상 · 개인 · 타자 · 욕망 · 탈주 · 질주 등 미시적 차원과 연관을 맺으면서 다원화된 가치들에 주목하는 시들'(21)에도 적극적이고 긍정적인 의미를 부여한다.

물론 90년대 '환상시'의 전복과 위반의 상상력을 말하면서도 이것이 갖는 '시적 설득력'이 '환상적 리얼리티'(49)에 있다고 말하는 것을 보면, 고명철 씨는 여전히 현실이라는 대지에 밀착된 '노동하는 비평가'로 보인다. 그러나 나는 그것이 어쩌면 진보문학에 대해 애정을 표현해온 고명철 씨가 '새롭고 전위적인 미학'에 매혹된 데 대한 일종의 변명, 곧 '비평적 알리바이'일 수도 있다고 생각한다. 대지에 밀착되어 있어야 할 '노동하는 비평가'가 뜬금없이 '시마(詩魔)'라는 낭만주의적 영감 개념에 '들려 있다'는 것은 그것에 대한 은밀한 증거일지도 모른다. 간단히 말하면, 이 모든 것은 고명철 씨가 너무 오랫동안 진보적 문학을 읽어와서 답답해지자 자신의 비평을 '자유롭게' 하려는 데서 생겨난 어떤 양상으로 이해된다. 요컨대 '노동하는 비평가' 속에 감추어진 '모험하려는 비평가'가 고명철이라는 비평가의 현재 모습인 셈이다.

지금까지 강경희 씨와 고명철 씨의 비평집을 검토해보았다. 그 결과, 나는 강경희 씨의 비평에서는 '모험하는 비평가 속에 숨겨진 노동하는 비평가'를 만날 수 있었고, 반면에 고명철 씨의 글에서는 '노동하는 비평가 속에 감추어진 모험하려는 비평가'를 만나게 되었다. 한마디로 '이질적인 것의 공존'이라는 어떤 '포스트모던'적 역설과 마주친 것인데, 나는 이것이 과거와는 다른 현재 우리 비평의 핵심적 양상을 보여주는 시금석일 수 있다고 생각한다. 모험이 노동과 함께 있고 노동이 모험과 더불어 사는 두 비평집의 모습은, 일단 그동안 순수와 참여의 이분법과 같은 진영 논리 속에서 증폭되곤 했던 우리 비평의 논리적 편협함이 어떤 '균형 감각'에 이른 결과물로 해석될 수 있다. 그런데 과연 그러한 균형 감각은 우리 비평을 변화시키는 '도전'으로 작용할까, 아니면 그것을 변화시키는 것에 대한 '단념'으로 작용할까? 이것에 대한 대답은 아직 나에게 없다. 다만 나는 그러한 '이질적인 것의 공존'이 전략적 사고에 기초한 애매한 태도가 아니고 사려 깊은 균형 감각이기만을 바랄 뿐이다.

두 문화를 넘어서

— 황우석 · 최재천 · 김병종의 『나의 생명 이야기』를 읽고

『나의 생명 이야기』(효형출판, 2004)는 '과학'과 '예술'이라는 이른바 '두 문화'(C. P. 스노우)에 각기 속한 세 사람이 '생명'을 공통된 화제로 놓고 서 함께 엮은 책이다. 2004년 2월 세계 최초로 '인간 체세포 복제 유래 줄기세포 배양'에 성공함으로써 전 세계의 이목을 집중시킨 바 있는 황 우석 교수와 기초과학의 전도사로 자임하며 '대중의 과학화'를 위해 전 국을 누비고 다니는 동물행동학자 최재천 교수, 그리고 특별한 개인적 경험 이후 '생명'에 눈뜨기 시작하면서 8 · 90년대 내내 〈바보 예수〉, 〈 흑색 예수〉 연작과 〈생명의 노래〉 연작 등을 그려온 화가 김병종 교수가 그 공동 저자들이다.

이 책의 전체 구성을 보면, 전반부는 '생명은 희망이다'라는 제목을 단 황우석 교수의 글들이 차지하고 있고, 책의 후반부에는 '알면 사랑한다' 는 제목하에 최재천 교수의 글들이 나온다. 그런데 김병종 교수의 경우 는 '두 과학자와의 행복한 동행'이라는 제하의 「머리말」을 제외한다면, 앞선 두 과학자의 글들 사이사이에 자신의 그림들과 그것에 대한 간단

한 단상들이 끼워 넣어져 있을 뿐이다. 이를 두고 김병종 교수는 두 과학자의 행로에 자신이 잠시 끼어들었을 뿐이라고 겸손하게 말하고, 심지어 자신의 동행이 "독자로 하여금 글 읽는 틈틈이 시각적 피로도 덜 겸 삽도를 하나씩 넘겨보며 쉬엄쉬엄 가라는 뜻"에 있다고까지 적는다.

그러나 지식의 전문화에 따라 점점 심화되고 있는 '두 문화' 간의 단절과 대립을 놓고 본다면, 그것은 지나친 겸양의 표현으로 보인다. 오히려 학자들 간의 공동 연구와 더불어 소위 '통섭(通涉)'이라 불리기도 하는 학제 간 연구의 중요성이 강조되고 있는 현재의 흐름에서, 그것은 일정한 의미를 갖는 사건의 하나로 기록될 수 있다. 만약 그런 '낯선 형태'가 지니는 상징적 의미를 알게 되었다면, 그 다음부터는 눈치 보지 않고 김 교수의 말을 그대로 받아들여 '쉬엄쉬엄' 그림을 음미하고 그것에 딸린 단상들을 읽으면서 그 화가와 함께 곧바로 두 석학이 들려주는 이야기에 귀 기울이는 "복에 겨운 일"에 동참하여도 무방하다.

먼저 황우석 교수의 '생명 이야기'는 한 과학자의 사회적 성공에 대한 세속적 호기심을 충족시켜주는 이른바 '성공 신화'를 줄기로 한다는 점에서 일단 재미있다. 배냇소 하나에 가족의 명운이 걸려 있던 가난한 유년기를 보냈지만 '등 안 대기 클럽'을 만드는 등의 처절한 노력 끝에 명문대에 진학한 일, 학내 파벌 대립으로 교수 임용에 탈락하여 3년 동안 시간강사로 전전하였지만 일본 유학을 통해 '복제 연구'라는 새로운 분야에 입문함으로써 위기를 기회로 역전시킨 일, 그리고 반복되는 실패에도 불구하고 '살인적인 인내'를 통해 마침내 인간 복제배아를 이용한 줄기세포 추출에 성공한 일 등 한 과학자의 입지전적 성공 스토리가 흥미진진하게 펼쳐진다.

그러나 황 교수의 '생명 이야기'는 그런 입지전적 스토리의 재미도 재미지만 생명복제 연구에 대한 설명을 세계적인 복제 연구자의 육성으로 직접 들을 수 있다는 의미에서 좀 더 눈길을 끈다. 특히 생명복제에 대한 세간의 오해들에 대해 납득할 만한 답변을 들려주고 있다는 점에서, 그것은 단순한 입지전이 아니라 생명복제 연구에 대한 올바른 이해를 통해 사회적 합의를 이끌어내려는 호소력 넘치는 웅변으로 다가온다. 가령 황 교수는 '생명복제'를 아픈 사람을 치료하기 위해 복제인간을 만들어내고 그 복제인간은 죽는 걸로 알았다는 한 신부님의 오해를 거론하며, 그것은 '인간복제'가 아니라 '세포복제'라는 점을 확인시켜준다. 그리고 인간복제는 기술적으로 불가능할 뿐만 아니라 윤리적으로도 죄악이라고 덧붙인다.

그런가 하면 난자와 정자와 같은 생식세포를 잠재적인 생명체로 간주하는 '천주교'의 생명론에 비추어보면 여전히 세포복제도 문제가 된다는 종교적 논란에 대해서도, 황 교수는 설득력 있는 답변을 들려준다. 그는 태어나 어머니의 젖을 먹는 포유 단계부터 생명으로 간주하는 '이슬람'의 느슨한 생명 기준에도 동의할 수 없지만, 남자의 자위 행위나 여자의 생리 현상 등으로 방출되는 생식세포의 복제를 윤리적 위반 행위로 보는 것은 딜레마를 가져오는 너무 엄격한 기준이라고 지적한다. 반면에 '학문적 정의'를 따라 생식세포가 유전자 차원에서 서로 융합하여 새로운 성장이 가능한 수정란 단계부터 생명으로 인정하는 경우는 윤리적 딜레마를 해결하면서도 난치병 치료와 같은 '인간을 위한 복제' 연구도 합법성을 지닐 수 있다고 말한다.

물론 황 교수는 생명의 신비에 도전하다 보면 걷잡을 수 없는 호기심과 욕망의 노예가 되지 않을까 걱정하는 사람들의 있을 수 있는 의구심도 놓치지 않는다. 이에 대해 그는 복제 연구에는 '두 가지 원칙'이 있다고 말하면서, 수정란 단계부터 생명으로 간주하는 나름의 윤리 기준에 어긋나지 않는 연구를 하는 것이 그 하나라면 로봇공학의 제1원칙이 인간이듯이 복제연구의 제1원칙 역시 인간이라는 것이 또 다른 원칙이라고 설명한다. 그리고 이와 같은 원칙을 토대로 해서 사회적, 윤리적 안전장치를 마련할 때, 복제 연구는 지금까지의 어떤 과학기술보다도 인간의 삶을 풍요롭게 만들 수 있을 것이라고 확신한다. 황 교수의 '생명 이야기'에는 그 밖에도 생명복제에 관련된 흥미로운 이야기들이 몇 가지 더 들어 있다.

한편, 최재천 교수의 '생명 이야기'는 사회적 성공 신화로서는 다소 밋밋하지만, 동물행동학을 전공한 한 생물학자의 학문적 이력을 엿볼 수 있다는 점에서 역시 충분히 흥미롭다. 강릉 '촌놈'으로서 문학 소년의 길을 가고자 했지만 우연히 이과로 편입되면서 서울대 의예과에 지원했다가 낙방하고 다음해 2지망으로 '서울대 생물학과'에 입학한 일, 전공 공부에는 무관심한 채 문학 강의를 쫓아다니며 동아리 활동이나 총학생회 활동으로 분주하던 끝에 우연히 미국 유타 대학의 조지 에드먼즈 교수의 조수가 되어 전국의 개울을 뒤지고 다닌 일, 그 일로 인해 미국 유학을 결심하고 '펜실베이니아 주립대학'을 거쳐 '하버드 대학'에서 '민벌레의 사회성 진화'를 주제로 박사논문을 쓰고 난 뒤 '미시간 대학' 생물학과 조교수로 임용되었다가 마침내 모교의 생물학과에서 교편을 잡은 일 등이 최 교수 특유의 글 솜씨로 소개된다.

그러나 최 교수의 '생명 이야기'에서 좀 더 주목할 만한 것은 그런 자전적, 학문적 이력에 있다기보다는 그가 세계적인 석학들을 스승으로 삼아 공부한 '동물행동학'이라는 종합 과학의 지적 매력을 말하는 대목들이다. 사실 최 교수의 글들은 모든 생물체 행동의 기능과 진화를 밝히는 이른바 '통합생물학'으로서의 동물행동학의 이론적 지형과 핵심 내용들을 이해하기 쉽게 말해준다는 점에서, 일종의 동물행동학 입문서로서도 손색이 없다. 예컨대 최 교수는 프리슈, 로렌츠, 틴버겐 등의 근대 동물행동학의 창시자에서 시작하여, '사회생물학'과 '행동생태학'을 비롯한 '진화생물학', '기능생물학', '인문·사회과학' 등으로 다양하게 분화된 현재 동물행동학의 학문적 지형을 명확히 그리고 있다.

그 외에도 R. 도킨스의 명저 『이기적 유전자』를 가능케 한 W. 해밀턴과 E. O. 윌슨 교수의 사회생물학적 연구의 핵심 내용도, 최 교수는 명쾌하게 설명하고 있다. 특히 사회생물학의 초석을 세우는 데 가장 결정적인 공헌을 한 해밀턴 교수의 '포괄적 적응도 이론'은 최 교수의 글을 통해 간략하지만 쉽고 명확하게 요약된다. 그에 따르면, 해밀턴의 이론은 '혈연선택의 개념'으로 일찍이 다윈도 풀지 못한 '자기희생 혹은 이타주의의 진화'를 설명해낸 이론으로서, 자기 자식을 통해서만 진화적 적응도를 높일 수 있는 것이 아니라 친족을 통해 포괄적으로 이룰 수도 있다는 혁명적 이론이다. 말하자면 개체에게는 불리한 것처럼 보이더라도 유전자에게 유리한 형질이라면 신뢰할 수 있다는 '포괄적 적응도의 개념'은 유전자의 이타적 행동이 이기적 행동이 될 수 있음을 보여주는 획기적 이론이라는 것이다.

물론 최 교수는 자신의 전공 영역에 파묻혀 있는 단순한 전문가로 보이지는 않는다. 그는 '대중의 과학화'를 위해 전국을 누비는 기초과학의 전도사일 뿐만 아니라, 동물행동학이라는 자신의 전공 지식에서 '자연의 지혜'를 길어 올리고 그것을 통해 인간과 사회 문제에 대한 날카로운 발언을 서슴지 않는 비판적 지식인으로 생각된다. 실제로 최 교수의 '과학 에세이'들은 왠만한 사회 비평이나 문화 비평에 비해 재미도 재미지만 좀 더 의미 있는 분석과 비판을 보여주는 경우가 많다. 일종의 바다 달팽이인 '군소'의 행태를 통해 법규에 위배되는 사회적 무질서를 바로잡으려면 잦은 솜방망이보다는 한 번의 호된 곤봉이 효과적이라는 점을 설득하는 '벌은 엄해야 효력이 있다'라는 글은 단지 비근한 예일 뿐이다. 탄핵과 헌법소원으로 이어진 어지러운 정치 현실이나 IMF 이후의 국가적 실업문제와 교육부의 자립형 사립고 실험, 심지어 여성들의 큰 젖가슴 선호와 부부 스와핑의 풍속에 이르기까지 최 교수의 관심은 종횡무진이다.

끝으로 몇 마디 덧붙이자면, 앞서 우리는 한 사람의 예술가를 흔쾌히 껴안는 두 사람의 과학자를 통해 소위 '두 문화' 간의 단절과 대립이 허물어지는 계기를 만났다고 했다. 그러나 그와 동시에 우리는 『나의 생명 이야기』에서 여전히 그 단절과 대립의 고리들이 언제든지 불거져 나올 수 있는 것임을 확인하게 된다.

생명복제를 연구하는 황우석 교수는 '인간의 삶을 풍요롭게 만드는 과학기술'을 일관되게 또 힘주어 강조하면서, 과학기술에 대한 넓은 이해와 사회적 뒷받침을 요청하고 있다. 그러나 그가 복제 연구로 인하여 값비싼 의약품들이 저가에 제공되어 '부자와 가난한 사람 모두 평등하게 건강한 삶을 누릴 수 있는 사회'가 도래할 것이라는 인간적 과학에 대한 장밋빛 전망을 피력할 때, 그것은 너무 순진한 생각의 발로가 아닌가 하였다. 객관적 과학 연구가 기술 상업주의의 맥락에 휘말린다든지 하는 '과학의 사회적 오용'에 대한 걱정과 우려는 단지 과학에 무지한 인문학자들의 쓸데없는 기우만은 아니다. 황 교수가 가끔이지만 복제 연구의 '경제적 가치'를 운운하는 것은 사실 예사로운 문제가 아닌 것이다.

그런가 하면 동물행동학자인 최재천 교수는 일단 과학의 발전이 인류를 풍요롭게 했지만 그것이 인류를 엄청난 공포의 수렁으로 몰아넣고 있다는 느낌도 지우기 어렵다고 온당하게 말한다. 그러면서 문제는 '유전자복제'가 아니라 '유전자조작'이라고 지적하며, 과학의 잘못된 사용을 적절히 경고하고 있다. 하지만 포괄적 적응도의 개념을 통해 개체 동물의 차원에서는 명백한 이타주의도 유전자들의 차원에서는 이기주의일 뿐이라는 최 교수의 사회생물학적 사고에도 문제가 없는 것은 아니다. 어쩌면 그런 사회생물학적 발견은 있는 그대로의 사실을 객관적으로 해명한 과학적 성과 가운데 하나인지도 모른다. 이것을 부인하는 일은 아마도 어리석은 일일 것이다. 그러나 이타주의와 이기주의를 뒤섞어버림으로써 초래될 도덕적 회의주의에 대한 인문학자들의 우려와 비판에는 충분한 근거가 있다. 그런 점에서 최 교수가 '과거에는 윤리가 종교와 밀접했지만 이제는 윤리와 종교도 과학의 범주에 들어왔다'라고 자신하는 것은 너무 지나친 말이 아닌가 한다.

그러나 황우석 교수와 최재천 교수, 이 두 분이 모두 '희망'과 '사랑'이라는 인간적 가치들을 진정 신뢰하는 과학자이자 뛰어난 석학들이고 보면, 그러한 지적은 소심하고 의심 많은 한 인문학도의 공연한 트집에 지나지 않을지 모른다. 불광불급(不狂不及)을 신조로 한 황우석 교수와 화이부동(和而不同)을 모토로 하고 있는 최재천 교수는 우리 과학의 미래를 짊어지고 있는 분들이라는 점에서, 별 볼 일 없는 자의 괘념이나마 그분들에게 누를 끼치지 않았으면 좋겠다. 책을 통해 그분들의 겸허한 성정과 인품을 엿본 짐작으로는, 아마도 이런 식의 '간섭(間涉)'이라도 흔쾌히 받아주시리라 믿는다.

미국은 불량국가다

— 모리스 버만의 『미국 문화의 몰락』을 읽고

1.

처음부터 예상된 일이었지만, 미국의 대 이라크 전쟁은 미국의 승리로 끝났다. 3월 20일에 미국의 바그다드 폭격으로 시작된 이라크 전은 미국의 일방적 우세 속에서 4월 15일 부시 대통령의 이라크 전쟁 승리 선언으로 종결되었다. 미국은 9·11 테러 이후 테러와의 전쟁을 명분으로 내세워 그들이 지목한 '불량 국가'들을 하나하나 제압하고 있는 것이다. 지난번에는 아프가니스탄을 굴복시키더니 이번에는 이라크마저 자신 앞에 무릎을 꿇리고 말았다. 미국이 역사상 지금처럼 그 위력과 기세가 등등하였던 적은 아마도 많지 않았을 것이다. 미국인들의 자존심에 크나큰 상처를 입힌 9·11 테러는 사실 미국의 패권주의(Pax Americana)에 대한 무슬림들의 오래된 반감의 폭발이자 도전적인 일침이었지만 역설적이게도 그것은 오히려 미국의 패권주의를 더욱 공고하게 만든 것인지도 모른다. 물론 무슬림들의 테러는 그림자 같던 미국의 패권주의적 행보를 노골화시켜 그 실체를 명백하게 드러내도록 만들었다는 측면도 있다. 그러나 노골화된 미국의 패권주의가 국제사회에 가져올 파장과 여파는 보다 심각해 보인다. 미국은 이제 국제사회의 여론뿐만 아니라 일정한 정치적 권한을 지니는 유엔의 결정들마저 쉽게 무시해버리는 '오만한 제국'(하워드 진)이 될 것이다. 아프가니스탄 전을 승리로 이끈 미국은 벌써 이라크 전에 반대하는 유엔의 결정을 따르지 않았다.

20세기가 미국화된 세기였다고 한다면 21세기는 어쩌면 미국의 세기가 될지 모른다는 생각까지 든다. 아니 미국의 신제국주의적 기조가 세계의 열강 가운데서도 단연 돋보이는 정치 경제적 활력을 토대로 해서 무난하게 진행되는 것을 보면, 미국의 세기(the century of America)라는 과장된 표현은 아주 자연스러운 것 같기도 하다. 실제로 세계는 미국의 또 다른 주처럼 되어가고 있다는 느낌이 있는데, 극단적으로 말하면 세계는 미국의 시골에 지나지 않는 것처럼 보인다. 세계 어느 곳에서든 미국 제품을 구입하는 일로 일상의 일부를 삼는 사람들은 많고 또 세계는 아메리칸 드림의 꿈을 이루게 될 날만을 손꼽아 기다리는 시골 촌뜨기들로 넘쳐난다. 나이키 운동화를 신고서 반미 구호를 외치며 이라크 전쟁 반대 시위에 참가하거나 시위 도중의 시장기를 가까이 있는 맥도널드 햄버거와 코카콜라로 해결하는 일은 비근한 예일 뿐이다. 우리의 경우도 주한 미군 철수를 주장하면서 미국의 대중 스타에 환호하거나 미국 프로 스포츠에 관심이 많은 사람들은 손쉽게 찾아볼 수 있다. 그렇다면 여전히 문제는 미국의 경제적 문화적 활력이 야기하는 미국화에 있지 정치적 군사적 위력을 발휘하여 세계의 영토를 제국화하려는 미국이라는 국가 그 자체에 있지 않은지도 모른다. 미국의 사회 비평가 모리스 버만은 거꾸로 20세기가 미국의 세기였다고 한다면 21세기는 미국화된 세기가 될 것이라고 지적한다. 미국이 문제든 미국화가 문제든 어쨌든 미국의 패권주의적 행보에 따른 그들의 위력과 기세는 이제 거역할 수 없는 것이 되고 있는 것이 확실해 보인다. 그런데 모리스 버만은 21세기가 미국화된 세기가 될 거라는 지적과는 별도로 '미국 문화가 몰락하고 있다'는 다소 좀 엉뚱한 진단을 내놓는다. 우리가 미국이 이라크 전의 승리로 자신의 패권주의를 더욱 공고화시켜가는 마당에 '미국 문화의 몰락'이라는 버만의 테제를 선정한 것 역시 엉뚱하기는 마찬가지다. 그러나 이 자리에서 모리스 버만의 책『미국 문화의 몰락』(심현식 옮김, 황금가지, 2002)을 검토해보려는 이유가 전혀 엉뚱한 것만은 아니다. 버만의 진단 또한 엉뚱하지 않은 것은 물론이다. 모리스 버만의 책은 미국의 패권주의의 근본적 원인이 되어 있는 미국 사회의 문화 변동을 문명론적 시각에서 거시적으로 분석함으로써 일종의 유행이 되어 있는 문명들의 충돌이라는 문제틀을 벗어나서 문명 자체의 몰락이라는 문제틀이 더 본질적이고 근본적인 것임을 설득력 있게 보여준다. 우리가 그 책의 논의에 공감했다는 점은 사실 부차적인 이유에 지나지 않는다.

2.

모리스 버만의 『미국 문화의 몰락』이라는 책은 그 제목에서처럼 미국 문화의 변화들에 주목하고 그 변화들이 미국 사회의 쇠퇴와 몰락의 징후들임을 성찰하는 일종의 문명 비평서이다. 그리고 앞으로 21세기가 '미국화된 세기'가 될 거라는 버만의 지적을 참조하면, 버만의 책은 곧 쇠락해가는 미국 문명이 세계화된다는 지적을 통해 인류문명의 종말이 임박해 있음을 경고하는 이른바 인류문명의 사망 진단서가 된다고도 볼 수 있다. 아무튼 『미국 문화의 몰락』에서 순항하는 미국의 패권주의가 끌어내게 될, 아마도 미국 문화가 번영하고 흥성하리라는 우리의 일반적 예측과 가정은 어이없이 뒤집어진다. 실제로 모리스 버만은 미국이 얼핏 보면 사회의 각 부문에서 에너지와 활력이 넘치는 것처럼 보이지만 그것은 미국 문명의 실질적인 쇠퇴와 몰락의 징후들을 숨기고 있는 '실체 없는 그림자'에 불과하다는 깊은 우려를 나타낸다. 그에 의하면, 역동적인 미국 사회의 활력과 에너지는 단지 쇠퇴와 몰락의 징후로서 나타나는 미국 문화의 혼란스러운 움직임에 대한 화려한 외피이자 위장에 지나지 않는다. 거기에는 패권주의적 행보를 고집하는 미국의 신제국주의의 야만적 기조가 사실 미국 문화의 쇠퇴에서 기인하고 있다는 암시가 흐릿하게나마 새겨져 있는 것으로 보인다. 물론 모리스 버만은 미국 문명의 쇠퇴와 몰락의 문화적 징후들에 대한 암울한 진단만을 제시하는 것은 아니다. 그는 엉망이 되어버린 미국 문화를 수습하고 바로잡을 대안들과 해법을 내놓는 데도 상당히 많은 지면을 할애한다. 망쳐지고 있는 미국 문화에 관한 버만의 관심이 무엇보다도 '실천적 관심'이라고 볼 수 있는 이유다. 모리스 버만은 문명의 쇠퇴와 몰락은 거스를 수 없는 역사의 법칙이라고는 하여도 역사적 예에서 보듯이 그 필연적인 과정과 진행은 연속선상에서 이루어지는 것이 아니기 때문에 미국 문명의 생존이 전혀 불가능한 것은 아니라고 덧붙인다.

『미국 문화의 몰락』이라는 책은 앞에서 본 바와 같이 크게 두 부분으로 나누어 볼 수 있다. 미국 문명의 쇠퇴와 몰락의 문화적 징후들을 진단하는 부분이 그 하나라면 그러한 문화의 병적 징후들을 치유하고 돌파할 수 있는 대안과 해법을 제시하는 부분이 다른 하나이다. 이 책 전체의 목적과 취지를 설명하는 서문을 제외하고 보면, 1장과 2장과 3장은 진단 부분이 되고 4장과 마지막 5장은 해법 부분이 된다. 우선 모리스 버만이 미국 문명의 말기 증세로 진단하고 거론하는 것들은 대개 다음과 같은 것들이다. 오늘날의 경제나 첨단 기술 등 외형상으로 나타난 모습과는 반대로 미국 문명은 거의 파산지경에 이르렀다고 보아도 무방하다. 좌익의 경제학자들뿐만 아니라 우익의 경제학자들마저 빈번히 얘기하게 되었을 만큼 미국에서 빈부격차가 지금처럼 격심한 때는 일찍이 없었고, 장기적으로 볼 때 미국이 빈부격차 해소에 그나마 기여해온 기본적인 사회보장제도조차 재정적으로 지탱해 나갈 능력이 있는지도 불투명하다. 그런가 하면 미국 국민의 42%가 세계지도에서 일본이 어디 있는지 찾을 줄 모를 만큼 미국 국민의 지적 수준이 극도로 낮아져 국제 사회에서 '둔재 생산국'이라는 불명예를 안게 된 것은 물론이고, 게다가 기업 주도의 소비주의 문화를 대표하는 '맥월드'가 미국 국민의 정신 세계를 정복함으로써 이제 미국은 그야말로 문화적 빈국이 되어버렸다. 모리스 버만은 이러한 경제적 사태와 문화적 현상들은 역사적 사례에 비추어 볼 때 문명의 쇠락을 예고하는 문명 말기 증세가 분명하다고 경고한다.

가령 미국 사회와 로마 제국의 말기를 비교하면, 버만은 그 유사성이 상당히 충격적이 아닐 수 없다고 말한다. 로마 제국 말기에는 지금의 미국처럼 경제적으로는 빈부격차가 극심하게 나타났고 중산층이 사라졌을 뿐만 아니라 관료 개인과 국방에 들어가는 비용만 하더라도 로마 제국을 파산으로 몰기에 충분했다는 것이다. 그리고 문화적으로도 글을 읽고 쓰는 지적 능력이나 그리스에서 전래된 지식과 학문들은 새로운 시대의 천박한 문화적 조류 속으로 흔적도 없이 사라지게 되었다는 것이다. 모리스 버만은 미국 문명의 말기 증세는 그와 같은 역사적 사례의 현대적 반복이 되고 있음을 지적하는데, 다만 미국의 경우 그 말기 증세는 과학주의와 유물론을 토대로 한 계몽주의의 유산이라는 특수성을 갖는다고 덧붙인다. 물론 그는 프랑크푸르트 학파의 계몽주의에 대한 비판들을 검토하고 그 의미를 인정하면서도 그 비판들의 유너바머 식 반현대주의적 시각에 대해서는 동의하지 않는다. 계몽주의의 문제는 과학 그 자체에 기인한다기보다는 과학이 기업 지배의 상업주의 문화 속에 통합되어 그 맥락 속에서만 진화되어간 탓이 더 크다고 본다. 모리스 버만이 이상적 낭만주의자가 아닌 현실적 모더니스트라는 사실을 여기서 잠시 확인할 수 있다. 어쨌든 버만에 의하면, 미국은 자본주의 속에서 돌연변이가 된 과학 기술을 배경으로 경제적으로 이른바 맥월드 단계에 접어들게 됨으로써 가치 있는 지성에 대한 거부를 전면화하였고 또 지성의 유일한 영역인 교육마저 상품화 과정의 일환으로 질적 저하라는 문제에 부딪치고 말았다. 모리스 버만은 미국이 이제 바람직한 삶과 상품을 제대로 분간하지 못하는 욕망의 문화로 변질되어 쇠퇴 일로에 있다고 개탄하며 단순한 문화적 파산을 넘어 미국 문명은 결국 몰락과 종말을 맞게 될 거라고 그 위태로움을 거듭 환기시켜 보여준다.

그러나 모리스 버만은 미국이 문명의 성쇠라는 역사의 숙명을 거스르지는 못하겠지만 망해가는 로마 제국 속에서 문화의 보존을 수행하여 그 문화를 우리에게 상속한 수도사들을 예로 들어 미국 문명의 완전한 실종을 막을 수 있는 방법이 있다는 데 체념 섞인 희망을 건다. 그것이 일명 버만이 제안하는 '수도사적 해법'이다. 물론 그는 오늘날의 미국 사회와 과거 로마 제국의 성격은 근본적으로 다른 것이어서 로마 제국의 수도사들처럼 스스로를 사회와 격리시켜 로마 문명의 위대한 업적인 책과 필사본들을 모으고 베끼는 작업을 똑같이 수행할 수도 없고 또 수행해서도 안 된다고 말한다. 그러나 버만에 따르면, 상업주의의 시선을 받기 쉬운 정치적 운동의 차원에서가 아니라 그 로마의 수도사들과 같이 일반적인 생활방식의 차원에서 현 미국 사회가 지니는 훌륭한 계몽주의의 지적 유산들을 보존하고 후세에 전하는 수도사적 역할은 여전히 유효한 것이다. 가령 탐욕스러운 자본주의의 폭력을 신랄히 비판하는 반항적 영화 제작자 마이클 무어, 전과자들에게 플라톤과 아리스토텔레스의 철학을 가르치는 얼 쇼리스, 유람선에서 실내악 콘서트를 즐길 수 있도록 환경을 바꾼 올가 블룸 등, 버만이 생활의 질을 조용히 변화시킨 현대판 수도사들의 예를 유쾌하게 거론하는 것은 그 때문이다. 모리스 버만은 이러한 작은 수도사적 노력들이 금방 미국 사회의 병적 징후들을 치유할 수 있는 것은 아니지만 미래에 적절한 시기가 도래하면 그런 노력들은 큰 결실을 맺게 될 것이라고 기대에 차는 듯 보인다. 그가 혼돈 이론을 통해 다가올 암흑 시대를 설명하는 월러스틴을 인용할 때는 더욱 자신의 해법에 어떤 확신을 가지는 듯도 하다. 월러스틴에 의하면 사회적으로 안정된 시기에는 커다란 변동이 발생하더라도 그것이 미치는 영향은 비교적 작지만 시스템이 균형상태에서 벗어나면 작은 변동이라 하더라도 지대한 영향을 일으킬 수 있다는 것이다. 그러나 모리스 버만은 그런 해법과 대안들이 하나의 부질없는 안간힘이라는 것을 잘 알고 있는 것 같다.

3.

모리스 버만의 『미국 문화의 몰락』이라는 책은 일단 미국 문명의 병적인 징후들을 진단하고 미국 문명이 사망하지 않을 수 있는 처방을 성실히 제안한다는 점에서 실천적 관심이 큰 가치 있는 책이라고 할 수 있다. 버만은 분명 무책임하지 않다. 물론 그렇다고 해서 단순히 문화의 병적 징후들을 비판적으로 분석해 보여주기만 하는 책이 무책임하고 가치 없다는 것은 아니다. 버만도 인용하고 있는 『죽도록 즐기기』(닐 포스트만)라는 책은 어느 곳에선가 이런 말을 기록한 적이 있다. "모르는 것보다는 아는 것이 덜 위험하다." 그러나 버만과 그의 책은 이론적 관심에 국한되지 않는 실천적 관심까지를 보여준다는 점에서 분명 훌륭한 지성이고 좋은 책임에는 틀림없다. 하지만 그가 제안하는 수도사적 해법 자체가 얼마나 현실성을 갖는지 하는 점에 대해서는 여전히 이견이 있을 수 있다. 버만이 그 대안과 해법에 회의적이라는 사실은 별도로 하고 말이다. 그런가 하면 쉽게 실현 가능성을 점칠 수 없는 대안과 해법들에 골몰하느라 문명과 문화에 대한 비판적 성찰을 소홀히 할 수 있다는 생각도 든다. 어쨌거나 모리스 버만의 책은 지금 기세 등등해 있는 미국의 패권주의가 실은 문명과 문화의 쇠락에 근거하고 있을지 모른다는 암시를 통해 미국 패권주의의 아이러니컬한 이면을 들여다보게 해준다는 측면이 있다. 사실 현 정세에 비추어 우리가 관심을 가지고 흥미를 느끼는 부분이 바로 그 측면이다. 『미국 문화의 몰락』에 따르면, 미국은 당장의 승리자일지는 모르지만 궁극적으로 패배자가 될 가능성이 높다. 이 판단은 실제로 지성에 대한 사회의 전반적 거부라는 쇠망의 문화적 징후들을 보여주는 것을 볼 때, 미국이 문화적으로 불량한 국가일 수밖에 없다는 버만의 진단에 그 근거를 둔다.

그러나 『미국 문화의 몰락』이라는 책을 읽으면서 남의 나라의 쇠락이라고 강 건너 불을 보듯 편안하게 미국 문명의 현 문화적 상황을 바라볼 수 없다는 데에 우리의 우려와 고민이 있다. 상업주의 문화의 광란 속에서 지성에 대한 사회적 거부가 만연하고 있는 미국 사회를 들여다

보면서 왜 우리 자신을 보고 있다는 느낌을 지울 수 없는지 알 수가 없는 것이다. 사실 그것은 전 세계의 문제지 단순히 미국의 문제가 아니다. 우리의 이웃인 일본에서도 그러한 지성과 교육의 질적 저하의 문제가 심각하게 다루어지고 있다. 다치바나 다카시의 『도쿄대생은 바보가 되었는가』라는 책에서 그것을 구체적으로 확인된다. 다만 다카시의 경우 문화적 쇠퇴의 문제는 문명론의 차원에서 취급되지 않고 일본 사회 특유의 문제로 간주됨으로써 버만의 논의와는 차이점을 보여준다. 어쨌든 모리스 버만이 문명의 말기 증세로 걱정스럽게 제시하는 것은 결단코 미국의 문제로 국한되는 것이 아니다. 우리의 경우는 그 문화적 병세가 오히려 훨씬 더 심각하다. 사회 경제적 불평등의 가속화, 흔들리는 사회보장제도들, 비판적 사고와 전체적인 지적 수준의 급격한 저하, 그리고 쓰레기와 진정한 가치를 분별할 수 있는 정신적 능력의 마비와 죽음 등은 바로 우리 목전의 사태와 현상들이 아닌가. 지성의 사회적 거부로 요약되는 그러한 문화적 몰락의 징후들은 무엇보다도 철모르고 인터넷 강국을 표방하는 한국에서 더 농후하게 나타난다. 강의 평가제로 위협받고 있는 강사와 교수들은 학생들의 눈치를 보며 강의를 일종의 쇼 비즈니스로 하게 되었고 대학의 구내 서점은 이제 거의 24시간 편의점과 구분하기 어렵게 되었으며, 또 대학 총장과 학장들은 너나없이 기업체 CEO를 방불케 하는 존재로 전락했고 진정한 엘리티시즘에 대한 평등주의적 배척과 욕망의 민주화는 딜레땅트들과 아마추어들이 지성을 자임하며 자기 자리를 지키지 않는 무엄한 월권을 일상화시켜버렸다. 최근 한 인터넷 사이트는 '지식 거래소'라는 전자 공간을 제공함으로써 지식의 상품화를 아주 노골화하기까지 했다. 분명 수도사들은 보다 우리에게 절실한 것이라고 말하지 않을 수 없다. 모리스 버만의 책은 미국 패권주의의 문화적 근원을 파헤친 문명 비평서로서 가치 있는 책이기도 하지만, 어쩌면 우리의 문화적 쇠퇴와 몰락을 자각하게 만드는 계몽적인 반면 교사로서 더욱 가치를 갖는 책이라고 생각된다.

좋은 아버지가 되는 법

― 칼레드 호세이니의 『연을 쫓는 아이』를 읽고

칼레드 호세이니의 장편 『연을 쫓는 아이』는, 이 소설의 비유를 빌리자면, 마치 '옐다(아프가니스탄에서 '옐다'는 자디[아프가니스탄의 10월로 12월 22일에 시작한다]의 첫 밤으로 겨울의 첫 밤이자 1년 중 가장 긴 밤을 의미할 뿐만 아니라, 고통당하는 연인들이 끝없는 어둠을 참고 해가 뜨길 기다리는 밤을 의미함)를 끝내주는 아침의 해'(536)와 같은 소설이라고 할 수 있다. 이 소설은, 성숙의 가치와 행복의 비전을 제시하는 일은 더 이상 소설의 일이 아니라는 듯 인간의 고통과 불행에만 유희적으로 탐닉하는 참으로 어둡고 빈곤한 우리의 소설들을 다시금 되돌아보도록 만드는 작품이다. 역설적이게도, 우리 소설들은 항상 어디에서나 고통과 불행을 예감하는 특정한 조숙성에도 불구하고 여전히 천진난만하고 유치한 유년의 시대를 살고 있는 데 반해, 『연을 쫓는 아이』는 순진하게 행복의 비전을 지니는 어떤 미숙성에도 불구하고 사려 깊고 성숙한 성년의 시대를 지나고 있는 듯하다. 다시 한번 비유를 사용하자면, 『연을 쫓는 아이』는 아버지 앞에 무릎 꿇고 충고와 가르침을 받아들이는

예의 바른 아이의 모습을 떠올리게 하는데, 반대로 우리 소설들은 아버지의 말[言]에 귀를 기울이기는커녕 오히려 그 아버지를 말[馬] 삼아 머리카락을 잡아당기고 목을 조르는 버릇없는 아이를 생각나게 만든다. 좀 엉뚱한 얘기가 될지 모르지만, 이것은 천방지축이고 무례한 아이들의 모습을 창의력과 개성의 증거로 보고, 그것을 옹호하고 북돋으려는 오늘날 우리의 교육풍토와도 무관하지 않다. 우리의 소설들은 바로 이 한심한 교육풍토의 문학적 반영으로 볼 수 있다.

이미선(『연을 쫓는 아이』의 번역자)의 해설에 따르면, 『연을 쫓는 아이』는 주제 면에서 성장소설의 형태를 띠고 있다. 어린 시절을 거쳐 어른이 되는 과정에서 주인공 아미르가 겪는 내면적 갈등과, 자신의 잘못을 인정하고 그것을 시정하기 위해 노력할 뿐만 아니라 진실을 용감하게 받아들이는 과정에서 새로운 이해와 성숙에 도달하는 모습을 보여주고 있기 때문이라고, 그녀는 이유를 밝힌다. '주제 면에서 성장소설의 형태를 띠고 있다'는 모호한 진술을 논외로 한다면, 대체로 동의할 수 있는 말이다. '성장소설의 형태'를 알아보는 일은 호세이니의 소설에 다가가는 상투적인 접근 방법 가운데 하나이지만, 이러한 상투성 때문에 '성장소설'이라는 표현의 정확성을 의심할 이유는 없다. 다만 성장소설로 『연을 쫓는 아이』를 읽는 일이 이 소설의 주제나 메시지와 접촉하는 일이 된다는 해설자의 생각에는 동의하기 어렵다. 물론 형태와 주제가 무관하지 않다는 것을 부정할 사람은 그렇게 많지 않을 것이다. 성장소설의 형태는 분명 호세이니 소설의 주제를 효과적으로 전달하기 위한 도구나 장치임에는 틀림없다. 그러나 '주제 면에서 성장소설의 형태를 띠고 있다'는 해설자의 말은 그 명백성으로 하여 '성장'이 곧 이 소설의 '주제'라는 잘못된 이해로 독자를 이끌 수 있기 때문에 좀 더 자세히 부연될 필요가 있다.

『연을 쫓는 아이』를 제대로 읽기 위해서는 '성장'이라는 '소재'에서 멈추지 말고 더 나아가야 한다. 그러나 이 소설의 독서를 위해 성장이라는 소재에서 시작하는 일은 다시 한번 말하지만 크게 틀린 일은 아니다. 호세이니의 소설은 말할 것도 없이 일반적인 성장소설의 문법을 거의 그대로 따른다. 『연을 쫓는 아이』는 유년의 경험에서 오는 시련과 죄의식을 보여줄 뿐만 아니라, 나아가 그 시련의 줄을 끊고 속죄와 깨달음을 거쳐 성년에 이르게 되는 이른바 '입사(initiation)'의 과정을 고스란히 보여준다. 가령 유복한 집안에서 태어난 주인공 아미르가 아버지의 사랑을 독차지하기 위해 친구 하산과의 관계를 파탄내고 말 못할 죄책감으로 고통당하는 과정, 미국으로 건너가 소라야에게서 사랑을 찾고 결혼하게 되지만 아버지의 죽음과 아내의 불임으로 절망하는 모습, 그리고 아버지의 친구 라힘 칸에게서 연락을 받고 속죄를 위해 하산의 아들 소랍을 참혹한 아프가니스탄의 현실로부터 구출한 주인공 아미르가 그 아이를 입양해서 진정한 아버지가 되는 결말 등이 긴장감 넘치게 이야기된다. 특히 소련의 침공과 탈레반 정권의 성립과 9·11 미국 테러사건 이후 미국의 알 카에다 소탕작전에 이르는 아프가니스탄의 가혹한 역사적 과정과 겹치면서, 그것은 한 '불안한 어린아이'(449)의 성장 과정을 좀 더 드라마틱하고 실감나게 드러낸다.

그러나 여기서 한 걸음 더 나아가면, 『연을 쫓는 아이』는 그것의 숨은―사실은 어느 정도는 드러나 있는―의미 구조 속에서 사려 깊고 공감할 만한 전언을 통해 우리 삶의 어떤 진실을 들려주는 것으로 보인다. 우선 이 소설에서 의미 구조를 떠받치고 있는 것은, 소설의 제목에서 이미 암시되고 있는 것처럼, '연'이라고 할 수 있다. 카불의 아이들은 겨울이면 연을 날리고 연을 끊으며 연을 쫓아 달려가는 '연날리기 대회'를 즐긴다. 그러나 주인공 아미르에게 연은 단순히 그것만을 뜻하는 것은 아니다. 아미르에게 연은 아버지 바바와 자신 사이의 냉랭함을 '조금 호전시켜주는 존재'(78)이자 둘 사이를 잇는 '종잇장만큼 얇은 교차점'(78)이 된다. 왜냐하면 바바는 나약한 아들을 못마땅해 했는데, 아미르는 아버지가 기대하는 '연싸움'만큼은 누구보다 자신 있었기 때문이다. 이처럼 소설의 서두에서 연은 바바와 아미르 사이에서 관계의 호전을 가져오는 매개가 되어 있는데, 이것은 소설의 말미에 등장해서 아미르와 소랍의 관계를 호전시키는 동일한 매개가 되기도 한다. 그러나 두 개의 연이 지니는 상징적 의미는 약간 차이가 있다. 이 두 개의 연은 모두 부자간의 관계를 좋아지게 만드는 매개인 것은 명백하지만, 아미르의 연이 호전적이고 경쟁적인 태도를 통해서 확보되는 불안정한 부자관계의 현실을 암시한다면, 소랍의 연은 사랑과 신뢰감으로 충만한 태도만이 획득할 수 있는 진정한 부자관계에 대한 희망을 뜻한다.

이처럼 아미르의 연이 소랍의 연으로 변화되는 정교한 의미 구조 속에서『연을 쫓는 아이』의 숨겨진 메시지는 서서히 드러난다. 먼저 바바와 아미르의 관계에서 대표적으로 암시되고 있듯, 전통적으로 아프가니스탄의 부자관계는 '명예와 긍지'를 중시함으로써 항상 어떤 냉담함과 완고함이 그 부자관계의 올바른 형성을 방해해왔다. 아프가니스탄에서 아버지와 아들은, '아미르의 연'이 죄책감으로 물들고 마는 일이 가리키는 것처럼, 신뢰와 사랑을 바탕으로 한 자애롭고 친절한 관계로 맺어지지 못하고, 끊임없이 죄책감에 시달리게 되는 부당한 상하관계로 왜곡되어 온 것이다. 이것은, 가령 바바가 부정한 욕망 때문에 태어난 하산을 죄책감과 거짓말 속에서 떠나보낼 수밖에 없었던 것이나, 아미르가 하산에 대한 배신과 죄책감과 거짓말 속에서 소랍을 외면하고 있는 데서 잘 드러난다. 그러나 이 소설은 아프가니스탄의 전통적인 부자관계의 현실을 자세히 그려내는 데서 그치지 않고, 그러한 '부전자전'(338)의 잘못된 현실을 넘어가는 비전과 희망을 감동적으로 담아낸다. 소설의 결말에서 아미르와 소랍의 관계가 극적으로 보여주고 있는 것처럼, 명예와 긍지로 구조화된 부자관계는 마침내 신뢰와 사랑으로 재편된 진정한 부자관계로 탈바꿈한다. 이것은 특별히 아미르의 연이 소랍의 연으로 변화되는 서사적 과정 속에서 태어나는 소랍의 '미소'(555)로써 아름답게 제시된다.

『연을 쫓는 아이』는 어떤 의미에서 아프가니스탄의 설화 '로스탐과 소랍'(48)의 비극적 이야기를 다시 쓰고 있는 것처럼 보인다. 그 설화의 슬픈 결말을 이른바 '해피엔딩'으로 바꾸어 씀으로써, 이제 '부전자전'의 '순환을 끊어버릴 방법'(339), 즉 '다시 좋아질 수 있는 방법'(10)이 있다는 것을 힘주어 말하고 있는 듯하다. 모든 아프가니스탄의 아버지들에게 전통적인 부자관계는 명예와 긍지가 아니라 사랑과 신뢰로 재구축되어야 한다고 말하는 것이다. 그런데 『연을 쫓는 아이』는, '명예와 긍지로 왜곡된 아프가니스탄의 전통적인 부자관계를 사랑과 신뢰를 통해 거듭나게 하는 이야기를 통해, 모든 아버지들에게도 크나큰 울림을 주는 소설이 된다. 어쩌면 이것은 이 소설이 정말로 말하고 싶은 것일지도 모른다. 다시 말해 이 소설은, 아프가니스탄을 배경으로 사랑과 신뢰를 토대로 한 부자관계의 당위성을 역설하는 가운데, 불안정하고 상처받은 어린아이들이 올바르게 성장하는 데 필요한 아버지의 미덕들이 어떤 것인가 하는 보편적인 주제를 건드린다. 그런 점에서 『연을 쫓는 아이』는 자식들에게 '좋은 아버지'가 되려면 어떤 자질들이 필요한지를 가르쳐주는 소설로 읽을 수도 있는 것이 아닌가 한다. 말하자면 바바와 라힘 칸, 아미르와 하산, 그리고 파리드 등의 부자관계—여기에는 타헤리 장군과 소라야도 포함될 수 있을 것이다―를 통해 암시되는 것은 '냉담함'과 '완고함'의 반대편에 있는 모든 마음과 행동들은 어떤 것이든 좋은 아버지의 요소들이 될 수 있다는 사실이다.

예를 들면, 바바의 용기와 눈물, 라힘 칸의 친절함과 자애로움, 아미르의 후회와 용서, 하산의 헌신과 순수 등이 그것이다. 이 밖에도 미소와 다정함, 윙크와 키스, 기다림과 낙관주의, 동정과 사랑, 간질임과 선물, 죄책감과 사랑한다는 속삭임 등이 좋은 아버지가 되기 위해 반드시 필요한 것들로 이야기된다. 그러나 『연을 쫓는 아이』가 무엇보다 강조하고 있는 것은 좋은 아버지라면 자식들에게 '너를 위해서 천 번이라도 그렇게 해주마'(556)라고 말할 수 있어야 한다는 것이다. 이것은 착한 아버지 하산처럼 '꾸밈없는 헌신'(123)을 보여주는 아버지들에게서만 나올 수 있는 말이다. (그런데 과연 이것이 진정한 부자관계, 또는 부모 자식 간의 관계를 이루는 데 정말 모든 것일까?) 아무튼 호세이니의 소설은 좋은 아버지가, 혹은 좋은 부모가 되기 위해서는 그와 같은 자질들을 필요로 한다고 말하는 것처럼 보인다. 한편 '좋은 아버지가 되는 법'이 『연을 쫓는 아이』의 주제 가운데 하나라고 한다면, 어떤 의미에서 이 소설은 무척 급진적이고 도발적인 소설이 된다고도 할 수 있다. 이스라엘의 아버지가 지금의 이스라엘을 굳건하게 유지시키고 있는 데 비해, 시아파와 수니파의 아버지는 비겁하고 잔인한 지금의 아랍을 만들었으니까 말이다. 부전자전이 상투적인 진실을 뜻하면서도 인생의 정확한 진실을 담고 있는 표현이라면, 한 이슬람권 작가의 『연을 쫓는 아이』는 뜻밖에도 아주 정치적으로 민감한 사안을 다루며 이슬람권의 전통적인 '아버지 문화'를 우회적으로 비판하고 있는 '정치소설'이 된다고 할 수 있다.

지나친 정숙함의 역설

— 하진의 「부활」을 읽고

하진의 소설 「부활」(『피아오 아저씨의 생일파티』, 왕은철 옮김, 현대문학, 2006)은 중국의 '소[牛] 마을'을 배경으로 한다. 이곳은 '생산단(團) 사무실'의 '지도자들'이 '당의 정책'을 철저히 따르도록 마을 사람들을 엄격히 통제하는 '사회주의' 사회이다. 말하자면 이 마을 사람들은 누구든 '집단농장'에 가서 일을 해야 하고 아이는 반드시 하나만을 가져야 한다─마을 남자들 대부분이 '정관수술'을 받은 것도 그 때문이다─는 공적인 '규칙'의 지배를 받고 있다. 물론 '스캔들'과 같은 사적인 삶의 국면조차도 이 마을에서는 규칙에 따른 관리와 감독 대상이 되어 있다.

「부활」은 바로 이러한 마을에서 처제와 '간통'을 저지른 한 남자(루 한)의 이야기를 들려준다. 루 한은 아내가 임신하고 있는 상황에서 처제와 여러 번 잠을 잤고, 이 소문은 마을에 퍼진다. 화가 난 아내는 넉 달 된 사내아이를 데리고 친정으로 가버리고, 루 한은 '생산단 사무실'에 출석하여 '지도자들' 앞에서 '심문'을 받는다. 잘못을 속죄하고 새로운 삶을 원하는 루 한은 그들 앞에서 '간통' 사실을 순순히 시인한다. 그런데 '지도자들'은 그의 '고백과 자아비판'에 만족하지 않고 계속해서 '처음부터 끝까지 낱낱이' 듣기를 원하며 '진술서'까지 요구한다. 하지만 그들은 루 한의 '진술서'에 '진실한 문장'이 없다고 힐난하며 다시금 '책 한 권 분량'의 '진술서'를 쓰라고 다그친다.

루 한은 더 이상 '세부적인 것'을 원하는 '지도자들의 비위'를 맞출 수 없다고 생각하고 도망친다. 그리고 그는 '수도승'이 되려고도 하고, '거지'로 살려고도 한다. 그러나 절로 들어가는 것이나 빌어먹고 사는 것조차도 '관리들'의 허가가 있어야 한다는 것을 알고, 절망한다. 마을로 돌아온 루 한은 집에까지 찾아온 '지도자들'에게 또다시 닦달을 당하게 되는데, 마침내 그는 가위로 자신의 음낭을 잘라버리고 만다. 그런데 '거세' 이후 그는 '정상적인 새로운 삶'을 살 수 있게 된다. 루 한은 '뉘우침과 진실성'을 증명했다는 이유로 고백의 강요로부터 벗어났고, 아내와 아이는 돌아왔으며, '집단농장의 모범 일꾼'으로도 선출되었다. '불알을 깐' 일로 인해 그는 '부활'을 한 것이다.

이 소설에 나타난 '소 마을'은 일단 오웰 식 '관리사회'의 중국 식 버전인 것처럼 보인다. 이것은, 가령 '지도자들'이 '간통'을 '범죄'로 규정하면서 '고백과 자아비판'을 강요하는 장면에서 가장 노골적으로 드러나 있고, 수도승이나 거지가 되는 일조차도 '관리들'의 허가가 필요하다고 말하는 데서는 가장 신랄한 표현을 얻고 있다. '둘째를 갖는 것은 위법이'기 때문에 마을 남자들 대부분이 '정관수술'을 받았다는 것에서 암시되고 있는 것처럼, '소 마을'은 궁극적으로 공적인 삶뿐만 아니라 사적인 욕망과 일탈마저도 엄격히 관리되는 일종의 '거세된 사회'로 묘사된다. '간통'의 주인공도 결국 '스스로 거세를 함으로써 자유를 얻'지 않는가!

그런데 「부활」은 오웰적이면서 동시에 푸코적이다. 사실은 이 점이 좀 더 흥미롭다. 이 소설은 '간통' 때문에 '심문'을 당하는 한 중국인 남자의 이야기를 통해 아이러니컬하게도 욕망과 일탈에 대한 관료주의적 억압 이면에서 그것이 증폭되고 있음을 확인시켜준다. 이것은 특히 '지도자들'이 '간통'의 주인공이 들려주는 대강의 '고백과 자아비판'에 만족하지 않고 그 '간통'의 현장을 생생히 보기를 원하며 상세한 '진술서'를 요구하는 대목에서 은밀히 드러난다. 이 '진술서'는 말하자면 징벌을 위한 것이기도 하지만 무엇보다도 향락을 위한 것인데, 여기서 '지도자들'은 도덕적인 억압의 주체이자 음란한 향락의 주체임이 확인된다. 추와 같이, 추문을 즐기는 마을 사람들도 예외는 아니다.

결국 이 소설은 거세된 사회 속에서 억압된 욕망과 일탈의 에너지는 단순히 사라지는 것이 아니라 어떤 식으로든―아니 훨씬 더 음란한 방식으로―충족된다고 말하는 작품으로 읽을 수 있다. 다시 말해 「부활」은 『성의 역사』의 저자처럼 욕망과 일탈에 대한 억압이 리비도의 감퇴가 아니라 역설적이게도 그것의 음란한 증폭에 연결된다고 말하는 것처럼 보인다. 이 소설에 따르면, 그것은 뜻밖에도 양심의 검증을 위한 이른바 자아비판으로서의 '고백'이라는 엄격한 제도적 틀 속에서 성취된다. 이러한 '사회주의'적 제도는 거세된 사회에 내재하는 음란증적 핵심이라고 할 수 있다.

이처럼 하진의 소설은 '음란함에 대한 지나친 정숙함의 역설'을 극화하고 있다. 말하자면 정숙함에서 오는 윤곽 없는 애매함에 대한 추적은 성적 일탈을 방지하기는커녕 모든 것을 성적인 것으로 만드는 반대의 효과를 나타낸다는 것이다. 그러니까 음란함에 대한 공격은 반드시 정숙함으로 이어지는 것이 아닐 뿐만 아니라, 법정 한가운데서 성적 일탈을 채찍으로 후려치고 몰아붙이는 심문관의 추궁은 음란함을 비난한다면서 오히려 그 일탈 속에 파묻힌다. 헤겔이 말한 고행자의 역설처럼 벗어나려다가 사로잡히고 마는 것이다. 요컨대 '고백'이라는 '음란증적 핵심'을 기초로 하는 '사회주의적 퓨리터니즘'은 성적 일탈에 대한 공포나 혐오라기보다는 성적 일탈을 합법적인 담론의 대상으로 구성함으로써 유혹적인 것이 된다.

■■■ 저자 소개 오양진(吳良鎭)

1969년 인천에서 태어나 고려대 국어교육과 및 같은 대학원 국어국문학과를 졸업했다. 2000년 중앙일보사가 주관한 제1회 「중앙신인문학상」 평론 부문에 당선되어 문학평론가로 활동하고 있다. 저서로『소설의 비인간화』『중심의 옹호』『데카당스』『쉰 목소리로』『문학적 서사와 서사적 문화』등과 다수의 논문이 있다. 현재 추계예술대학교 문예창작과 교수로 있다.

푸른사상 평론선 20

물러섬의 비평

인쇄 · 2014년 9월 26일 | 발행 · 2014년 9월 30일

지은이 · 오양진
펴낸이 · 한봉숙
펴낸곳 · 푸른사상사
주간 · 맹문재 | 편집 · 지순이, 김선도 | 교정 · 김소영

등록 · 1999년 7월 8일 제2-2876호
주소 · 서울시 중구 충무로 29(초동) 아시아미디어타워 502호
대표전화 · 02) 2268-8706(7) | 팩시밀리 · 02) 2268-8708
이메일 · prun21c@hanmail.net / prunsasang@naver.com
홈페이지 · http://www.prun21c.com

ⓒ 오양진, 2014

ISBN 979-11-308-0288-6 93810
값 22,000원